| 经典名著名译 |

Four English Narrative Poems
英国叙事诗四篇

插图修订本

黄杲炘 选译

陕西师范大学出版总社

图书代号：WX16N0975

图书在版编目（CIP）数据

英国叙事诗四篇 / 黄杲炘选译. — 西安：陕西师范大学出版总社有限公司，2016.9
ISBN 978-7-5613-8564-7

Ⅰ.①英… Ⅱ.①黄… Ⅲ.①叙事诗—诗集—英国—近代 Ⅳ.①I561.24

中国版本图书馆CIP数据核字（2016）第156880号

英国叙事诗四篇

黄杲炘 选译

策划编辑	郭永新
责任编辑	张 佩　郭 媛
	宋媛媛　华翔凤
装帧设计	观止堂_未氓
出版发行	陕西师范大学出版总社
	（西安市长安南路199号 邮编：710062）
网　　址	http://www.snupg.com
印　　刷	山东临沂新华印刷物流集团有限公司
开　　本	710mm×980mm　1/16
印　　张	21.75
插　　页	4
字　　数	160千
版　　次	2016年9月第1版
印　　次	2016年9月第1次印刷
书　　号	ISBN 978-7-5613-8564-7
定　　价	58.00元

读者购书、书店添货或发现印装质量问题，请与本公司营销部联系、调换。
电话：(029) 85307864　85303629　传真：(029) 85303879

总　序

一

英语诗可以有各种分类，较简单的分三类：抒情诗、戏剧诗、叙事诗。短小的抒情诗最常见，主要是抒发某种感情，诗中的"说话人"常以第一人称出现；戏剧诗是以诗写成的戏剧，主要用于舞台演出，诗中常有多个角色，这种诗一般较长，但人们比较熟悉，因为莎士比亚大部分作品就是戏剧诗；叙事诗则叙述某一事件的发生、发展和结果，叙事者往往是"局外人"，是以诗的体裁来讲述故事。

叙事诗可分成四种：史诗、传奇诗、故事诗、谣曲（或称民谣、歌谣、民歌）。下面分别做些介绍。

史诗（epic）又称英雄史诗（heroic epic），通常写重大历史题材或神明和英雄的伟大事迹。很多民族有此类大作品，西方的史诗源头是荷马的《伊利亚特》和《奥德赛》，其他著名史诗有古罗马的《埃涅伊特》、意大利的《神曲》、法国的《罗兰之歌》、德国的《尼伯龙根之歌》、西班牙的《熙德》、俄罗斯的《伊戈尔出征记》、芬兰的《卡勒瓦拉》、古巴比伦的《吉尔伽美什》、印度的《罗摩衍那》和《摩诃婆罗多》、波斯的《列王记》、阿根廷的《马丁·菲耶罗》等。英国著名史诗有《贝奥武甫》、斯宾塞的《仙后》、弥尔顿的《失乐园》等，近代也有史诗，形式已较自由。

传奇诗（romance或称metrical romance）的题材不如史诗严肃庄重，篇幅一般较小，内容多为虚构，即使有某种历史背景，也经过诗人加工，有较多幻想和超自然成分，以造成悬念和较离奇的效果，带有浪漫主义倾向。英语著名传奇诗有英诗之父乔叟的《特洛勒斯与克丽西德》、司各特的《湖上夫人》、朗费罗的《伊凡吉琳》、丁尼生的《王者之歌》等。15世纪后，传奇文学转向散文化，所以，这种诗称为metrical romance就更加确切。

故事诗（metrical tale或简称tale）就是以诗的形式讲故事，一般规模较小。英诗开山之作《坎特伯雷故事》中有很多此类作品。这种诗有的写真人真事，如美国诗人朗费罗的《保罗·里维尔飞马报警》等，当然虚构的更多，但写法比较现实。这种诗与传奇诗的区分不十分严格，大致说来，传奇诗中的人物常是王公贵族或超凡入圣之人，诗中较多幻想成分，而故事诗中往往是一般凡人，诗中情节较为"实在"。

谣曲（ballad）的作者多为无名诗人，或是封建主家养着的说唱人，或是漂泊四方的吟游歌手——本书中译作行吟人。这种流行于14、15世纪的诗歌较短小，情节较简单，通过口口相传的吟唱流传，著名的英国谣曲有《派屈克·司本斯爵士》《两只食腐鸦》等。这种诗的基本格式为四行一节，第二行与第四行押尾韵，单行为四音步，双行为三音步。传统的谣曲内容常涉及异教、超自然、悲情、历史或传说等，后来，文人以"谣曲诗体"写的作品称"文学谣曲"（literary ballad），内容较简单，也常带悲剧意味，如柯尔律治的《老水手行》和济慈的《狠心的美女》等。

二

本书的四篇叙事诗可说分属上述四种类型，算是它们的代表。当然，《秀发遭劫记》并非真正意义上的史诗，而是"戏仿史诗"（mock-epic）。对于这部也称"戏仿英雄体"(mock-heroic)的作品，需要做一点说明。

这部作品最初发表时只含两"歌"（章），内容是一位男青年剪了姑娘一绺头发而引发的争端。这样的作品本可归入传奇诗范围，但作者蒲柏不但要讽刺上流社会的精神空虚和浅薄无聊，还要取笑史诗中常有的超自然因素，于是"小题大做"，用史诗的排场和格局写这件小事，将原来已很完整的作品扩充为五"歌"，把女主人公写得俨如神明，再加进精灵的活动和许多让人好笑的"史诗化"情节，例如，向神灵祈祷（"圣坛"是大本的"罗曼斯"和吊袜带等以前恋爱中的"战利品"，"圣火"则是点着了的情书），又以牌桌上的交锋模拟沙场上的厮杀等。总之，故意模仿英雄史诗的宏伟庄重笔法，郑重其事地写鸡毛蒜皮小事，在把鸡毛捧上天的同时，把崇高伟大降到卑微可笑，以造成诙谐、滑稽、荒谬、讽刺的效果。

蒲柏称他这作品为英雄滑稽诗（heroi-comical poem），实际上就是"戏仿英雄史诗"。因为它具有英雄史诗的基本特点：作者以"局外人"身份做客观叙述；有超自然因素介入；全诗有统一格律。总之，就是让传统史诗的这些要件得到具体而微的体现，而与传统史诗不同的，就在于写的不是重大历史事件或英雄事迹，没有民族或宗教上的寄托含意。

《末代行吟人之歌》则是典型的传奇诗，讲的是苏格兰与英格兰边境地区的故事，其中有巫术魔法之类的超自然因素，又穿插很多历史和传说，带有浓郁的浪漫主义气息，所以，问世之初颇受欢迎。因为英国叙事诗在斯宾塞之后归于沉寂，伊丽莎白时代作家笔下那种形象鲜明、流畅自然的风格已经让位，占据诗坛显眼位置的是以蒲柏等人为代表的古典主义，诗歌要求写得严谨、典雅、简洁，而在《末代行吟人之歌》出现的19世纪初，浪漫主义已经兴起，该诗以返回自然的内容和恢复民间诗歌特色而受瞩目，让作者司各特迅速登上了文坛。

以上两诗的拙译都曾单独出版（前者为英汉对照），都有较为详细的"译者前言"（见本书附录）。而另外两篇作品的拙译未出过单行本，没有相关的"译者前言"，下面就对它们做些介绍。

三

丁尼生（1809—1892）的《伊诺克·阿登》出版于1864年，这时他已出版《悼念集》，为其已故挚友哈勒姆和他自己赢得了不朽，又在华兹华斯之后继任桂冠诗人，成为维多利亚时代的诗歌代言人，声望可谓如日中天。这部伦理叙事诗的梗概是：一位能干的水手成家立业，生儿育女，过了七年幸福生活，后在驶往中国的商船上当水手长，但回航途中遇险，流落荒岛多年，历经艰难后终于回到故乡，发现爱妻已与他俩少年时代的好友组成了家庭，自己的儿女也在这温暖的家庭中备受爱护，于是他悄然离去并默默而终。

这故事发生在萨福克郡，由一位雕刻家告诉丁尼生，事实上，他也听到过发生在他处的类似故事。英国作为老牌航海国家，海难事件并不鲜见，特别在《鲁滨孙历险记》（1719）问世后，以这类事件为题材的散文和诗歌不少，而有关普通百姓悲欢离合的故事，在五六十年前华兹华斯和克雷布（1754—1832）的诗中就有。丁尼生以桂冠诗人的官方身份写平头百姓的凄婉故事，难怪会赢得"人民诗人"的名声，也难怪此诗出版后，他的声望达到了顶点。

丁尼生的叙事诗中，《伊诺克·阿登》是篇幅较小的代表作。他为这故事所动，决定把它写下，要写得简洁朴素又不乏生动细节，要写得沉静庄重又饱含人性光辉。最终他写得确有特色，因为类似题材的创作中，一般的结局是浪迹天涯的人回来后，或受到热情欢迎，或要求恢复自己的权利，通常是"有恩报恩，有仇报仇"，然后就"一直过着幸福的生活"。

《伊诺克·阿登》中的结局伤感而哀婉，却也显示出丁尼生的道德观，并为他带来更多读者。这是他描写英国生活的最好作品之一，影响也最大，到20世纪中叶，至少已被译成德、法、意、西、荷、丹、捷、匈等多种文字，尤其在法、德两国，还有注释的学生版，供青少年阅读学习，甚至还被改编成剧本。

四

《里丁监狱谣》的作者王尔德（1854—1900）以喜剧著名，其文学生涯却以诗歌开始和结束，只是有着迥然不同的情调。他早在牛津求学期间就曾写诗得奖，1881年出版第一本诗集，此后写童话、小说、剧本，都相当成功。1895年，正当他的名剧《认真的重要》在伦敦上演，却发生了更戏剧性的事件——剧作家本人被捕。因为他朋友的父亲昆斯伯里侯爵控告他有伤风化，干犯刑律，而他反控对方诽谤，经两次审判，他败诉，被判入狱。

王尔德先在旺兹沃斯，后在里丁①（伯克郡首府，在伦敦以西约60公里）监狱度过两年苦役生活，尤其在头十八个月，经历了当时狱中的恶劣待遇，精神和肉体受到很大损害。后因友人努力及典狱长换人，他被允许阅读和写作。这时他怀着忏悔心情给朋友写了长信，其中，部分在他逝世五年后出版，名为《在深处》（全文在1944年公开印行）。

1897年出狱的王尔德身败名裂。妻子离异，经济上破产，流亡国外后，再也没回过英国和出生地爱尔兰。他先是隐姓埋名住在法国沿海小城，后去意大利、瑞士等地投亲靠友。在巴黎去世后，与象征派诗人波德莱尔葬在同一个公墓，而正是这法国诗人的《恶之花》深深影响了他对生活和文学的态度。

在隐居法国小城时，他构思了最后的重要诗作《里丁监狱谣》，诗前有颇带讽刺意味的如下"悼词"：

C. T. W.

皇家禁卫军之
骑兵队前成员
卒于女王陛下的
伯克郡里丁监狱

1896年7月7日

此后，他除了写信借贷，不再提笔。该诗于1898年匿名发表。由这诗看来，他已不再"唯美"，甚至还有"讨厌的优美"之语（293行）。也放弃了原来"为艺术而艺术"的主张，不再否认艺术的社会功能，相反，现在他寄希望于这种功能，要以诗歌来表达他对监狱的感想，而这在诗歌史上颇为少见。

在诗中，他以服刑人身份叙述了狱中犯人受绞刑的事，写出狱中

---

① Reading这地名的实际发音较接近"瑞丁"，现根据《世界地图》用"里丁"。

的不人道做法以及对犯人的心理影响，表达了他的想法和对狱中一些情况的不满与愤慨。例如，狱中苦役不是生产性劳动，而完全是惩罚性质，狱中生活使得"有人变疯，所有的人变坏"。值得注意的是，王尔德在诗中点明他所蹲的是债务监狱，关的是无力偿还债务的人，这就让他揭露的事实有了更深广的社会意义。事实上，他也就监狱改革问题写了两封信，发表在《每日记事报》，以唤起人们对监狱黑暗的关注。

五

爱讲故事是人类的本性，可以说，在文字出现前，人们就开始讲故事，以此保存他们认为应当告诉别人的事。用诗歌讲故事当然也历史悠久，因为这曾是文学的主流形式。

英语叙事诗历史悠久而发达，乔叟的《坎特伯雷故事》，同样古老的佚名作者的传奇《高文爵士与绿色骑士》，还有起先口口相传、后来才记录下来的民间谣曲，都证明了这点。然而在斯宾塞之后的很长时间里，叙事诗这一形式受到忽视，散文逐步取代了叙事诗的功能，特别是后来出现了小说。以本书中的司各特为例，尽管他对民间谣曲和传奇有兴趣，也有这方面才能，但写了多部叙事诗后，终于转向历史小说，其中虽别有原因，但这毕竟也反映了文学趣味的趋向。

我国自"新诗"出现以来，外国诗汉译的规模日益扩大，其中，对"新诗"影响巨大的英语诗汉译尤其活跃和重要，在这百年间已有不少积累。但一般说来，叙事诗的介绍并不多，特别是本书中这样篇幅的叙事诗。

本书介绍的四篇叙事诗都是中等规模的名篇，可代表叙事诗的四个种类，而且这些作品都是格律诗，格律的宽严虽有不同，却多是英诗中最重要的诗体。下面分别做些说明。

蒲柏的《秀发遭劫记》用"英雄双韵体"（heroic couplet）写成。"英雄双韵体"又称"英雄偶句体"，诗体特点是两行押一韵，一行一断句，每行多为抑扬格五音步（多为十个音节）。这种诗体有很长历史，乔叟引进中古英语后，用作《坎特伯雷故事》的主打诗体,由此确立了其在英诗中的地位。后经德莱顿等名诗人之手,变得越来越精致和普及,到蒲柏手里更臻于完美,终于成为17世纪中叶到18世纪末英诗的主要诗体。

《秀发遭劫记》是本书中格律最严的作品,也可说是英诗中格律最严的作品之一。蒲柏在格律上也追求完美,例如,《秀发遭劫记》初版第二歌的第61—63行和176—178行是三行押一韵,这本可通融却仍被改掉,于是通篇是一丝不苟的"英雄双韵体"。

《末代行吟人之歌》的格律不如《秀发遭劫记》严格,以较严格的"引子"部分而言,100行诗虽然都是四音步,且绝大多数诗行是两两押韵的双韵体,但仍有十多行诗三行一韵,而这恰恰是蒲柏在《秀发遭劫记》的第二版中刻意避免的;这些四音步诗行虽绝大多数为八音节,但有些却是九音节的四音步。诗的其他部分则更加"自由":各诗节没有固定行数,虽然基本上行行有韵并以两两押韵居多,但没有固定韵式,且诗行不再讲究音步,而是让多数诗行含四个重音,音节数则可在七与十二之间变化,而且有些诗行仅含三个重音,所以,诗中出现各种不同的韵式和诗行的长短搭配。这样较灵活的格律显然很符合诗中内容的需要,这是司各特受到湖畔诗人柯尔律治启发,因为其"哥特式"传奇《克丽斯特蓓儿》是较自由的四音步双韵体作品。

《伊诺克·阿登》以"素体诗"(blank verse)写成,这种本土诗体的出现归功于文艺复兴时期的亨利·霍华德(1516—1547),是他为翻译维吉尔史诗《埃涅伊特》而"发明"的,并由此改变了英诗局面。这种诗不押韵,诗行都是抑扬格五音步,如果说文艺复兴时期引进的十四行诗让诗人学到了严谨和纪律,那么,"素体诗"就是他们恣肆挥洒的最重要领域,继而成为16、17世纪英国诗剧的唯一形式。马洛、莎士比亚、琼森等以此写出大量诗剧,弥尔顿则写出不朽史诗,把英诗推上世界文学的高峰。丁尼生是重视音韵的诗人,在这方面天赋独具,他选择这种诗体来讲故事,想来是看中其"素"的一面。

《里丁监狱谣》正如篇名所示,用的是古已有之的谣曲体。这种诗本在民间口头流传,后来写成文字,故事往往简洁,格律并不复杂却适于吟唱。所以，当人们读多了文人诗，再听谣曲就会感到新鲜——正因如此，听到柯尔律治朗读他和华兹华斯合作的《抒情歌谣集》中的作品，作家哈兹利特就"感觉到一种新的诗歌风格和精神"，就像看到或体味到"新犁过的土地或第一阵令人惬意的春风"。

其实，也正是在18世纪，新古典主义时期得势的英雄双韵体开始让位于素体诗和谣曲体，特别是后者，因为其活跃于民间的古朴形式而永远有清新的内容。民歌的重新"发现"和复兴正是浪漫主义这一新的文学潮流的特点，它的融入也促进了英国浪漫主义诗歌潮流的形成。帕西主教收集的《英诗辑古》（1765）表明了这一趣味的变化，上述的《抒情歌谣集》既是这种趋势的产物，也加强了这种趋势。而司各特既是谣曲的热情收集者，也振兴了民谣传统。至于受谣曲滋养的诗人则更多，著名的就有彭斯、济慈、莫里斯、哈代、叶芝等。

王尔德这首诗中，每个诗节为四音步与三音步交替的六行，这与最常见的四行节虽有所不同，却也并非特例。至少，上述《英诗辑古》的第一首《追猎》中，绝大多数诗节虽为四行，却也有少量六行节，尤其显眼的是，该诗第一节就是《里丁监狱谣》那样的六行节。

六

本书中的叙事诗出自18、19世纪，格律宽严不同，多数自始至终一种格律，而《末代行吟人之歌》的格律则有所变化，有的较严较复杂（如斯宾塞诗节），有的是一般谣曲诗节，有的则较灵活。总之，不同时代的诗人会根据内容选择格律并在作品中贯彻始终，因为一旦做出选择，这就是他创作中的"底线"，而这种形式上的浑然一体，实际上也反映了浑然一体的内容。

这里的几篇拙译都发表过，《里丁监狱谣》最早以《累丁监狱之歌》为题发表在"译文丛刊·诗歌特辑"《春天最初的微笑》（上海译文出版社，1985），但并非全文，只是其中的79节。后来全文经过修订，更名为《雷丁监狱之歌》，收进《王尔德全集·诗歌卷》（中国文学出版社，2000），但书中竟然缺掉最后的一节半（9行）和王尔德在诗后所署的狱号C. 3. 3.。这就让这里的拙译成为唯一的全译，并最终定名为《里丁监狱谣》。

《末代行吟人之歌》出版于1987年年底，当时用的标题是《末代行吟诗人之歌》。据我所知，这是该书最早的汉译本，也是唯一长期未修订重版的拙译，所以这次做了全面修订，毕竟旧译至今已近三十年，应当修改之处必然不少。遗憾的是，这次为了该书的插图，买来了爱丁堡1854年版和不列颠图书馆的"历史版"该书，发现其中资料极为丰富，而我限于眼力，不能细读，但我仍希望修订后可有较大改进。

《伊诺克·阿登》曾发表于《丁尼生诗选》（上海译文出版社，1995），也有近二十年未修订重版。2014年，外语教学与研究出版社出版该书的英汉对照版，于是对旧译做了全面修订，但限于篇幅，未收进这首近千行的作品，现在收进本书，正好提供了一种"素体诗"的叙事作品。

《秀发遭劫记》虽置于本书之首，却是四篇中最晚译成的，并以英汉对照形式出版（湖北教育出版社，2007）。由于出得较晚，且当年重印时就做过一点修改，所以这次虽有较好的修订机会，但改动远少于书中的其他三篇拙译。这似可说明自己近年来没有多少进步，或者已经"黔驴技穷"。

黄杲炘
2014年10月

附记：四篇叙事诗原名与插图作者

The Rape of the Lock：
    Aubrey Vincent Beardsley

The Lay of the Last Minstrel
    Birket Forster和John Gilbert合作

Enoch Arden：
    佚名作者

The Ballad of Reading Goal
    Zhenya Gay

目 录

蒲柏：秀发遭劫记

003 ·················· 英雄滑稽诗
004 ·············· 致阿拉贝拉·弗莫尔女士
006 ·················· 第一歌
015 ·················· 第二歌
023 ·················· 第三歌
034 ·················· 第四歌
046 ·················· 第五歌

司各特：末代行吟人之歌

059 ·················· 引子
065 ·················· 第一歌
085 ·················· 第二歌
109 ·················· 第三歌
131 ·················· 第四歌
159 ·················· 第五歌
185 ·················· 第六歌

丁尼生：伊诺克·阿登

217 ················· 伊诺克·阿登

王尔德：里丁监狱谣

265 ················· 里丁监狱谣

附录

299 ········《秀发遭劫记》译者前言
311 ········致贝琳达：谈《秀发遭劫记》
313 ········ 1712 年初版《秀发遭劫记》
327 ········《末代行吟人之歌》译者前言

蒲 柏

秀发遭劫记

英雄滑稽诗①

贝琳达,我没想冒犯你的秀发,
却乐于以此来对你称颂,膜拜。

——马提雅尔②

---

① 本诗据当时一件真事写成。有位年轻的彼得爵爷闹着玩,剪下了阿拉贝拉·弗莫尔小姐一绺头发,使她和她的家人大为生气。彼得有位亲戚约翰·卡里勒(参见第一歌3行注)是蒲柏的朋友,请他将此事化为一场玩笑,以便双方恢复和好(很可能双方还在谈婚论嫁)。蒲柏于是把此事写成"英雄滑稽诗",或称"戏仿英雄诗",即用创作英雄史诗的那种格律和大排场来处理这种小题材。

② 马提雅尔(?—约104)是罗马著名的铭辞作家,为现代警句诗的开山祖师。两行引诗的原文无韵。

致阿拉贝拉·弗莫尔女士[①]

　　小姐，这篇拙作既然奉献给你，我对它的看重也就否定不了。但你可以为我作证，拙作本来只是为了让几位年轻女士取乐消遣，她们有足够的判断力与好心情，既能对她们女性的，也能对自己未加约束的小小荒唐付诸一笑。可是它当初的流传带有私密色彩，所以很快流向了社会。由于并不完善的文本提供给了书商，你出于对我的好意，同意出比较正确的版本。这件事我不得不做，因为此前我只完成了一半计划，全然没有那种使之完整的超自然情节。

　　小姐，超自然情节是评论家创造的名称，指的是诗歌中描写天神、天使或恶魔活动的那个部分。因为古代诗人在一个方面同很多现代女士相像：即使是本身再平凡不过的事，他们也总要使它显得极其重要。这种超自然情节，我决定将其建立在十分新奇的基础上，这基础就是**玫瑰十字会**[②]对精魂的说法。

　　我知道，在女士跟前用冷僻字眼令人不快，但诗人最关心的是作品被人理解，特别是被你们女性理解，所以，请务必允许我对两三个费解的词语做点解释。

　　玫瑰十字会成员的情况，我必须向你介绍一下。有关他们的最好描述，

---

　　① 阿拉贝拉·弗莫尔，即本诗中称为贝琳达的女士。这里的"女士"原文中作Mrs，因为在当时的英国，未婚的女性到了社交年龄就可这样称呼。

　　② 玫瑰十字会是开始于17、18世纪的秘密结社，其成员声称有古传秘术。1614年出版于德国的一本书中首次提到它，并希望当时的读书人参加这个组织——据说有位基督徒掌握了东方秘术后于两个世纪前创建了它。该会以玫瑰花和十字架图案为标志，信仰的是整合不同宗教的奥秘教义。现在看来，那本书很可能是精心设计的骗局，但当时人们深信不疑，17世纪时就组成了无数"玫瑰十字兄弟会"，涉足于炼金术、招魂术和巫术，把科学与古代流传下来的迷信混在了一起。本诗作者蒲柏对这个玫瑰十字会未必有很多了解，恐怕只是在《嘎巴里伯爵》中读到一些有关情况。《嘎巴里伯爵》是法国教士作家维拉尔（1635—1673）的作品，它实际上讽刺了当时流行的所谓秘术，但口气上装得一本正经，煞有介事。该书曾于1680年和1714年翻译成英文。

就我所知，出现在一本名为《嘎巴里伯爵》的法文书中，而由于其书名和篇幅颇像小说，很多女性错把它当成小说读了。根据那些先生的说法，四大要素①中居住着他们称为**气精、地精、水精、火精**的几种精灵。**地精**又称**诺姆**，喜欢恶作剧；居住在空气里的气精脾气天生就最好，真是想有多好就有多好。据他们说，同这些温和的精灵一起，任何凡人都可以享有极亲密的关系，而对所有真正的此道中人来说，所需的条件却很容易做到，这就是保持纯洁，不受侵犯。

至于后面的篇章，它们所有的段落都是寓言式的，例如，开头处的幻觉或结尾处的形态转变（你秀发遭劫一事不在此列，对于那秀发，我提到时总带着敬意）。一些人物也是虚构的，就像那些空中精灵一样，而根据现在的处理，**贝琳达**这个角色只有在美貌上同你相像，其他方面则毫无相似之处。

即使这诗篇有你外貌或你内心同样多的优点，我也决不能指望它问世之后能像你那样不受指摘，连你的一半也做不到。但任凭它今后有何种命运，我本人倒是够幸运的，因为我得到这个机会以最诚挚的敬意向你保证说，我是

你这位小姐
最最恭顺的、
卑微的仆人
亚·蒲柏

---

① 西方的古代哲学认为，空气、土、水、火是构成一切物质的四大要素。

第一歌

严重的冒犯源自爱慕的心思,
剧烈的争斗起于细小的琐事——
我这诗就为缪斯卡里勒而吟,①
甚至贝琳达也可能屈尊承认:
这题目虽小,只要她给我灵感,
卡里勒满意,这诗将大受称赞。

女神哪你说,是什么奇怪动机②
使谦谦公子对贤淑佳人无礼?
是什么未经探究的古怪理由
叫贤淑佳人拒绝公子的请求? 10
小小男子怎承担这重大任务,
柔肠里怎有如此强烈的愤怒?

太阳畏缩的光线射透白床幔,
开启了准叫白天失色的双眼;
几条叭儿狗醒来,浑身抖了抖;
十二点,是无眠恋人醒的时候:
铃摇三下,用拖鞋在地上敲敲,

---

① 本诗原作是戏仿英雄史诗,格律特点为每行十个音节构成五音步(译文中为十二字构成的五顿),两行一韵。这里,诗人像传统的英雄史诗那样,请缪斯赋予灵感,但此处的缪斯是诗人的好友约翰·卡里勒(原作中用斜体字母,故译文中用楷体字,下文中有些名词和外来语的汉译用楷体出于同样原因)。卡里勒也是罗马天主教徒,认识这一"劫发"事件中的双方,还是彼得的监护人。蒲柏在其建议下写出此诗,以平息这场争端。另外,这里也像传统史诗那样,一开始就点明主题。

② 原作诗节与诗节之间并不空行,为避免译文使读者产生疲劳感及更清楚起见,以空行分节。

摁一摁会发银铃般声音的表。①
贝琳达仍然依在鸭绒枕头上,
她的保护神为让她香眠延长,②   20
已把她上午做的梦召到床前,
翱翔在她静静睡着的头颅边。
只见一位撩人眼目的少年郎
仿佛把迷人的嘴贴在她耳旁
(贝琳达虽在梦中也满脸发烧),
似乎就这样低声地对她说道:

"空中居住着伶俐精灵万万千
最美的人哪,你最让他们挂念!
保姆和教士讲过些神奇事情,
说是见过:月影下的空中精灵,   30
绿茵上圈舞的仙女遗留银钱,
或主管天使戴着金灿灿冠冕
和天堂的花环造访童贞圣女——③
只要有一位触动你幼稚心曲;
相信我的话:要知道你很重要,④
别让狭窄的眼界被俗事框牢。
有些妙理,高傲的学者难发现,
只会显现在姑娘或儿童面前:

---

① 睡到中午是那时上流社会的风气。摇铃和敲地板都是叫唤女仆的动作,因为铃摇了三下之后女仆还没有来,女主人不耐烦了,就敲敲地板。下面提到的表是报时的打簧表,在当时的伦敦是时尚之物,价格昂贵。

② 史诗中的英雄人物都有保护神,戏仿史诗中当然也为女主人公安排了保护神,但只是称作气精的小小精灵。可参见第一歌65行。

③ 这两行显然出自教士,并使人想到"天使传报"之类的宗教画。

④ 比较广为人知的特尔斐神谕"要知道你自己"(特尔斐是希腊城市,有著名的阿波罗神庙)。

心存怀疑的才子不信又何妨?
反正有天真儿童和纯洁姑娘。 40
要知道,无数精灵在你的周围,
他们是低空飞行的轻盈警卫,①
虽不见踪影,却总在展翅翱翔,
盘旋在环形道或者包厢之上。②
想想你这种空中随从的阵容,
那两人抬的轿子怎还看得中!
就像现在的你,很久前的我们
也曾是有着美好形态的女人;
后来我们经历了从容的变异,
尘世的肉身化为这虚空形体。 50
别以为女人短暂的呼吸一停,
立刻就没了她的一切虚荣心;
自会有其他的虚荣接替上来,
虽不再赌钱,却瞟人家手中牌。
对镀金马车和对斗牌的爱好,③
生前已养成,死后也就改不掉。
因为雍容华贵的女性一断气,
灵魂便回归它的原始要素里:④
泼妇火爆的幽魂会在烈焰中
猛蹿起来,她们的名字叫火精。 60
性情温柔忍让的就朝水里滑,

---

① 这里的低空指的是地球到月亮之间的空间。

② 环形道在海德公园内,当时的时髦人常坐马车去那里转悠并让人看到。

③ 这里的"斗牌"指当时流行的"奥伯尔"牌戏,这种三个人玩的牌戏在后面有专门介绍。传统史诗中的英雄是驾着马车"斗",而这里"斗牌"的"斗"则是具体而微的戏仿。

④ 古时候认为,人的肉体同一切物质一样,由火、水、土和空气四大基本要素构成,人们的性格就取决于哪种要素在身上占支配地位。

去陪伴宁芙啜饮那种要素茶。①
拘谨古板的,沉落到土精那里,
他们在世上周游,找机会淘气。
轻浮而卖弄风情的,升为气精。
飞舞在茫茫大气中玩得高兴。

"要知道,有的气精还是保护神,
专保护拒绝男人的纯洁美人:
因为超脱了生死规律的精灵
任选自己喜欢的性别和外形。 70
高雅舞会和夜半假面舞会上,
柔情处女的纯洁靠什么保障,
去面对阴险朋友和花花公子
白天的眼神、夜里的低声说辞?
何况音乐在迷醉,舞步在鼓动,
那种场合把热烈的欲望怂恿——
只有靠聪明的气精,他们知道,
下面的人间把这个叫作贞操。

"有些娇娃太清楚自己的面貌,
她们注定了终生受土精调教: 80
教她们只想攀高亲,满心傲气,

人家的求婚求爱不放在眼里;
于是,当前呼后拥的贵人出现,
看他们戴着各种勋章和冠冕,
耳中又听到柔声的称呼殿下,
胡思乱想便充满那种空脑瓜。

---

① 宁芙也叫水精,是希腊、罗马神话中居住在山林水泽的仙女。下一行中的"土精"也称"地精"。

这些早就玷污了女性的魂灵,
教风骚女郎如何用眼睛传情,
使稚嫩的脸泛起人为的红潮,
让小小的心为时髦公子剧跳。　　　　　　90

"通常,当女人被认为走上歧途,
气精会在迷阵里为她们领路,
走出令人眩晕的一切盘陀道,
让新的轻浮调笑把老的赶掉。
好姑娘幸亏去了这家的舞会——
去了那位的宴会不准是吃亏?
要不是达蒙紧握手,哪位处女
能抵御弗洛里奥的甜言蜜语?①
女人心是活动的花哨玩具店,②
气精用各色花哨玩意去改变。　　　　　100
那里假发间、剑穗间自相厮斗,③
哥儿、马车把哥儿和马车赶走。
世人也许把这些误称为轻率,
没看出这完全出自气精安排。

"我就是气精,责任便是保护你;
我名叫埃里尔,向来非常警惕。
方才我在澄澈的大气中游荡,
却在你司命星的清湛镜面上
看到了迫在眉睫的可怕事件
将会发生在红日沉入大海前。　　　　　110

---

① 达蒙和弗洛里奥是通俗诗歌中常用的体面情郎名,并不特指某个人。
② 18世纪时,玩具店卖的是供成人用的廉价饰品、小摆设或小玩意儿。
③ 当时有身份的人都佩剑,剑穗是系在剑柄上的穗状编结物,持剑者绕在腕部后,可把剑握得更牢。

但上天没有透露具体的详情:
好姑娘,听我气精警告,要当心!
要当心一切,尤其要当心男人!——
只能讲这些,作为你的保护神。"

这时,修克觉得女主人睡多啦,①
便一跃而起,用舌头舔醒了她。
若传闻没错,就是在那个时候,
你贝琳达睁开双眼,看到情书,②
读到创伤、魅力和激情那些词,
你头脑中的幻象顿时就消失。③   120

现在肃立的梳妆台收去罩布,
整齐的银瓶显得神秘而静穆。
首先这白袍美女帽子没有戴,
朝那些美容的神灵专注祭拜。
镜子里出现一位天人的形象,
贝琳达朝它凑过身举目凝望;
在这圣坛旁她的下属女祭师
颤抖着开始豪华的神圣仪式。④
这时候无数的宝藏立即打开,
世上的各种贡品全展现出来;   130
每个瓶里她精确仔细挑一点,
用那光彩的珍品修饰女神脸。

----

① 修克(shock)是贝琳达的狗名,这是当时从冰岛输入的一种狗(shough)的名称,它们的毛又硬又蓬松。

② "情书"原文为法语,含戏谑意。下一行则是当时情书中那一套浪漫的奉承话。

③ 幻想和有预兆作用的梦是史诗中常见的,但这里可能暗示贝琳达没有头脑。

④ 这几行中,作者把梳妆台比作圣坛或祭坛,台上的化妆品就是"美容的神灵",而镜子中的"天人"就是女主人公自己。她仿佛是女祭师,她的女仆贝蒂(见第一歌148行)则是下级女祭师,整个梳妆过程则被描绘成一种祭拜仪式。

这首饰箱中印度红宝石闪熠，
　　那个盒子里阿拉伯奇香四溢。
　　在这里，海龟和大象联合起来，
　　变成了梳子，有的斑驳有的白。①
　　一列列别针排在那里亮闪闪，
　　还有粉、粉扑、圣经、情书、美人斑。②
　　令人敬畏的佳丽在全副武装；
　　她那种美貌时时刻刻在增长，　　　　140
　　她修整微笑，唤醒每一种魅力，
　　激发出她容貌上的一切神奇；
　　她看到她的双眸更晶莹活灵，
　　看到泛起的红晕越来越均匀。③
　　气精们围着他们这宝贝忙碌，
　　这些整理她头饰，那些挑头路，
　　有的挽袖，有的给长裙打褶裥；
　　贝蒂并没有出力，却受到称赞。

---

　　① 实际上就是龟甲和象牙的梳子。

　　② 美人斑常为黑色小绸片，当时欧洲妇女用来贴在脸上，以衬托皮肤的白皙，并成为时尚。另外，当时有装帧考究的小巧圣经，供妇女携带。这行诗的原作在英诗中十分著名，这不仅因为用了很多头韵，罗列东西的名称又从一音节增加到三音节，而且评论家对于所罗列的东西也有种种不同解释。这行诗也使英国读者想起弥尔顿《失乐园》中的类似名句。下一行也是作者模仿史诗中英雄出战前的准备。

　　③ 上一行暗示化妆中可能用了颠茄滴眼液，这一行中的情况则是用了胭脂之故。

第二歌

太阳初升在染成紫色的海面,
灿烂的光辉布满深邃的苍天;
但其对手出行在泰晤士河上,①
那光芒让银色河面同样辉煌。
成群佳丽和衣冠鲜明的公子
围着她,每只眼睛只把她注视——
白净的胸前,挂着锃亮十字架,
犹太人、异教徒会吻它崇拜它。
她活泼的外貌显示心灵轻盈,
轻盈得像她永不专注的眼睛;　　　　　10
她毫不偏心,总朝每个人微笑;
她时常拒绝,却从不让人懊恼。
她眼睛像太阳,亮得叫人眼花,
也正像太阳,同样地照着大家。
她优雅从容温柔,没丝毫骄傲——
美女有缺点,靠这就能掩盖掉;
如果女性的通病她难以规避,
那么看看她的脸,你就会忘记。

这位仙子,简直要我们男人命:
她蓄着秀发,分两路披在后颈,　　　　　20
全都一圈一圈的,对称又漂亮,
同象牙般光洁皮肤相得益彰;
爱神以此类迷宫困住其奴隶,

---

① 贝琳达梳妆完毕后,乘船去汉普顿宫参加宴会,该宫离伦敦约十二英里,在泰晤士河上游。

伟大的心灵缠在这种细丝里。
毛发的罗网能够把鸟雀捉住，
细毛钓丝能逮住有鳍的猎物；①
皇亲国戚也难逃秀发的陷阱，
美色凭发丝就能把我们牵引。

爱冒险的男爵赞赏这种秀发，②
见到后思来想去只求得到它。　　　　　　30
既下定决心，他便动起了脑筋——
反正硬抢也可以，软骗同样行；③
因为相思者只要能达到目的，
很少计较用武力或者用诡计。

为此，日出前他向慈悲的苍昊，
向他所崇拜的一切神灵哀告；
还特地建起了祭坛献给爱神，④
那是**法国**烫金罗曼司十二本。⑤
他拿一只手套和三条吊袜带
同其他恋爱战利品堆在一块，　　　　　　40
然后用情书引火，把它们点着——
三次多情叹息吹得火熊熊烧。
他匍匐在地，目光热切地祈求：
愿早日得手，随后保有到永久。

---

① 当时的钓丝是用马尾做的，而"有鳍的猎物"指鱼——蒲柏喜欢用转弯抹角的迂回说法。

② 这位男爵是本诗中唯一不用姓名的人物。

③ "硬抢""软骗"之类的对偶式修辞也是史诗中常见的。

④ 史诗中的英雄们在行动前常有祭神之举，但他们的祭坛当然不同。可参见乔叟《坎特伯雷故事》中"骑士的故事"。

⑤ 当时英国还没有小说，英国上流社会中很流行这种法国罗曼司。这是传统的长篇爱情传奇，它们往往皮面精装，十分豪华。

神灵们听他祷告,答应了一半,
另一半却在空气中被风吹散。①

现在那画舫平稳轻快地航行,
阳光在滚滚流水上微微颤动;
甜美的音乐向天空悠悠飘扬,
轻柔的乐音渐渐消逝在河上;　　　　　　50
河水静静流,和风轻轻地拂过,②
贝琳达在笑,让人人感到快活。
只除了那气精怀着沉重心情,
因为他知道祸事很快会降临。
他随即征召他那些空中部属,
船上就集结起大批透明队伍——
他们发自船上空的幽幽话声,
帆下的人们听来只当是好风。
有些气精阳光中张开小翅膀,
或潜入金色云朵,或随风翱翔;　　　　　60
纤微清澈的身影凡眼看不见,
无形的形体一半融化于光线。
缥缈空灵的衣物在风中飘拂,
闪闪的轻翼出自薄膜般朝露——③
映在晴空最为富丽的色彩里,
光线便在变幻的彩色中嬉戏,
每道光投来转瞬即变的色彩——
变得非常快,只要是翅膀一拍。
埃里尔被那群气精围在中心,

---

① 这一段中,作者的嘲笑相当明显。末两行中"一半的祷告被风吹散"的说法来自古罗马诗人维吉尔(前70—前19)的史诗代表作《埃涅伊特》。

② 和风在英语中为Zephyr,是希腊神话中的西风之神。

③ 据神话传说,薄膜般的朝露是蜘蛛织网的材料。

高大家一头，站在金色桅杆顶；①   70
他张开着的紫色翅膀朝太阳，
开始讲话时举起蔚蓝色魔杖。

"精灵、精怪、小妖和矮鬼，听好啦！
男女气精们，听我这首领讲话！
要知道，整个空间的各种任务
按永恒天律分给我们神怪族。
有的在最纯净的外空中游戏，
沐着灿烂的阳光，变得更白皙。
有的引导高空中漫游的彗星，
或是把行星滚过无垠的苍旻。   80
有的较一般，就在幽淡月光中
把夜色里横穿而过的星追踪，
或在下面厚重空气里吸雾气，②
或在七色彩虹里浸他们双翼，
或在冬日海洋上酝酿暴风雪，
或把甘露般雨滴播撒在田野。
还有的就在地球上主管人类，
观察、引导他们的行动和行为；
作为你们的头领，就操心国事：
捍卫不列颠的王权，义不容辞。③   90

"我们有个小职责是照料美女，
这虽无荣耀可言，却同样有趣：

---

① 史诗中的英雄都比常人高大，身为领袖的这位气精同样高大而崇高，因为是在桅杆顶上。

② 下面的空气不如高空纯净，据说是受到月亮的影响。

③ 传统史诗中常列举天神们的不同职责，这里也在戏仿。从这行诗看，任何阶层都不能逃脱作者的讽刺。

要避免太大的风把香粉吹下；
不能让关在瓶中的香料挥发；
要从春天的花丛采新鲜色彩；
趁彩虹还没变成雨滴洒下来，
去偷更亮的颜色；添她们红晕，
卷她们鬈发，使她们更具风韵；
还要时常在她们的梦中建议：
给衣裙换条花边或加个皱襞。　　　　　100

"今天有凶兆威胁那绝色女郎，①
她是最值得精灵关心的对象；
那灾祸将由暴力或诡计引出，
但具体细节命运之神没透露。
不知是她将打破狄安娜禁令，
或碰裂一只脆薄的中国瓷瓶；②
玷污了名节或弄脏锦缎衣袂；
忘了祈祷或错过了假面舞会；
或在舞会上丢了魂魄或项链，
或是天意注定了让修克落难。③
精灵们，快去各自履行职责吧！
管扇子的事就交给和风丽塔；
钻石耳环就交给你，闪烁朗蒂；
时刻提拉，她的表就由你管理；④
拳曲皮萨，你负责她爱娇秀发；

---

① 史诗中经常对即将来到的灾祸发出警告。

② 狄安娜是月亮女神、狩猎女神和贞节女神，打破她的禁令意味着女子失身。作者这里有意将这样重大的事同"碰裂"瓷瓶这样的事相提并论。下面几行中也是如此。

③ 由此可看出，这叭儿狗在贝琳达心目中比男人重要，所以由埃里尔亲自负责其安全。

④ 按当时风尚，贝琳达的打簧表是挂在手腕上的。这里几个精灵的名字同他们所管东西的名称有关。

至于修克，由我亲自来监护它。

"我们精选了五十名出色气精，
要他们负责她那重要的长裙：①
裙内虽有定型、加固的鲸鱼骨，
但七层革的盾牌常不够坚固。②　　　　120
要在那周围组成坚强的防线，
守住那镶银裙子的长长周边。
无论是哪个精灵，若擅离岗位，
玩忽职守，让美女失去了防卫，
就必将因为这罪责立遭严惩：
或用针钉住；或关进玻璃小瓶；
或丢进梳妆时用的苦涩液体；
或永生永世活活卡在针眼里；
或用树胶和油脂粘住小翅膀，③
任凭使劲扑动也无法再飞翔；　　　　130
或用功效比明矾强的收敛剂，
像花朵那样收干他稀薄身体；
或像被捆绑的伊克西翁那样，④
在研磨器里被搅得晕头转向，⑤
边受巧克力火热水汽的蒸熏，

---

①　当时刚流行胖大的圈环裙，这里把裙子当堡垒来防守，意味着把它当作贞操的象征。

②　希腊史诗中英雄们的盾牌通常用七层皮革制成，但有时仍然不顶事。这个典故在当时广为人知，所以读者很容易联想到这是在指贝琳达的裙子。

③　这种树胶和油脂同诗中提到的其他物品一样，都是贝琳达梳妆台上的化妆用品。

④　伊克西翁是希腊神话中的人物，主神宙斯识破其勾引天后赫拉的企图后，将他绑在燃烧的轮子上，永不停止地在天空（一说地狱）中滚动。

⑤　当时流行喝巧克力饮料，尤其是女性。制作方法是把可可豆（或巧克力块）研成粉后冲入开水，"研磨器"指调制这种饮料的容器，它盖子上有小孔，孔中伸进搅拌棒，搅得饮料起泡沫就算调制完成。

边为下面沸腾的海涛而心惊!"

他说罢,精灵们便从帆上下来:
有的一圈圈在那美女旁排开,
有的钻进她迷宫一样的鬈发,
有的从她耳环的垂饰上吊下; 140
他们焦虑的心在剧烈地扑腾,
颤抖着等待注定的祸事发生。

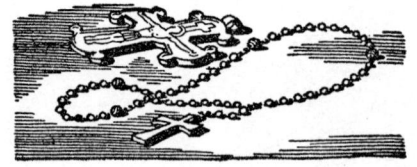

第三歌

那常年鲜花点缀的草地近旁,
泰晤士河自豪地把琼楼打量;
那里耸立着一座雄伟的王宫,
宫名汉普顿来自邻近的地名。①
国外暴君和国内美人的倒台,②
常由这里的政治家事先安排。
统治着三片国土的伟大安娜!③
你有时在这里听政,有时喝茶。④

英雄们美女们来到这处地方,
把宫廷里那些乐趣短暂品尝;　　　　10
时光消磨在有意义的谈话里:
谁开了舞会,谁近来进行拜谒;⑤
这位大谈不列颠女王的英名,

---

① 汉普顿宫原为枢机主教沃尔西(约1475—1530)建于16世纪的私人宅邸,后归亨利八世,17世纪由著名的霍思爵士(1632—1723)主持扩建。这是英国王宫中最大的一座,也是当时安妮女王(1665—1714,1702—1714在位)比较喜欢的一座,她有时就在此举行内阁会议。这里距伦敦不远,但当时道路情况不佳,走水路较为舒适。这一段写得颇有史诗风格,句式和词汇很多来自德莱顿(1631—1700)所译的罗马史诗《埃涅伊特》,特别是其中描写迦太基城墙的一段。

② 把英国对外侵略的受害对象称为"暴君",是作者的反话,其讽刺矛头直指王室和贵族。这一行说明他们对征服女性也很有兴趣。

③ 安娜显然指当时在位的英国女王安妮(Anne)。三片国土指英格兰、爱尔兰(一说威尔士)、苏格兰。

④ 本行的原文是蒲柏作品中的著名例子。译文中还可以感到其语气从史诗的庄重突然变得滑稽。另一方面,茶在当时是奢侈品,1710年,每磅茶的价格在12—28先令。

⑤ 当时这种社交性拜访都在晚上进行,可参见本歌168行注。

那位描述着迷人的印度屏风;①
又一位解释动作、眼色的含义——
每个词都使某个人名誉扫地。
谈话的间歇由扇子、鼻烟填充——②
还有歌声、笑声和做媚眼等等。

这时早过了中午,太阳已偏西,
火热的光线斜斜地射向大地;
饿了的法官立刻要签署宣判——③
吊死倒霉鬼,陪审团才好开饭;
商人从交易所安然回到家中,④
长时间的辛勤梳妆也可告终。
贝琳达有着爱出风头的心思,
渴望遇上两位爱冒险的骑士,⑤
单凭奥伯尔就决定他们命运——⑥
一想到这次征服,她满腔豪情。
很快三方准备好短兵杀一场,⑦

20

---

① 18世纪时,印度屏风在英国已十分流行。

② 在安妮女王时代,吸鼻烟已比较流行。据说,这开始于1702年,有位海军将领从西班牙船上缴获了50吨鼻烟。

③ 当时伦敦人习惯在3点钟左右吃饭,时尚人士则在4点钟,比较"土"的老派家庭才在中午12点吃饭。这两行挖苦了当时那种冷酷无情的司法制度。

④ 18世纪时,商人往往按行业在一些咖啡店里交易,或在伦敦交易所院子四周的拱廊里交易。

⑤ 其中之一便是上文提到的男爵。

⑥ 奥伯尔是当时流行的牌戏,玩法有点像惠斯特和桥牌。它来源于西班牙,其名称即为西班牙词ombre——意为"人",也即"叫王牌"的那个人,由他(她)同其他两人玩——通常是三个人玩,但也可五人或九人一起玩。这种玩法只要40张牌,就是说,一副牌中共拿掉10点、9点、8点12张牌。

⑦ 古典史诗的传统中,常有战斗的描写。作者在这里就以牌局算是战场上的厮杀。

各人都天经地义地有牌九张。①   30
她刚掂开手中牌,空中警卫们
纷纷降落,在重要的牌上坐稳;
埃里尔率先在"斗牛士"上坐定,②
其他诸位按各自的地位跟进;
因为气精们在意前世的品级,
一如女人,对地位喜欢得出奇。

看哪,四位受尊崇的高贵国王③
分叉的灰白髭须满布两腮上;
四位美丽的王后拈花在手中,
这是其柔韧力量的明显象征;   40
四个忠心的杰克紧束着战袍,
手中拿着戟,头上戴着战斗帽;
几列色彩分明又鲜明的部下,
在丝绒平野上摆开阵势厮杀。④

那美女检阅好队伍,发话下来:
"要黑桃做王!"黑桃就成了王牌。⑤

---

① 三个打牌的人都发到九张牌,多下来的牌就放在牌桌中间。"天经地义地有牌九张"原文为sacred nine,也可指九位神圣的缪斯。

② "斗牛士"是奥伯尔中三张最大的牌之一,三张主要王牌都称"斗牛士",它们通常包含两张黑A。当叫牌定约为黑桃时,三个"斗牛士"按大小顺序就是黑桃A(见本歌49行)、黑桃2(见本歌51行)和梅花A(见本歌53行)。下文中,作者将它们视作是出战沙场的英雄。

③ 作者从这里开始以斗牌代替史诗中的战斗,现在是"战斗"前的"检阅"。

④ 田园诗和史诗中常用"丝绒平野"指绿野或战场,这里是铺绿丝绒台布的牌桌,是斗牌的"战场"。

⑤ 这行诗的句式模仿《旧约全书·创世记》1章3节(神说要有光,就有了光)是上帝说话的口气,但两者在内容的重要性上当然反差很大。这既表明贝琳达是这诗中的"主神"(前文中也曾将她喻为众人仰望的中心,见第二歌52行),也点明她已骄傲到什么地步。

现在她的黑斗牛士投入战斗——
看来像是黝黑摩尔人的领袖。①
先是所向无敌的黑桃 A 出阵，
他俘虏了两张王牌，大获全胜。　　　　　　50
黑桃 2 同样也逼得人家投降，
他凯旋而归，阔步在绿沙场上。
梅花 A 接着杀出，但运气略坏，
只赢得一张王牌和一张杂牌。②
随后是一位白发主帅登了场，
这握着宽阔佩剑的黑桃君王
在众人眼前跨出雄赳赳的腿——
其他部分遮蔽在彩色战袍内。③
反叛的杰克竟敢同君王接战，④
成为其虎威的牺牲理所当然。　　　　　　60
就连英勇的梅花杰克，陆战中⑤
尽管他斩王夺后，曾扫平群雄，
但这次作战很不利，缺了支援，
他照样倒在黑桃大王的跟前！⑥

刚才，贝琳达虽打败两路强敌；
现在，神明使战况对男爵有利。
他转守为攻，派出善战的王后，

---

① 古罗马诗人维吉尔的《埃涅伊特》中，曾提及北非战士。
② 这说明，打牌的另两方中有一方手中已没有王牌，只得丢出一张小牌。
③ 这两行中描绘的，是纸牌上的画像。
④ "反叛的杰克"指黑桃杰克，因为在人家手里，所以是"反叛"。
⑤ "陆"（Lu，也作Loo）也可音译为"卢"，是从前的另一种牌戏。在这种牌戏中，最大的牌就是梅花杰克。现在桌上还剩三张王牌，贝琳达打出手里仅有的黑桃K，男爵出黑桃 J，另一家早已没有王牌，就出了梅花 J。
⑥ 原文中这行的写法模仿《伊利亚特》。

这王后就是黑桃大王的配偶。
梅花黑霸王首先栽在她手里,①
尽管一脸的骄横,满身的杀气!　　　　　70
能有什么用?虽然他头戴王冠,
肢体魁伟又堂皇却臃肿不堪,
华丽的战袍长长地拖在身后,
而且君王中只有他手握金球。②

现在男爵的方块们快速出击,
只露半张脸的国王身穿绣衣,
同他光辉的王后率领着队伍,
把七零八落的敌军轻易收服。
只见梅花、方块和红心乱了套,
在绿色平野上摊得乌七八糟。　　　　　80
非洲的黑种子弟兵、亚洲军队
被打得落花流水,已全线溃退,
那纷乱就像不同民族的乱军
穿着各色各样的衣服在逃命——
被突破、穿插的队伍四分五裂,
命运之神使他们同样地覆灭。③

方块的杰克施展出狡诈计谋,
击败了时运不济的红心王后。
见到这局面,处女**贝琳达**的脸
变得煞白,连一点血色都不见;　　　　90

---

①　此时贝琳达手中已无王牌,剩下最大的牌就是梅花 K,男爵手中若有梅花,就必然输给她(第三方早已没有王牌,不足为虑)。但男爵一开始就无梅花,所以打出黑桃 Q,赢了贝琳达,获得先出牌的权利。

②　可能指王杖上的"球",看来,梅花 K的牌上可能有表示王权的球体。

③　81—86行中的描写也用戏仿笔法,戏仿对象是被古罗马统帅西庇阿击败的北非迦太基统帅汉尼拔(前247—前183)。

她看出这是极其危急的险境,①
她颤抖,想到灾难正渐渐逼近。
现在也就像国家的某种失调,
大家的命运都系于一个妙招。②
红心A冲到阵前,贝琳达手中
埋伏的大王正为他王后悲痛,
这时便急匆匆地冲上去报复,
闪电般地将A扑倒,把他降服。③
那美女得意地欢呼响彻云霄,
回荡在墙前、林中和林间小道。　　　　100

愚蠢的凡人!永远看不清命运,④
太容易高兴,太容易丧气灰心!
这类荣誉突然间就会被夺走,
这胜利之日永远会受到诅咒。

看哪,桌上已摆好银杯和银匙,⑤
咖啡豆咯咯响,研磨已经开始;⑥

---

① 贝琳达前四次出牌都很成功,连续赢了四墩牌。由于每人是九张牌,也就是总共才九墩,所以,贝琳达只要再拿到一墩牌就可以获胜。不料她接下来失利,让男爵连续拿去了四墩。现在就看最后一墩归谁,谁拿到就是谁赢。贝琳达脸色煞白又颤抖,也可能暗示另有原因的激动。

② "妙招"原文为nice trick,本是双关,因为nice trick还可以解释为"有可能赢得的一墩牌"。又,男爵已赢了四墩牌,下面还是他出牌。

③ 这种牌戏里,同样花色的K比A大。

④ 这种感慨和警告是史诗里常见的,特别是在人们得意和骄傲时。

⑤ 这是在准备喝咖啡了,这里是戏仿史诗中的宴会。

⑥ 咖啡豆先在餐具桌上的钵子中加热并捣碎(故咯咯响),然后放入研磨器(见第二歌134行)。

锃亮的日本圣坛上，他们放好①
银灯一盏，这灯中酒精正燃烧：
感恩的琼浆从银壶嘴里淌出——
热腾腾洪流由中国陶器接住。
香味和口味，立刻便发挥影响，　　　　110
杯盏频繁，进美味的时间延长。
那美女周围，巡飞着她的警卫：
有的扇凉她啜饮的冒汽咖啡，
有的为严密保护她锦缎衣裳，
在她的腿上展开抖动的翅膀。②
咖啡（这东西使政客变得聪明，③
半闭着眼睛就看清一切事情），
凭蒸汽向男爵的脑中送计策，④
要把那光亮的秀美头发获得。　　　　120
鲁莽的青年，趁早死了这条心！
要敬畏天神，想想希拉的命运！
她，就为了侵害尼苏斯的头发，

---

① "日本圣坛"指日本的漆器桌子。17世纪时，日本（及东方的）漆器家具进入英国，在蒲柏生活时代更为风行。把这样的家具说成是圣坛，表明社会所崇尚的是什么——这种说法第一歌的127行中也曾出现。以下几行诗中，作者有意把喝咖啡的礼仪写得极其隆重，简直像宗教仪式。

② 为的是防止咖啡滴落在她的衣裙上。

③ 咖啡约于17世纪中叶输入英国。1657年，有位理发师在伦敦开了第一家咖啡屋，引起邻近居民的反感和厌恶而受到投诉，但在蒲柏生活的年代，伦敦已有近三千家咖啡屋。

④ 讲"咖啡蒸汽传送计策"并非无缘无故，因为当时的咖啡屋是非正式的俱乐部，政客们经常去那里出谋划策。

付出被罚作飞鸟的沉重代价！①

当人们横下心来，要想恶作剧，
很快就找到合适的作恶工具！
当时**卡丽莎**带着诱人的魅力，
从漆盒里取出一件双刃武器——
罗曼司中的贵妇也总是这样，② 　　　　　　　　　
战斗前用矛把她的骑士武装。　　　　　　　130
男爵恭恭敬敬地接过这礼物，
指尖捏住这小凶器，把手伸出，③
正好抄到**贝琳达**粉颈的后方，
而她正低头欣赏咖啡的喷香。
一千个精灵飞速赶来保卫她，④
一千副翅膀轮流扇开那秀发；
他们三次猛拉她耳上的钻石，
她回顾三次，她敌人逼近三次。
这时**埃里尔**很焦急，想要进入
那处女最最隐蔽的思想深处；　　　　　　　140
便倚在**贝琳达**胸前那束花里，
看各种念头在她的心中冒起——
她虽善于掩饰，**埃里尔**仍看见

---

① 希拉是神话中国王尼苏斯的女儿，尼苏斯的银发中有一绺紫发，其魔力保证他本人和他王国的安全。但希拉爱上了父亲的敌人克里特王弥诺斯，便偷了父亲这绺头发送给心上人。由于这偷窃行为，希拉不仅遭到对方拒绝，而且被罚作海鸟，永远受到鹰的追逐。这故事在奥维德和维吉尔的作品中都曾涉及，可见在古代西方，头发的重要性非同小可。

② "罗曼司"是欧洲中世纪的传奇文学，内容常为骑士爱情或奇遇故事。可参见第二歌38行注。

③ 尽管称它为"双刃武器"或"凶器"，又把它同骑士的长矛相提并论，其实不过是妇女用的小剪刀。

④ "一千"是史诗中常用的数字。

美人有尘世情人隐藏在心间。①
他惊慌之余，知道已丧失法力，
只得在认命退出时叹了口气。

贵公子张开雪亮的拉丁剪刀，②
夹住那绺秀发后刚准备一铰；
在那生死攸关的凶器合拢前，③
有个愚蠢的气精去横身其间；④　　　　　　150
命运女神一怂恿，被剪成两截⑤
（但身为空气很快便重新相接），⑥
双刃互相遇合，那圣洁的秀发
就此从头上永远永远被剪下！

贝琳达眼中迸出活生生闪电，
惊恐的尖叫撕破了战栗的天。
哪怕丈夫或叭儿狗马上断气，
或上等中国瓷器从高处落地
摔成闪亮的彩釉垃圾一大摊，
也没更响的嗓音向老天呼喊！　　　　　　160

男爵喊："胜利的桂冠给我戴上，
这件光辉宝贝已落进我手掌！

---

① 参见第一歌67—68行，"气精还是保护神，专保护拒绝男人的纯洁美人"。"心中有情人"就不纯洁，也不能保护了。

② 原作中的Forfex是很少见的拉丁词，意为"剪刀"，故译作"拉丁剪刀"。

③ "生死攸关的凶器"在德莱顿的《埃涅伊特》中指那个置于特洛伊城外的木马。

④《圣经》中说到，扫罗把矛掷向大卫时，也有天使去横身其间。

⑤ 希腊神话中，命运女神是三位年老的盲妇，她们纺着人们的生命之线。当人的生命结束时，她们就用剪刀剪断这线。但空气一类的东西，可免受命运摆布，反衬出凡人的情况并不如此。

⑥ 弥尔顿的《失乐园》中，撒旦被天使米迦勒的剑刺中后，也同样立即愈合。

只要水中鱼、空中鸟感到快乐,
或不列颠美女爱坐六驾马车;
只要亚塔兰蒂斯还有人要看,①
或有小枕头把淑女的床打扮;②
只要在重大日子有社交拜访,③
让无数整齐的火炬照得通亮;④
只要美女还约人幽会或赴宴,
我的成就和姓名便享誉人间!"   170

时光让留存的,却被钢铁结束!
纪念碑和人一样,向命运屈服!
钢铁能够把天神的活计毁掉,
能夷平特洛伊城的皇家城堡;⑤
钢铁能铲除纪念凯旋的拱门,
能毁灭世人引以为荣的工程。
美人哪,无往不胜的钢铁暴力,
你头发感受一下有什么稀奇?⑥

---

① 《新亚塔兰蒂斯》(1709)是英国女作家曼利夫人(1663—1724)的作品,共四卷。这是一部丑闻大全,内容几乎涉及当时所有的公众人物,流传颇广。

② 这种小枕头是华丽靠垫,上流社会的女性在上午接待绅士来访时,常在床上用它们作为依靠。

③ "重大日子"指的是举行婚礼或葬礼的日子,这时要进行正式拜访。

④ 当时的时尚女子常由持火炬的仆人伴随,在夜间进行社交性正式拜访。

⑤ 据传说,特洛伊城是太阳神阿波罗和海神波塞冬建造的。

⑥ 作者用问句来结束这一部分,问句的答案十分明显。这在史诗中也是常用的手法。本诗通篇富于戏仿英雄体的特色,这里用这样的问题来结束,自然很合适。

第四歌

但贝琳达又气又急，忧心忡忡，
在她的胸中，怒火在暗暗涌动。①
战斗中被人活捉的年轻君主，②
姿色已衰仍瞧不起人的处女，③
被永远夺走幸福的热情恋人，
年老的贵妇被人家拒绝接吻，
到死也不知悔改的凶残暴君，
月亮女神般佳丽却穿歪衣裙，
都不会像你这样愤恨又绝望，
为秀发遭劫伤心的未婚姑娘！   10

在那悲伤的时刻，气精们退下，
埃里尔流着眼泪飞离贝琳达。
这时忧郁的黝黑地精恩不理④
照旧让光鲜的脸布满了污迹：
他深入地心，去他自己的地界，

---

① 这两行由德莱顿所译《埃涅伊特》中的文字化出。在那个译本中，迦太基的建国者狄多女王在丧夫以后，不听从理智的判断而爱上了埃涅阿斯，最后因分手而自杀。可参见第五歌6行注。

② 从这行开始的几组对句中，首行都可能来自史诗的译文，而第二行则可能来自当时讽刺女性的小诗。每个对句中都有地位高和低、男和女、严肃和戏仿的对照。

③ 本诗中多次提到错过结婚时机的女性，可参见第一歌81—82行和第五歌28行。

④ "恩不理"为Umbriel音译（此名来自拉丁词umbre，意为"影子"），作为地精，他天性要捣乱。

要去寻找阴暗的**司脾灵**洞穴。①

迅飞的**地精**扑动乌黑的翅膀，
穿过郁雾，来到拱顶下的厅堂。②
这阴暗凄凉的地方永远沉闷，
从不吹清风，只刮凛冽的东风；③   20
这里空气不流通，没刺眼光线，
因为这处洞府关得死、遮得严。
叹息的洞主始终愁倚在床上，
身上是**疼痛**，头脑里更是**沮丧**。

两侍女待在宝榻旁，位置对称，
但是身姿和面貌全然不相同。
这位老姑娘模样的名叫恶意，
她满是皱皮，穿着黑白相间衣；④
手里捧满了祈祷文，用于中午、
早上和夜晚，心里却满是挖苦。   30

那位做作，有令人作呕的表情，
满脸二九年华的玫瑰色红晕，⑤

---

① "司脾灵"为Spleen（脾）的音译，这里是指地府中的女神。当时有很多人认为，脾中会产生对健康有害的"郁气"（Vapour），郁气升到头部，就会使人头痛和忧郁。史诗中的英雄（例如奥德修斯和埃涅阿斯）常有造访阴曹地府的经历，戏仿史诗中也就做类似的安排。另外，作者在这里借司脾灵的形象进行讽刺，因为在当时的英国上流社会中，有些人装出一副忧郁消沉的模样。

② 司脾灵居住的地方雾气氤氲，是为"郁雾"。另外，第四歌39—46行中，这种雾气也在发生影响。

③ 当时的英国人认为，给他们带来雾蒙蒙天气的凛冽东风会引起人体内郁气发作，轻的可使人脾气乖戾多疑，严重的则可使人发疯。

④ 在传统观念中，凭有无恶意可把人分成两部分：一部分为美德，是白的，空的；另一部分为邪恶，是黑的，实的。

⑤ "做作"脸上的玫瑰色红晕来自胭脂。

嗲声嗲气娇滴滴,头偏在一边,①
神态像要昏厥,却高傲又慵倦;
她身陷锦被,带着相配的苦恼,
因生病和要美观,她身裹长袍。
佳丽们总能感受到这类疾病——
一件新睡衣就是一种新病因。②

这宫廷上空飘荡着沉沉郁气,
古怪的幻象随着气雾在升起,③   40
像在隐士噩梦中出没的鬼魂,
像弥留少女眼前的鲜明幻影。
忽而是怒目的恶魔,盘着的蛇,
苍白的幽灵,裂开的墓和鬼火;
忽而是金湖一片,**天堂般景致**,
水晶的穹顶,飞来救援的天使。④

到处都可以看见有无数东西,⑤
在**司脾灵**的影响下改变形体。
这里站着活茶壶,它两条胳臂
弯的是壶柄,伸着的便是壶嘴;   50

---

① 这种嗲声嗲气的说话,指的是发音时咬着舌头(如将S和Z发成θ和ð)。这种做作的发音,在当时甚至成为男子的时尚,因此颇受非议(例如,在著名刊物《旁观者》和《闲谈者》上就受到猛烈抨击)。作者在这里也表明他对这种做作的轻蔑。

② 生病可以是借口,为的是穿着睡衣在床上接待来访,甚至可以穿得很单薄,以增加自己的诱惑力。

③ 据说人体内的郁气会让人产生可怕或可爱的幻觉。

④ 43—46行表明郁气产生的幻觉,是作者对当时舞台上一些荒唐场景的讽刺。

⑤ 这里作者描述人们受郁气影响后产生的另一种幻觉,似乎自己变成了没有生命的物体。

小小瓦锅，走得像荷马三足鼎；①
坛子叹气，讲话的是鹅肉馅饼；②
有力的想象能使男人怀孩子，
姑娘变瓶子，高声喊着要塞子。③

把一支特效的脾草拿在手里，④
地精安全通过这古怪的群体，
向那神仙道："任性的女王，你好！
十五到五十的女子受你管教：
你给女性以智慧，给人以郁气，
还给人诗的灵感或歇斯底里；⑤   60
对不同的脾性你有各种高招，
让人们有的写剧本，有的吃药；
你让高傲者推迟他们的访问，
叫生气的虔诚信徒念念祷文。
但有位美女不在乎你的伟力，⑥
使千百人过得同样欢天喜地。
要是我地精能让她魅力减少，
叫人妩媚的脸上长出小脓包——
像主妇喝了香橼酒涨红了脸，⑦
或是在打牌输掉时脸色大变；   70

---

① 荷马史诗《伊利亚特》中，锻冶之神曾为天神们制作会自行活动的类似东西。

② 作者自己对此有注，说是有位他同时代的女士，确实感到自己是鹅肉馅饼。

③ 后半行诗有点不登大雅之堂，同样的例子可见第四歌的最末两行。

④ 脾草即铁角蕨，也称铁角凤尾草，据说有消解郁气的功效。这里，恩不理拿着它，就像有了在地下世界活动的通行证，因为在《埃涅伊特》中，埃涅阿斯就是凭一根金树枝下到阴曹地府的。

⑤ 据说，歇斯底里除了负面作用外，也有正面作用，就是激发诗人的创作灵感。

⑥ "美女"指贝琳达，她一向无忧无虑，不受郁气影响。

⑦ 香橼酒用白兰地和香橼皮制成，是当时上流社会妇女的饮料。

要是我能给脑袋安缥缈的角,①
或弄皱衣裙,把床弄得乱糟糟;
或让人凭空对别人犯了疑心,
见人正儿八经,就弄乱其头巾;
或让便秘的叭儿狗总是病倒,
病得让明眸流的泪不能治疗。
听我说,就让贝琳达感到恼恨,
这一下,就使半世界的人郁闷。"②

女神似乎不满意,对他的祈求
像是要拒绝,但结果还是接受。　　　　　80
她亲手准备好一个神奇小箱,
像尤利西斯装风的皮袋那样,③
箱子里装进女性肺部的威力,
像唇枪舌剑、叹息、哭泣和怒气。
她又把闲愁、令人昏厥的惊恐、
泪水和淡淡悲痛装进小瓶中。
地精高兴地把这些礼品收起,④
张开黑翅膀,慢慢升到天光里。

那眼神沮丧,秀发散开的美女,

---

① 说某个男人头上长角,意谓他妻子不贞。但这角虚无缥缈,也即仅仅是男人猜疑自己妻子的不贞。下一行中的弄皱衣裙和弄乱床铺,也是为了挑起这方面的疑心。

② 意谓贝琳达一生气,全世界半数男人会心烦意乱。

③ 尤利西斯在特洛伊战争结束后的回国途中,曾来到属于风神埃俄罗斯的岛上。风神送给他的礼物是个牛皮袋,里面装有各种对其航行不利的风。

④ 史诗中常有英雄从阴曹地府返回人间的叙述,但比较之下,这里带回来的东西显得可笑。

他发现正倒在泰利斯璩怀里；①   90
饱满的小箱在她俩头上一开，
那些复仇之神便猛冲了出来。
贝琳达的超常怒火顿时中烧，
而泰利斯璩把火苗扇得更高。
"不幸的姑娘！"她摊开双手嚷嚷，②
（汉普顿发出回响"不幸的姑娘！"）
"难道为这个，你总是仔细备好
长长的漂亮发夹、梳子和香料？

为这个，你头发夹进纸头监狱，③
被酷刑的铁器弄得盘绕拳曲？   100
你娇柔的头还受束发带拘束，④
勇敢地承受着铅的双倍重负？
天哪！难道让强徒展示你秀发，
让花花公子羡慕，让淑女惊讶！
这有碍**名节**！为这无上的**名节**，
我们女性舍弃了宝贵的一切。
我想我已看清你含泪的眼睛，
已听到他们在讲可怕的事情，

---

① 据希腊神话中说，相传在黑海边上居住着一族骁勇善战的女战士，称为亚马孙，泰利斯璩是她们美丽而英勇的女王。这里的泰利斯璩可能指乔治·布朗爵士的夫人，她的丈夫是当事人阿拉贝拉·弗莫尔小姐母亲的同辈亲戚（但也有评论家认为是别人）。另外，这对贝琳达沮丧神情的描述来自《伊利亚特》，在古典史诗中，没有束住的散乱头发常表示主人公的极度悲痛。

② 本诗原作中没有引号，但有些版本为读者方便，加进了引号（前文中也一样）。95—120行的这段话，很像史诗中英雄受辱后的激愤之言。

③ "头发夹进纸头监狱"是一种所谓"史诗用语"，其实，就是用卷发垫纸（就像下一行中用烫发钳）把头发弄鬈。

④《埃涅伊特》中的女祭师是用束发带的。这里的束发带（有时以金属制成）是"做头发"的用品，下一行中"铅的双倍重负"指的是用来固定卷发垫纸的小铅条。

已明白备受敬慕的淑女受辱。
你名声在窃窃私议中被玷污!　　　　　110
我将如何捍卫你无助的声誉?
否则,做你的亲友也令人疑惧!①
难道能让你秀发,这无价宝物,
透过了水晶暴露于睽睽众目,
让它映衬着四周钻石的光芒,
永远炫耀在那劫掠者的手上?②
不,除非环行道上长出青草来,③
或智者把家安在**博教堂**一带;④
除非让天地和海洋混沌激荡,
男人、猴子、叭儿狗、鹦鹉全死光!"⑤　　　120

怒冲冲说完,她转向普隆爵士,⑥
要她这时髦男人把宝发索取:
(爵士为他的琥珀鼻烟盒得意,
花手杖挥动得体也是拿手戏)
他眼色严肃,圆脸上神情呆滞,
先开鼻烟盒,然后开始谈正事——
冲口道:"我说爵爷,算哪档事情!

---

① 因为亲友的"不名誉",自己也会丢脸,所以会"疑惧"。可以看出,泰利斯璩在鼓动报复,她暗示贝琳达,如果忍气吞声,将会丧失她备受敬慕的地位。

② 按泰利斯璩说法,男爵会把那绺剪下的头发放在四周镶有钻石的水晶戒指里,然后戴在手上炫耀。事实上,在蒲柏的时代,确实能看到把头发做在里面的老式戒指。

③ 这环行道在海德公园中,车辆来往频繁,难以长草。可参见第一歌44行及注。

④ 博教堂指位于伦敦市中心的圣玛丽·勒·博教堂,它附近是繁忙的商业区而非高级住宅区。

⑤ 这两行诗表明,她无论如何也不愿让其名节受损。可见,"名节"在18世纪的英国多么重要。

⑥ 一般认为普隆爵士是莫利太太的兄弟乔治·布朗爵士,他是泰利斯璩的丈夫。蒲柏多年之后还对人说起,普隆爵士在本诗中的形象使乔治·布朗爵士大为恼火。

该死的头发,天哪,你得讲文明!
遭瘟去罢,玩笑开过头,天杀的!
把头发还她。"说罢,啪地关烟盒。①   130

那年轻贵族回答道:"我很难过,
这样好的一番话,竟然是白说。
凭这头发我起誓,这神圣头发②
(它刚才从那可爱的头上剪下,
不能融进它辞别的头发里去,
再不能恢复它的令名和声誉)
将永远戴在我赢得它的手上,
只要是空气还在吸进我鼻腔——"
说着,摊出那久经争夺的珍奇,③
得自她头上的秀发,扬扬得意。   140

可恨的地精恩不理按捺不住,
就把那只瓶打碎,让忧愁涌出。④
看吧,那美女已显出优美愁容,
失神的眼睛一半淹在泪水中;
头颅低低垂在鼓起的胸脯上,
接着叹口气,抬起头来这样讲:

---

① 普隆爵士显得很窝囊,说话七零八落,又生硬粗俗,显示其怒气的,只是把鼻烟盒啪地关上。据说乔治·布朗爵士因此以动武威胁蒲柏,但考虑到对方身材矮小又是畸形,对其动武实在算不上英雄气概,而且有人向他指出,他若这样做,必然招致蒲柏报复——可能在作品中将其写成真正让人耻笑的对象,所以后来未将威胁付诸实施。

② 相比之下,男爵的话显得优雅从容。另外,发誓也是史诗中的传统之一,而这里男爵的誓言也是戏仿《伊利亚特》第一卷中阿喀琉斯所发的誓言。

③ "久经争夺的珍奇"语出希腊史诗,例如,《奥德赛》中对珀涅罗珀就是这样称呼的。但在这里,"珍奇"只是一绺头发,于是这誓言就显得荒唐可笑。

④ 因为"忧愁涌出",贝琳达就由狂怒变为忧愁。

"愿这可恶的日子永远受诅咒，①
它把我最喜爱的好鬈发抢走！
要是不参加这**汉普顿宫**聚会，
该有多好，那我的运气好十倍！　　　　　150
但我不是第一个失算的女子——
爱宫廷生活就招致众多祸事。
我呀，要是能待在某个孤岛上②
或遥远的北方，没人把我欣赏；
在那里，没有来往的镀金马车，
没人尝过**武夷茶**，学过奥伯尔！③
在那里，没人会看到我的娇媚——
像是沙漠里开放、凋谢的蔷薇。
为什么我想交游年轻贵公子？
待在家里做祈祷岂不更合适！　　　　　160
其实上午已经有这样的预兆：
手一抖，饰颜片盒子三次落掉；④
没有风，放不平的瓷器却颤抖；
修克无礼，连鹦哥也没有开口！
梦幻中，还有位气精把我提醒，
说我有噩运，可惜没有早相信！
瞧这遭冒犯头发的可怜残余！
没被偷掉的，恨不得亲手拔去！
本来它们梳理成两个黑发鬈，
让雪白的颈项增添新的美观；　　　　　170

---

① 这句话脱胎于《伊利亚特》中阿喀琉斯的著名悼词，因为他的好友普特洛克勒斯为赫克托所杀。

② 这样的岛在《奥德赛》中经常被提到。

③ 18世纪时，武夷茶已在英国上流社会流行，价格相当昂贵。

④ "饰颜片"又称"美人斑"，其实就是黑色小绸片，是当时欧洲妇女贴在脸上的装饰品，用来衬托肤色的白皙。有些女性还将饰颜片贴在不同地方，表明某种政治观点。参见第一歌138行注。

现在只剩下这一绺孤苦伶仃,
伙伴的遭遇昭示了它的命运;
它直直耷拉着,仿佛邀请利剪,
并招引你的手再来无法无天。
残酷的你呀,若是想偷我毛发,
其他不是明处的,不也可以吗?"①

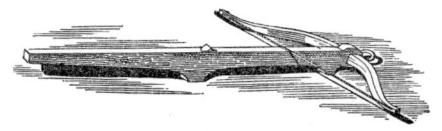

① 参见第四歌54行注。

第五歌

她说完,流泪的听众满怀同情,
但有关神明让男爵闭目塞听。
泰利斯璩的责备也不起作用——
贝琳达无法说动,谁还能成功?
面对狄多的狂怒,安娜的求情,
当初那特洛伊人哪有他坚定![1]
此时卡丽莎庄重地把扇摇摇,[2]
大家安静后,这丽人开始说道:

"为什么美女最受赞扬和尊崇,
最受聪明男人追,虚荣男人捧?　　　　　　10
用来打扮的都是水陆的恩赐?
被唤作天使,又像天使受崇拜?
为什么我们马车旁绅士簇拥?
边包厢中的贵宾向我们鞠躬?[3]
理智若不能保住美貌的收获,
我们的荣耀和努力还剩什么?
愿男士,当我们光临头排包厢,

---

[1] 迦太基的建国者和女王狄多爱上了特洛伊人埃涅阿斯,但埃涅阿斯受天神指示后决定离开,继续前往意大利,以完成创建罗马这一命中注定的事业。狄多看到埃涅阿斯手下的人在准备船只出航,猜到他将离自己而去,不禁愤怒地指责他,希望他能回心转意,后来又让她姐妹安娜带话去求他,但同样不起作用。

[2] 7—36行,是作者在此诗第三版(1717)时加进去的,说是为了更清楚地展示本诗寓意。卡丽莎的话是戏仿《伊利亚特》中萨耳珀冬激励劳库斯的一番话(主要是比较战斗中壮烈牺牲与碌碌无为的年老病死)。这里,原来那种面对死亡的勇气换成了面对衰老的从容心情。

[3] 当时的剧院里,绅士通常坐在边包厢,女士则坐在正面的包厢。

会说:先要看德行,就像看面庞!
如果说,整天打扮和整夜跳舞
能剋掉天花,能叫人青春常驻,①   20
节俭的效果谁还会放在眼里?
世上有用的本领谁还愿学习?
涂脂抹粉既然不一定算罪愆,
贴饰片、做媚眼也可造就圣贤。
可是呀,脆弱的美必然会衰败,
烫鬈或烫直的秀发都得变白;
化妆的和不化妆的,都得老去,
看不上男人,到死也是老处女;
所以任失去什么,还是要牢记:
保持好心情,用好剩下的能力!   30
如果嗔怪、逃走和叫骂行不通,
相信我,亲爱的,心平气和有用。
佳丽们美目流盼虽撩人眼目,
但是不行,赢得心灵的是贤淑。"

她讲完,**泰利斯璩**说她假正经,
贝琳达皱眉,完全没鼓掌声音。
那好斗的女中丈夫边喊:"开战!"
边投入战斗,动作迅猛如闪电。
大家便分出阵营,开始了攻击:
鲸鱼骨迸断,绸衣窸窣扇子劈;②   40
男女英雄们的呐喊乱成一片,

---

① 1796年发明接种牛痘前,天花的死亡率很高,即使康复,脸上也会留下许多疤痕,所以18世纪时,脸上只要没有疤斑,就算是一种美。事实上,在作者加进这段话之前的1713年(也即本诗初版后的第二年),诗中被称为男爵的彼得爵爷就死于天花。

② 鲸鱼骨是用于女性服装的材料,特别是用于紧身褡、紧身胸衣之类的内衣。在以扇子之类的东西为武器的"战斗"中,有一定牢度又是用于女性内衣的鲸鱼骨居然会断掉,此说颇有弦外之音。

男低音、女高音全都直刺云天。
他们掌握的并不是寻常武装，
他们像天神打仗，不怕致命伤。

鲁莽的荷马让天神同样厮拼，①
让他们心中汹涌着人的激情；
让各路天神武装起来相对抗；
让奥林波斯山上警号声响亮：②
宙斯的惊雷使整个天空颤抖，
海神的风暴叫蓝色大洋怒吼，　　　　　50
崩塌的大地把城堡震得摇晃，
天光一闪，叫惨白的精魂恐慌！

恩不理高高坐在壁式烛台上，③
得意扬扬拍打着翅膀看战况；
精灵们挂着针般大小的长矛，
看战事发展，有的则投入打闹。

狂怒的泰利斯璨冲进了乱军，
她目光朝四周扫射，致人死命，
花公子、机灵鬼乱中相继败亡，
他们俩分别死于隐喻和歌唱。
"狠心的美人，我是虽生犹死啊！"　　　60
荡不回叫毕，在他椅子边瘫下。
福不灵悲悲切切仰面看一眼，

---

① 荷马的《伊利亚特》中，天神们因为有的支持希腊人，有的支持特洛伊人，也相互开战。这段文字用的是希腊史诗笔法。

② 希腊的奥林波斯山被认为是天神们居住的地方。

③ 装着这种烛台的墙面上常配有镜子，以利用反射增加亮度。

"那目光颇具杀伤力"是其遗言。①
同样,在宛延河的繁花河岸上,
临终的天鹅在死前哀哀歌唱。②

大胆的普隆爵士拽倒卡丽莎,
克洛伊杀来,眉头一皱宰了他;③
她含着微笑看这被杀的雄才——
这微笑却使花花公子活过来。   70

现在宙斯在天庭挂好金天平,
把那些郎才同那绺女发过秤;
秤杆翘来翘去翘很久,颇犹豫,
最后郎才翘起来,女发沉下去。④

只见勇猛的贝琳达冲向男爵,
眼中闪烁着非同寻常的列缺:
对方并不怕力量悬殊的交手,⑤
这莽爵爷只想死在对方上头。

---

①这里的纨绔子弟不再被视为英雄,他们的名字显示出纨绔特点。荡不回的原文为Dapperwit,其中的dapper有衣冠楚楚意;福不灵的原文为Fopling,意为地位低下的纨绔子弟。17世纪王政复辟时期的喜剧中,这些是此类人物的典型名字。他们"死"时所说的话也出于此类戏剧和歌剧。"那目光颇具杀伤力",是当时一部歌剧中的唱词。

②"宛延"为河名,据说在小亚细亚。另据奥维德的说法,天鹅一生中只有临死前才歌唱。

③ 克洛伊是一些轻松诗歌中常见的女子名,这里并不确指某人。

④ 在《伊利亚特》《奥德赛》《失乐园》中,天神常用天平来决定战斗的胜负或人的价值。这里,作者既嘲笑男人的愚蠢,也嘲笑这种写作手法。过秤的最后结果表明,郎才轻于女发,也就是不如女发重要,所以注定在战斗中失败。

⑤ 如果这"交手"是体力上的,那么"力量悬殊"一词就有点讲不通,因为这意味着贝琳达比男爵强大——原来,答案在下一行,因为他若要达到目的,就必须得到对方同意,主动权在贝琳达手里。

尽管他是男子汉，有力气厮打，
贝琳达却用两个指头打败他： 80
这狡黠的处女捏起一撮鼻烟，
射向那吸进生命气息的鼻眼；
地精们准确引导辛辣的微粒，
让最会痒痒的地方大受刺激。
突然间，泪水迸出男爵的眼眶，
他的喷嚏声在整个大厅回响。①

贝琳达怒叫："现在你就受死吧！"
便从头上拔下致命的大发夹。
（这东西本来是三个图章戒指，
她的外高祖挂在颈前做装饰， 90
显得很老派，接着在熔化以后，
做成他遗孀长袍的巨大搭扣；
随后成了外婆小时候的哨子，
哨子吹起，她就把小铃铛敲起；
再成了发夹，装点母亲的头发，
她用了很久，现在贝琳达用它。）②

"出口伤人！别为我失败而夸耀！"
男爵叫道，"你也会被别人放倒。
你别以为，我高贵的心会泄气；
我并不怕死，怕的只是撇下你！ 100
但愿哪，我能挺过去，不单如此，
要在爱神的火中烧，活活烧死。"③

---

① 在希腊、罗马时代，打喷嚏被视为好兆头。
② 在《伊利亚特》中，也有对英雄所用节杖和头盔历史的叙述。
③ 史诗中的英雄面对死亡时常会慷慨陈词，相比之下，男爵的话说得很"软"。

"把头发还来!"贝琳达高声嚷嚷,
"把头发还来!"穹顶下回声轰响。①
猛将奥赛罗虽然为手帕苦恼,②
也没以这种咆哮把手帕索要。③
瞧,让勃勃雄心遭挫折多容易,
头领们争闹,争的东西却失去!
那秀发来路不正,藏得格外好;
大家到处找,找来找去找不到: 110
凡人,不该享有这天赐好东西——
上天这旨意,谁能够提出质疑?

有人认为,它升入了月亮之疆,④
因为人间丢失的,在那里收藏。
那里,英雄的才智收藏进大壶,
阔少的,装进鼻烟盒或者小椟。
那里,有背信弃义和临死献金,⑤
有凭缎带系在一起的恋人心;
有求婚者的诺言和病家祈祷,   120
有继承人的眼泪和娼妓微笑;
有捉蚊子、跳蚤的笼子和锁链,

---

① 这里用"穹顶",因为史诗中常称天空为"天穹""穹隆"或"穹苍"。

② 莎士比亚的著名悲剧《奥赛罗》中,同名主人公送给妻子一块珍贵的手帕,但恶人以此手帕做文章,诬陷他妻子不贞。奥赛罗妒火中烧,怒气冲冲地要妻子把手帕拿出来给他看,并把妻子拿不出视为其不贞的证明,终于杀死了妻子。

③ 贝琳达的喊声居然超过奥赛罗的咆哮,说明她遭到的伤害比奥赛罗还严重。

④ "月亮之疆"指的是月亮与地球之间的空间。这里在"永恒疆域"之下,受月亮"影响"并住有气精(参见第二歌81行)。根据迷信说法,地球上失去的东西都去了月亮上,包括时髦社会丢弃的琐事末节,包括人间虚假的感情和徒劳的努力。下文中意大利诗人的作品即根据这种说法写出。

⑤ 临死前的奉献或施舍是守财奴的行为,因为这时他害怕被罚进地狱,才肯拿出钱来做好事。

有风干蝴蝶和长篇空论万卷。①

要信赖缪斯,她看见秀发飞升——
看见这点的,只有眼尖的诗神
(罗马的伟大创建者升天之时
也同样只向普罗库鲁斯显示);②
它射过清澈天空,像流星一颗,
后面有一绺灿烂的秀发拖着——③
贝后的美发升天也没这么亮。④
现在天空中装点着吹乱的光,
气精们看它飞过时晶晶闪闪,
高兴得跟在后面在空中追赶。⑤

时髦男女会在髦尔道上眺望,⑥
以音乐欢庆那道吉祥的星光。
有福的恋人当它就是维纳斯,⑦

---

① 意大利诗人阿里奥斯托(1474—1533)在其代表作《疯狂的奥兰多》中也有类似文字,只是蒲柏在这里把列举的东西"当代化"了,并以此嘲笑18世纪的虚伪和愚行。"风干蝴蝶"用来取笑当时热衷的类似收藏。"长篇空论"指的是中世纪的大部头哲学书,因为中世纪的那种讲大道理的做法不合古典主义者口味。

② "罗马的伟大创建者"指罗穆卢斯,他是战神之子并创建了罗马城(罗马由他得名)。据说,他是在暴风雨中乘云升了天。普罗库鲁斯是古罗马的元老院议员,据说罗穆卢斯死后曾向他显灵,要百姓祭拜他。

③ 这里意为像彗星尾巴。彗星的英语为comet,原意就是"头发"或"长发"。

④ 贝后指贝丽奈西(Berenice),是传说里古埃及的美发王后。她见丈夫从战斗中安全归来,就按照自己许过的愿,把一绺头发献给神,这头发便成了后发星座(Berenice's Hair)。希腊诗人曾以此题材写诗。

⑤ 这里气精再次出现,使史诗中这种引入超自然因素的文学手段贯彻始终。

⑥ 髦尔道为Mall的音译,这是伦敦圣詹姆斯宫北面的林荫道,是当时的时尚去处,供人散步、驾马车来往或者打铁圈球(槌球的一种)。

⑦ 维纳斯是金星,也是神话中爱与美的女神。

在罗莎蒙德湖畔给送上盟誓。①
帕特里奇会通过伽利略之眼②
在无云夜空里把它细细观看；
这荒唐的术士由此准可判定：
罗马的陷落或者路易的命运。　　　　　140

好美人，别为遭劫的秀发悲伤！
它给明亮的天空增添新光芒！
美好的头发即使能让人自负，
不全像你遭劫的秀发受羡慕。
因为就算你眼光能大量杀伤，
你在千万人被杀后也得死亡；
待那双明丽的太阳终于沉落，③
待那些发丝终于被泥土盖没，
你这绺秀发，缪斯准赋予不朽，
铭着贝琳达之名在星际遨游。④　　　150

---

① 罗莎蒙德湖在圣詹姆斯公园，是著名的情人相会之处。这地名也常使人联想到情场失意者。

② 约翰·帕特里奇是当时有名的占星家，他每年出一本历书，其中经常预言罗马教皇和法王路易十四的倒台（因为他们是英国人和新教徒的敌人），结果免不了闹笑话。在蒲柏写本诗（1712）前不久，《格利佛游记》（1726）的作者斯威夫特就曾嘲笑这位占星家。伽利略（1564—1642）是意大利数学家、天文学家和物理学家，他自制望远镜做天文观察，"伽利略之眼"即指望远镜。

③ "明丽的太阳"指贝琳达的眼睛，可参见第一歌14行，那里说她的双眼能使"白天失色"。在这点上，作者同样做到了首尾照应。

④ 本诗的结尾有史诗那样的欢腾气氛，不仅那绺秀发升了天，就连社会上的那些琐碎也几乎因此而被赋予了某种神圣意味。

司各特

末代行吟人之歌

引子

那条路很长,那天风很冷,
那是又老又弱的行吟人。①
他两颊枯槁,他白发披散,
看来从前曾风光过一番。
有孤儿一名替他背竖琴——
如今就这琴能使他高兴。
行吟人中间,他最后一个
还在唱边区骑士记功歌:②
唉,他们那时代已消逝,
他弹唱的同道全都去世。 10
他受人轻视,他遭人欺压,
但求和伙伴同眠于地下。
他不再骑在腾跃的马上,
像早晨的云雀柔美欢唱;
已没人讨好他,把他奉承,
让他坐上座,欢迎这客人,
让他对欢快的贵人淑女
尽情歌唱他即兴的词曲:
旧时代旧风尚一去不回,

---

① 欧洲中世纪行吟诗人最早是贵族家的说唱人,颇受尊敬,他们会写诗作词,也能弹着琴唱自己的创作,所谓内容往往是他们本民族或主人的英雄业绩;后来成为东奔西走的说唱艺人,为普通百姓提供消遣,社会地位很低,被视作游民和流浪汉。

② 本诗中"边区"一词专指苏格兰和英格兰的接壤地带。这里的领主们经常向对方发动袭击,因此战祸频仍。

外人占了斯图亚特王位；①   20
这铁的时代，偏执的人群②
说他无害的技艺是罪行。
流浪的竖琴手遭人歧视，
苦得只能一家家去乞食——
他那张竖琴国王曾爱听，
如今为庄稼人调弦定音。

他走在桦树丛，这时看到
亚罗河边的尼瓦克城堡：③
渴望的行吟人凝视许久——
但差的歇脚处附近没有。   30
他虽然脚步迟疑，却最终
走过带雉堞的拱形门洞。
那横门和吊闸笨重粗大，

---

① 外人指威廉三世（1650—1702）。斯图亚特家族从1397年起为苏格兰王室，1603年起又为英格兰王室。当时苏格兰国王詹姆斯六世继承了英格兰王位，称詹姆斯一世。1649年詹姆斯之子查理一世被处死，斯图亚特家族被排斥在王位外，直至1660年查理二世复位。1685年，查理二世信天主教的兄弟继位，是为詹姆斯二世。由于他不得人心，1688年，臣民请求奥伦治亲王威廉前来"拯救英格兰的法律和宗教"，是为威廉三世。詹姆斯逃跑，而根据后来的法律，天主教徒不得继承王位，他和后代永被排斥在王位之外。但英格兰和苏格兰仍长期是斯图亚特王室的天下，因为威廉三世是查理二世的妹妹玛丽的儿子，而作为他共同统治者的妻子玛丽二世则是詹姆斯二世长女。

② 铁的时代，指克伦威尔执政时代（1653—1658）。当时清教徒和长老会教徒反对许多娱乐，并采取各种严厉措施。据记载，1656年曾宣布：走江湖的提琴手和行吟诗人是流浪汉、游民和不思悔改的叫花子。

③ 亚罗河在塞尔扣克郡，很多名诗以其为题材，如苏格兰诗人汉密尔顿（1704—1754）的《亚罗河两岸的陡坡》和华兹华斯的《未访亚罗》《初访亚罗》等。现为废墟的尼瓦克城堡本是宏伟的方形城堡，坐落于亚罗河边，距塞尔扣克市三英里。该堡由苏格兰王詹姆斯二世（1430—1460，1437年即位）兴建，便于去埃屈克王家森林狩猎时驻跸。该城堡一度由勃克留为国王驻守，1513年苏格兰和英格兰弗洛登之战后，归该家族所有。司各特在道尔凯斯女伯爵启发下创作本诗，这女伯爵喜欢住在尼瓦克堡附近的博希尔。诗人可能因此选择该堡作为故事展开地。

挫败过多少次敌人攻打；
但对处境凄凉的伶仃人，
这是道从不关上的铁门。
他疲惫的脚步、可敬的脸、
胆怯之色，公爵夫人一见，①
便吩咐侍从去通知家仆，
对这位老人要好生照顾。　　　　　40
夫人的出身虽备极尊荣，
却也遭受过苦难和不幸；
在家势鼎盛、如花似玉时，
她曾在蒙默斯墓前哭泣！

仁慈满足了他一切需要，
老人的感激之情难言表，
他那荣誉感打心底涌起：
很快就开始叙述起往事，
说已故好伯爵法兰西斯，②
又祝愿沃尔特安息地下！——③　　50
骑马冲杀，谁也比不上他；
说到前辈的勃克留武士，④
他知道多少他们的故事——
高贵的公爵夫人，倘若想
听听他这老歌手的弹唱，
尽管他嗓子无力手已僵，

―――――――

　　① 这位勃克留兼蒙默斯公爵夫人，名叫安妮·司各特，丈夫因叛逆罪于1685年被斩首。
　　② 指法兰西斯·司各特。他是第二代勃克留伯爵，为公爵夫人之父，曾与苏格兰军一起对英格兰国王斯图亚特王朝的查尔斯一世（1600—1649，1625年即位）作战。
　　③ 指沃尔特·司各特。这位著名武士是第一代勃克留伯爵，为公爵夫人祖父。
　　④ 参见第六歌154行及注。

那么只要是夫人喜欢听,
他想必还能弹奏出乐音——
他这个想法倒也是真情。

这请求很快就得到恩准,   60
行吟老人找到了听的人。
可当他一来到大厅里面,
来到夫人和贵妇们跟前,
也许倒巴望没这次恩准;
因为他想给竖琴调调音,
却难以控制抖不停的手——
这就难保证满意的弹奏。
一幕幕往昔的欢情苦景,
使他年迈的脑子理不清——
想调好竖琴却是白费力!   70
夫人很同情,赞美他琴艺,
叫他有信心,让他不用急——
直调到根根琴弦音谐和,
和谐的乐曲汇成了欢乐。
这时他说道,他十分希望
把一支老曲调重新回想,
虽说他从没想过要再唱。
编这歌不是为了乡下人,
而是为了夫人和老爷们;
这歌给好国王查理唱过,①   80
那时他宫廷就在豪利罗。
老人很想唱早先一支歌,

---

① 指查尔斯一世。他1633年到过苏格兰,在爱丁堡豪利罗(意为"圣十字")宫的寺院大教堂加冕为苏格兰王。该寺院为苏格兰王戴维一世(约1082—1153,1124年即位)于1128年所建,得名于国王母亲圣玛格丽特带到苏格兰来的十字架。

却担心自己已经记不得;
手指在琴弦之间迷了路,
没什么把握把颤音弹出,
只能时不时把白头摇摇。
但当他奏出那热闹曲调,
仰起的脸上就露出微笑;
诗人的满腔喜悦和激情
燃亮他已经黯淡的眼睛! 90
竖琴声抑扬顿挫轻又重——
铿锵的弦儿他一一拨动;
目前的情景,未来的运气,
他的辛劳和匮乏全忘记;
酣歌中,叫人胆寒的畏怯、
老人的心头霜消融化解;
不可靠的回忆留的空白,
全由热烈的诗情补出来;
就这样,竖琴在应和作响,
末代的行吟人放声歌唱。 100

第一歌

一

布岚森城堡筵席结束后，①
　女堡主回到僻静的闺房：
她那闺房里有咒语护守，
　听见或说出便祸从天降。
耶稣、马利亚，把我们保佑！②
没一个活人，除夫人自己，
敢跨过石门槛走进屋里。

二

撤席后就完全无事可干；
骑士、小侍从和持盾扈从③
在高敞大厅里到处闲转　　　　　　　10
　或在熊熊的壁炉旁围拢；
围猎时跑累的几条鹿猩
　趴卧在灯芯草铺的地面，
它们奔跑在梦中树林里——

---

① 该堡近英格兰边界，距苏格兰边区城市霍伊克三英里，临提维河（又译蒂维厄特河或梯维特河）。从苏格兰国王詹姆斯一世（1394—1437，1406年即位）统治时期开始，归勃克留家族所有。该家族常由此出发侵袭英格兰，在英格兰女王伊丽莎白一世（1533—1603，1588年即位）命令下，英军于1570年部分摧毁该城堡。

② 本行借自英国诗人柯尔律治的著名长诗《克丽斯特蓓儿》第一歌54行。

③ 在骑士时代，属于上层社会的骑士需经历小侍从和持盾扈从阶段。贵人儿子满12岁便送去当侍奉骑士的小侍从，担任一些较重要职责后成为扈从（意为"持盾者"），21岁时，如表现够格就正式成为骑士。

从提维河源到埃斯凯荒原。①

三

二十九位骑士大名鼎鼎，
　在布岚森大厅挂着盾牌，②
二十九位扈从出身名门，
　为他们从马厩把马牵来，
再有二十九位高大从人③　　　　　　　　20
尽职地侍候着这些贵人——
他们有真正的骑士风度，
是勇敢的勃克留的亲属。

四

他们中十个人身穿钢甲，
　腰间挂刀剑，靴后安马刺；
明晃晃的重铠从不卸下，
　不管在白天或是在夜里；
　哪怕是躺下了睡觉，
　钢背心也不肯脱掉，
冷又硬的圆盾是他们枕头；　　　　　　30
　他们戴着的钢手套，
　进餐时可以用作刀，
还隔着盔下的横档饮红酒。④

---

① 该荒原在苏格兰邓弗里斯郡东部。
② 意即这些骑士住在布岚森城堡。
③ 类似我国旧时的家人或家仆，地位远低于扈从。
④ 当时苏格兰、英格兰边区常有突袭，有些骑士需时刻戒备，甚至不脱下头盔。这种头盔前部有若干横档保护脸部，也便于戴盔者观察和呼吸。

五

二十名身穿铠甲的武士，
只等十名守望者打手势；
三十四上了鞍子的骏骑，
白天黑夜等候在马厩里，
马鞍前穹旁肯定有长斧，
马头有带刺的铁甲保护——
马厩里没上鞍的有百匹：　　　　　40
这是布岚森堡的老规矩。

六

为什么要让马做好准备，
让武装的战士整夜警卫？——
他们听有没有狼狗吠叫，
他们听有没有战斗号角；
有没有圣乔治旗在飘扬，①
有没有烽火半夜里发光；
他们要防备南面狡猾的
　　斯克鲁、帕西以及霍华德②
　　从卡莱尔、华沃以及奈沃③　　50
率军来把布岚森堡侵袭。

---

① 圣乔治是英格兰守护神，圣乔治旗即白底红十字旗，是英格兰国旗。苏格兰与英格兰合并后，圣乔治旗的图案与圣安德鲁（苏格兰守护神）旗上的×形图案（称圣安德鲁十字）叠加，成为现在英国国旗。

② 这三人都是英格兰边区贵族和守边大员。

③ 这是英格兰边界三处要塞（卡莱尔较大，在边区西部），分别为斯克鲁爵爷、帕西伯爵和霍华德伯爵三人驻地。

七

这是布岚森堡的老规矩——
这里有多少英勇的骑士；
可是他们的首领在哪里？
　　他生锈的剑挂在了墙上，
　　边上是他已折断的长枪。
行吟人将会久久地述说
　　沃尔特爵爷怎么会去世！①
当边境上燃起熊熊战火②
　　使受惊的市民远远逃离，　　　60
而当高高爱丁堡街道上③
血染红弯刀，长矛在闪光，
在拼死的战斗呐喊声里
布岚森首领倒在血泊里。

---

① 沃尔特·司各特是勃克留族首领，镇守西部边区，后为仇家所杀。1526年，以安格斯伯爵为首的道格拉斯家族独揽朝政，引起未成年国王詹姆斯五世（1512—1542，1513年登基）不满。他写密信给沃尔特·司各特，要他来把自己抢出道格拉斯之手（道格拉斯家族有霍姆家族和卡尔家族协助）。结果司各特被打败。追击中，安德鲁·卡尔为沃尔特·司各特之仆艾略特所杀，于是两个家族成为世仇。沃尔特本人于1552年在爱丁堡街头为卡尔家族（又称克尔家族）所杀。

② 这样的战火当时常有。本诗中常提到的一次发生在1545年2月27日。是日，苏格兰南部地方长官安格斯伯爵第六阿奇博德·道格拉斯（约1489—1557）在安瓜姆（一译安克拉姆）荒原击败英格兰军（参见第四歌443行及第五歌274行）。

③ 爱丁堡为苏格兰首府，从詹姆斯二世统治时期（1436—1460）起至1707年苏格兰与英格兰合并，是苏格兰都城。凯尔特语中，爱丁堡称顿爱丁，"顿"意为"小山"或"山上要塞"，因为城市中央的爱丁堡城堡海拔135米。爱丁，即7世纪时诺森伯里亚王国的国王埃德温，是他创建了这座城市。

八

这种敌对和家族间仇杀，①
　　基督的教诲、虔诚的崇拜、
　　爱国热情和神圣的博爱，
难道能使之消弭或作罢？
不能！他们一起去朝圣，
　　去神圣教堂却并不成功，②　　　　　70
徒然为领主们祈求天恩——
　　而他们的弯刀被血染红。
只要卡尔家统治赛斯福，③
埃屈克为司各特家自负，④
世仇的战斗、被杀的领主、
死活相拼所带来的浩劫，
将永远永远不会被忘却。

九

勇武的林区人满怀哀伤，
　　对沃尔特的灵柩俯下身；
　　古老的提维河畔的女人，　　　　　80
把多少花朵和眼泪洒上；
但在武士血淋淋灵柩旁，
　　不献花和泪的是他夫人！

---

① 这种仇杀又称血亲复仇或世仇。在缺文少礼的社会中，这种暴力冲突持续存在于不同亲属集团之间，往往以杀害和反杀害为特征，以达到复仇或恢复荣誉的目的。

② 为消弭宗族世仇，双方首领于1529年订约去苏格兰四处地方朝圣，为仇杀中死者的亡魂祈祷。但这协议不是没有生效，就是仇杀不久重起。——诗人原注

③ 赛斯福是卡尔族领地和势力中心。

④ 埃屈克森林的大部分当时为司各特族掌有。

她深深思念被杀的丈夫，
复仇的渴望把泪泉堵住；
高傲的自尊、强烈的蔑视
把涌上眼眶的泪水阻止。
最后，在那些哀伤族人中，
　　她儿子在保姆的膝头上
牙牙说道："等我成了人，　　　　　　　　90
　　这杀父血债一定会清偿！"①
这时，母亲的泪很快滴下，
滴湿了幼儿火红的脸颊。

　　　　　一〇

玛格丽没心思整整衣衫，
她一头的金发蓬松披散，
飘拂在被杀的父亲脸上。
她的哭声中是极度绝望：
不单单是做女儿的哀痛
　　使她凄苦的眼泪不住流；
无望的爱和焦心的惊恐　　　　　　　　100
　　是她那泪水的混合源头。
在母亲变了神色的眼里，
　　她不敢去寻觅同情。
她情人同卡尔站在一起，
　　袭击她父亲的至亲！

---

① 引号中的话出自边区谣曲《琼尼·阿姆斯闯的最后一次夜间告别》。

就在梅罗斯的附近，①
　　他们的血染红麦道斯溪；
　　她清楚知道母亲的担心——
　　　知道她宁可女儿死，
　　也不愿女儿同仇家结亲。②

　　　　　一一

　　这女堡主有着高贵出身，
　　他父亲是一位有名文人，
　　　属于庇卡底省比顿一支；③
　　在遥远海外的帕多瓦城④
　　　他学到无可名之的本事。⑤
　　人们说，他凭法术的高超，
　　对自己的肉身做了改造；
　　因为当怀着沉思的心情
　　　走过圣安德鲁教堂回廊，⑥

----

　① 梅罗斯（一译梅尔罗斯）是离英格兰很近的苏格兰城镇，在特威德河右岸，西面离加拉设尔仅数英里。1136年修建于此的修道院在屡遭破坏后，1545年被英格兰人夷为平地。1822年由本诗作者主持修复（阿伯茨福德离此不远）。苏格兰民族英雄罗伯特一世（1274—1329，1306年登基）的心脏葬于该院圣坛。

　② 仇家指克然松爵爷。克然松为苏格兰边区地名，这里以领地作领主代称。这领主出身古老家族，主要领地在提维河（特威德河支流）河谷的克雷林。当时这族人与司各特族有仇，看来勃克留女领主曾于1557年围攻克然松族首领，要取他性命。但这位克然松（可能是其子）后来娶了这女领主的女儿。——诗人原注

　③ 勃克留女领主是布岚森城堡领主沃尔特·司各特寡妻，本名珍妮特·比顿。她祖先住在法国庇卡底省小城比顿，以地名为姓氏（以居住地或领地作称呼的做法在苏格兰很普遍）。传说中这位女领主会巫术。

　④ 长久以来，在苏格兰农民心目中，威尼斯以西不远的帕多瓦是巫术中心（可能因帕多瓦大学是中世纪著名的法律和哲学学院）。——诗人原注

　⑤ 婉指巫术。因为据迷信想法，直接指出可能带来灾祸。

　⑥ 圣安德鲁教堂在苏格兰东部的法夫郡内（中世纪时为边远地区）。

他形体竟然没一个阴影　　　　　　　　120
　　投在阳光下的墙上！①

　　　一二

据行吟人说：他美貌千金
　　也学了他那种本事，
叫空中无影无踪的精灵
　　听从她发出的指示。
现在她坐在僻静闺房里——
在大卫那座古老西塔里——②
她正在倾听重浊的声音
在满是青苔的塔外呻吟。
这是提维河咆哮的波澜　　　　　　　　130
　　在冲击赭石颜色的巉岩？
或者是摇撼橡树的大风？
或者是山岩反射的回声？
这重浊声音究竟哪里来——
哼哼在这座古老城堡外？

　　　一三

听到这阴沉沉呻吟，
　　拴住的猛犬在吠叫；
绕塔楼飞的猫头鹰
　　也发出受惊的呼号。

----

①　迷信者认为，没有影子表明巫术出神入化。
②　大卫·司各特爵士是布岚森城堡第一代堡主威廉爵士之孙，他曾扩建并加固城堡。——诗人原注

大厅里，扈从和骑士 　　　　　　　　140
　　　　发誓说快要来风暴，
　　他们朝夜色中注视，
　　　　但夜空晴朗静悄悄！

　　　　　　一四

　　提维河的流水冲击崖壁——①
　　　　从那冲击中发出的声音，
　　从摇曳风中的橡树叹息，
　　　　从发自山岩的阴沉回声，
　　从即将到来的风暴声里，
　　　　这贵妇清晰地听见
　　水中的精灵说话的声气—— 　　　　　150
　　　　他正在把山神呼唤。

　　　　　　一五

　　　　河　　精
　　"弟兄，你睡了？""没睡，兄弟；——
　　　　山　　神
　　月光在我的山岭上嬉戏。
　　从克莱考山到凯斯尔山，②
　　　　每条小溪边，每个幽谷间，
　　快乐的小妖按空中音乐
　　　　跳他们的摩利斯舞，③

---

　　① 提维河，可参见本歌1行注。这条河是苏格兰南部特威德河支流，它向东北流经霍伊克，在凯尔索注入流进北海的干流，所经之地崎岖起伏。

　　② 这是耸立在提维河两岸的山名。

　　③ 从词源上看，这乡间舞蹈可能来自西班牙的摩尔人。

褐色荒原散落着翡翠戒——
　　舞跳得快乐又娴熟。
起来吧,看看他们灵活的脚!　　　　　160
起来吧,听听他们的好曲调!"

一六

河　精

"一位受拘管姑娘的泪水,
　　同我污染的水混在一起;
布岚森玛格丽满怀伤悲,
　　在月亮苍白光线下哀泣。
你常在观察星象,告诉我:
何时才没有那生死相搏?
怎样的命运等候这姑娘?
哪一位将会做她的新郎?"

一七

山　神

"小熊座沿轨道慢慢运转,　　　　　170
围绕着北极那极端黑暗;
低垂的大熊座险恶凶狠,
猎户座三星腰带阴沉沉:
颗颗行星在雾霭里闪烁,
因为距离远,光显得微弱;
　　高深的天意我很难猜透!
但绝不会有仁慈的影响
降在提维河与这城堡上,
　　除非傲气消,爱获得自由。"

一八

那非人间的对话已停止，　　　　　　　　180
　　重浊的声音已归于沉寂；
那嗓音已在河面上消逝，
　　山崖旁现在也悄无声息。
但大卫爵爷修造的塔边，
　　那声音依然在飘悠回荡；
因为它响在堡主的耳边，
　　因为它响在堡主的闺房。
只见她高贵的头颅一昂，
傲气使她的心怦怦剧跳——
　　"要我女儿做仇家的新娘，　　　　　190
你们的山头先得弯下腰，
　　溪水也先得倒流回山上！"

一九

女堡主走向高敞的大厅，
　　勇敢的家将都歇在那里，
他们快活的喧声笑语中，
　　她儿子在做童稚的游戏。
他装作沼泽地上的强人，①
　　骑着马去抢掠一番——
两腿夹长矛的木杆一根，
　　欢天喜地地绕着大厅转。　　　　　200
久经杀伐的胡子骑士们，
　　把他做游戏的喜悦分享——

---

① 苏格兰和英格兰接壤地区多沼泽地，双方居民不断在对方领土打家劫舍，勃克留族更热衷此道。

尽管说他们粗糙的良心
　　硬得同身上的钢甲一样。
因为,白头发的武士预言:
　　日后征战中,这勇敢孩子
一定会压下独角兽气焰,
　　把双月抱星旗高高举起。①

二〇

女堡主忘了要来做的事,
　　但只是在一时之间——
她饱含着母爱注目而视,
　　停步在拱门的中间:
接着从佩剑挂刀的家将间,
叫德洛兰的威廉来到跟前。②

二一

这是强悍的泽地劫掠者,
是手边常备矛的司各特;
塔拉斯沼泽、索尔威沙滩,③
蒙着眼他能在小路上转;
狡猾地兜圈或拼命一跳,
帕西最好的猎犬也甩掉;

---

　　① 赛斯福的卡尔族以三个独角兽的头为纹章图案,而勃克留的司各特族以一双新月夹一颗星为纹章图案。
　　② 这威廉是勃克留亲属,也是司各特族人,他的领地德洛兰与勃克留在埃屈克森林的领地毗邻。他在本诗中被描绘成典型的边区强人。
　　③ 塔拉斯为埃斯克河支流。索尔威沙滩很危险,这里湖水涨得快,而且是流沙地带。

埃斯克、利德尔每个浅滩①
要他骑着马过去没困难;
时间或季节对他没影响,
任凭腊月雪或七月骄阳;
季节和时光对他没关系,
任白天还是月黑午夜里;
他刚毅的心和坚强的手,
总在坎伯兰把猎物搜求;②
英格兰君主、苏格兰女王③
把他放逐了足足有五趟。　　　　　　230

二二

"德洛兰的威廉最能帮忙,
爵士,快牵出你好马骑上,
要策马飞跑,可别舍不得!
直跑到美丽的特威德河,
那座修道院就在梅罗斯,
去找到圣母堂那位修士。
好好替我问候了他之后,
　就说那注定时刻已来到,
他今夜将同你一起守候,
　一定要拿到墓中那至宝:　　　　　240
今夜是圣米迦勒节之夜——④

---

① 利德尔也是埃斯克河支流。苏格兰和英格兰接壤地带有一段以此河为界。

② 坎伯兰为英格兰西北一郡,北接苏格兰,南邻威斯特摩兰郡,西濒爱尔兰海。

③ 指英格兰国王爱德华六世(1537—1553,1547年即位)和坎坷多难、最后被处死的苏格兰女王玛丽(1542—1587)。

④ 据《新约全书·启示录》12章7节中说,米迦勒是天堂中的大天使。米迦勒节在每年的9月29日。

星光虽幽暗,有皎皎皓月;
十字架红得像鲜血淋漓,
会指向那位大师的墓地。

二三

"他给你的东西,你就收好;
别留在那里用餐或睡觉。
不管是书本或者是文卷,
骑士啊,千万不要打开看!
要是你看了,将大倒其霉——
倒不如没到人间来一回。" 250

二四

"我的灰骓马,"武士回答说,
　"天亮前就能跑回来——
它喝的好水来自提维河,
　所以就跑得特别快。
高贵的夫人,干你这差事,
　没有人比我更保险;
我到海利比仍一字不识,
　即使读救命的诗篇。"①

二五

他很快就稳稳坐上马鞍,

----

① 海利比为卡莱尔城的刑场,绞死过很多边区好汉和强人。"救命的诗篇"指《旧约全书·诗篇》51篇1节:"上帝啊,求你按你的慈爱怜恤我,按你丰盛的慈悲涂抹我的过犯。"犯人若用拉丁文念出,可移交宗教法庭,获得较宽大判决。

驰下坡道时全不怕路陡，　　　　　　　260
　　穿过回荡着蹄声的碉楼，①
很快就来到提维河河岸。
他走朝东去的林间小道，
青榛子在头盔上方直摇；
他经过戈迪兰边界堡塔，②
踏过鲍斯威喧响的岸沙；③
他隐隐看见聚会山土墩，④
那里仍出没着古巫幽魂；
许多亮光在霍伊克闪烁，
一到他身后便融入夜色；　　　　　　　270
他用马刺把好坐骑一扎，
很快来到哈塞尔丁塔下。⑤

　　　　二六

守夜人听到泼刺刺马蹄声，
"嗨，站住！夜里的赶路人。"
"给布岚森当差！"骑士回答，
说着就撇下这友善的塔。
他现在偏离提维河河道，
　　凭小溪的潺潺声认方向，
他朝北走黑魆魆上坡道，
　　来到了豪斯利希荒原上；　　　　　280

――――――――

　　① 碉楼在城堡正门上，以保卫这重要入口。
　　② 戈迪兰在特威德河边，距霍伊克一英里半。
　　③ 鲍斯威是小溪，在霍伊克和布岚森堡之间流入提维河。
　　④ 聚会山在霍伊克附近，是人工堆起的圆形土墩，从名称看，可能是古代相邻部落用来开部落联盟会议之地。——诗人原注
　　⑤ 该塔濒临提维河，一度为司各特族所有。

罗马古道出现在左前方，
　　很宽很阔有好几英里长。

　　　　　二七

　　现在他不再赶得那么急，
　　让呼呼直喘的马缓口气；
　　紧紧扣甲带和马的肚带，
　　把插在鞘中的剑解下来。
　　月下的明托崖幽幽发光，
　　邦希尔把那岩石斫成床；①
　　在那个鹰隼做窝的危崖，
　　那强人摊开了手脚躺下——　　　　290
　　从那些峭壁间，他的鹰眼
　　能把大老远的猎物发现；
　　峭壁回响着强盗的号声，
　　让人更感到恐怖和阴森；
　　这峭壁在今后多少年里，
　　将听到牧羊人悠扬芦笛；
　　是伤心情郎在告诉树林：
　　勃勃雄心治不好相思病！②

　　　　　二八

　　德洛兰顺利地通过那里，

---

　　① 明托崖指突兀于提维河谷的一群怪崖，在以之为封号的明托爵爷的城堡附近。其中一处突出巉岩上有小片平整地方，从那里四下眺望，风景绝佳。这去处称为邦希尔之床，据说，邦希尔是一强人名字。——诗人原注

　　② 第一代明托爵爷的父亲吉尔伯特·艾略特爵士写过一首牧歌，其中第1节有一句：我说，雄心将很快治好我的相思病。

来到里德尔古老的土地；①   300
　山上的湖水往下冲，
艾尔河咆哮着奔腾直下——②
波浪上溅着黄褐色水花，
　就像栗色马的马鬃。
但是没用，任激流深又宽，
拦不住勇猛的泽地好汉！

二九

马一跃入水时沉得好深，
浪花冲击在马鞍的前穹；
泡沫四溅的水流上，我看，
那战马颈子才露出一半；   310
因为，这骑手既全身披挂，
马也是从前到后披铠甲；
还有谁连马带人这么重，
在夜半激流里死拼硬冲。
瞧这武士头盔上的羽饰，
被飞溅的水花全都打湿；
但凭着勇气和圣母恩典，
他终于冲到上岸的地点。

三〇

这好汉已来到波顿荒原，③

---

① 里德尔的领主是家世悠久的贵族。——诗人原注
② 艾尔河是提维河的支流。
③ 波顿荒原在梅罗斯以南两英里。

他眼睛扫了一下哈利顿，① 　　　　320
头摇得盔顶的羽毛直颤；
　　因为他心头闪现那早晨——
罪孽呀，杀戮中遍地血流，
司各特和卡尔就此结仇；
詹姆斯五世眼看着交兵，
他自己将是胜利者奖品；
霍姆和道格拉斯带头冲，
向勃克留家的败军进攻，
直到赛斯福好汉心头血
在艾略特枪尖上腾热气。②　　　　330

三一

心情苦涩的他策马疾驰，
　　可恨的荒原很快便过去；
远处浮现出淡淡梅罗斯，
　　还有美丽的特威德河曲；
黑黝黝修道院又大又暗，
像覆着地衣的高高山岩。
经过霍伊克，晚钟正在敲，③
修士们该在唱诗做晚祷。
那种歌声在阵阵微风里
听来很庄严，忽高又忽低，　　　　340

---

① 哈利顿也在梅罗斯附近，是卡尔家族古时候的一个据点。
② 此事经过可参见本歌58行注。
③ 1066年，诺曼底的威廉公爵征服英格兰，实行宵禁，每晚8点打钟，作为熄火、熄灯信号。后来宵禁虽然废除，很多地方仍在晚上打钟，只是打钟时间各地有所不同。

像那种自在竖琴，只有风①
能把它玄妙的声音唤醒。
来到梅罗斯，早一片寂静，
他在马厩里安顿好坐骑，
直奔寂寞的修道院而去。

竖琴已停下，随之低落的
是竖琴手的热情和勇气。
他感到气馁，低低鞠个躬，
讪讪地望着面前的听众，
似乎要从每一双眼睛中，　　　　　　　350
看出对他的吟唱可爱听；
但对听到的赞扬没信心，
于是就谈些往日的情形，
还说年纪大和长期流浪
使他的手和琴艺受影响。
公爵夫人和美丽的千金
还有在场的好心贵妇人，
按地位的尊卑，一一赞扬，
都赞他抑扬顿挫的说唱；
说他嗓音好，手指听使唤，　　　　　　360
说她们等着把故事听完。
受到这鼓励，说唱的老人
稍稍歇了歇，又唱出歌声。

---

① 这种乐器叫伊奥勒斯（希腊神话中的风神名）竖琴，也叫风奏琴，形似我国古琴，一些弦线绷在共鸣箱上，在风中会发出各种奇怪声音。

第二歌

一

若要把梅罗斯好好领略，
你就挑月色朦胧的黑夜；①
因为大白天欢乐而明亮，
给灰色废墟镀嘲弄之光。
夜里，半毁的尖拱黑洞洞，
石柱分隔的凸窗白蒙蒙；
那时明时暗的冷冷清光
倾泻在坍塌的中央塔上，
一垛垛扶壁在那月光下，
一时像黑檀，一时如象牙； 10
圣徒像上都添了银镶边，
还有谈生说死的方石匾。②
听得见特威德远远咆哮，
还有小鸱鸮在墓地呼号——
要在这时去，要孤身前去，

---

① 有人以这两行诗写成下面这首现代打油诗：
　若要把梅罗斯好好领略，
　　挑月色朦胧的黑夜；
　若要有一个错误的印象，
　　乘大客车去那地方。

② 倾圮的梅罗斯修道院是著名哥特式建筑，四墙扶壁饰有大量雕刻和回纹，壁龛里有圣徒雕像，一些石匾上有《圣经》语句，用在此处颇为合适。——诗人原注

去看圣大卫的那堆废墟;①
　　回来时你会由衷发誓说,
　　这样凄清的美景没见过!

二

　　德洛兰在那里逗留短暂,
　　那美丽的景色与他无关;　　　　　　20
　　短剑柄敲在坚实小门上,②
　　敲了好一会儿,敲得很响。
　　看门人急急赶到大门边——
　　"谁在敲门?这么响,这么晚!"
　　"从布岚森来。"他喊着回答。
　　说话间,小门已开得很大。
　　因为布岚森领主很热心,
　　　给这里捐过金钱和土地;
　　而为了自己灵魂的安宁,
　　　也曾捍卫梅罗斯的权利。　　　　30

三

　　勇猛的德洛兰说明来意,
　　看门人恭顺地把头一低;
　　他手执火把,脚上没鞋袜,
　　　走在小径上没一点声响。

---

　　① 苏格兰国王大卫(一译戴维,下同)一世出资兴建梅罗斯、凯尔索和杰德堡等地修道院,被称为圣人。故苏格兰国王詹姆斯一世说他是"为王冠而恼火的圣人"。——诗人原注(他造豪利罗教堂是为纪念逃脱狂怒公鹿攻击,这鹿因看见他手中十字架而受惊。——译者按)

　　② 这种小门安在大门上,构成大门一部分,不必开大门时,可开这小门。

德洛兰全副盔甲步子大,
　　远近的拱廊都应着铿锵;
直到他低下高耸盔顶羽,
走进睿智老教士斗室里,
翻起护口鼻的头盔下部,
向那圣母院修道士招呼。　　　　　　　40

四

"布岚森女主要我问候你,
　　她说那注定时辰已来到;
要今晚守夜我同你一起,
　　说是能拿到墓中那至宝。"
教士从麻袋布榻上爬起,①
费劲支撑住僵硬的身体;
一百年的霜雪,染白了他
飘拂的长须和稀疏头发。

五

他神情古怪地望着骑士,
　　圆睁的蓝眼激动地闪光:　　　　50
"你竟敢看那个景象,武士?
　　天堂和地狱都把它隐藏。
我胸部团团地围着铁条,
　　用荆条自策,穿粗毛衬衣;
六十年已在苦修中用掉,
　　膝盖磨薄了坚硬石板地;

---

　　① 忏悔的苦修者穿的用的都是麻袋布,还常用鞭子等物抽打自己。参见本歌53—54行。

这还远不能把罪愆赎清,
因为得知不该知的事情。
你若愿意在未来岁月里
　　去无穷无尽祈祷和苦修,　　　　　　60
在恐惧中等待最后结局,
　　大胆的武士,跟在我后头!"

六

"神父,要苦修我可不情愿,
祈祷文,我很难背上一篇;
我不为弥撒或祈祷停下,
除非是上马到边区厮杀,
那时才念念'阿芙马利亚'。①
其他祷告我一概都不会,
快让我办好事早早返回。"

七

老修士重新打量这骑士,　　　　　　　70
　　然后又一次深深叹口气;
因为他本是个大胆武士,
　　曾经转战西班牙、意大利。②
他想起早已过去的往常,
那时他勇气足,身强力壮;
如今衰弱得慢慢领着路,

---

　　① 追念圣母的拉丁语祷词开始就是"阿芙马利亚",意为"福哉(一译万福)马利亚"。
　　② 似指15世纪末西班牙摩尔人与西班牙贵族费尔迪南之战和16世纪初费尔迪南与法国人在意大利之战。

那院子四周有柱廊围住;
柱子支的拱在他们上方,
他们的脚下有死者埋葬。

八

伸展的香草和鲜艳花朵,   80
因夜间的露珠闪闪烁烁;
而院中闪烁的那些花草,
雕在柱廊的拱上也美好。
 修士凝视着可爱的月亮,
  随后转头向夜色中远眺;
轻盈明亮的红彤彤极光
  在北面的空中辉煌舞蹈。
在卡斯提尔他同样看见①
  小伙子随华美队伍上路;
飞跑的矮马被勒得一转,   90
  就出人不意把标枪投出。
他知道,北极光如此鲜明,
必有驾驭这流光的精灵。

九

经过了钢条箍紧的后门,
 他们走进巍巍的圣坛区;
高高在上的是发黑屋顶
 凭精致细巧的高柱支起;
连接各侧廊肋拱的冠石②

---

① 卡斯提尔为西班牙省份。
② 冠石是石拱当中那块石头,英语叫作key-stone,因为它"锁住"其他石块。

是百合形或四叶形雕饰,
　　　翅托上的雕像古怪凶猛;①
　　柱子是聚在一起的细柱,　　　　　　　　100
　　花刻在柱子基座和顶部,
　　　像花环围起长矛一捆捆。

　　　　　一〇

　　屏风隔祭坛,在围栏四周,
　　　带纹章的盾牌、残破的旗②
　　被冷冷的夜风吹得直抖;
　　　快熄灭的灯还亮在那里,
　　照着你寂寞的低下墓地,
　　你呀,奥特朋的英勇领袖!③
　　　还有你,利德斯谷黑骑士!④　　　110
　　　　啊,勃勃雄心已埋入地里!
　　　　啊,死者的荣誉渐渐消逝!

　　　　　一一

　　东面的凸窗照进了月光,

---

① 翅托是建筑物墙上突出部分,以获得更大支承力,翅托上常雕有奇形怪状的脸或面具。

② 战斗中缴获的敌方旗帜常挂在大教堂墙上。

③ 著名的奥特朋血战发生在1388年8月15日,交战双方是号称霹雳火的亨利·帕西和道格拉斯伯爵詹姆斯……结果帕西被俘,司各特一方胜利的代价也极大,因为首领道格拉斯伯爵阵亡。他埋在梅罗斯修道院的高高圣坛下。——诗人原注

④ 指大卫二世(1324—1371,1329年即位)时的威廉·道格拉斯,因骁勇而被称为骑士之花。但他玷污了这个名声,因为他残杀早先的朋友和同胞——道尔豪泽的亚历山大·拉姆齐爵士。他填补死者位置,接任提维地区行政司法长官,但不久在埃屈克森林狩猎中为其教子所杀……遗体送至梅罗斯修道院。——诗人原注

穿过细巧美观的石柱子——
窗花格把叶片影子添上；
　你会觉得有仙女的手指
　摆弄挺直白杨间的柳枝，
编出了很多妙结和奇扣；
而在编好后念了一道咒，
让柳结柳扣都变成石头。　　　　　120
微弱又暗淡的银色月光，
　显示出许多先知和先圣，
他们的彩色形象在窗上；
　得胜的米迦勒就在正中，
挥舞着手中红色十字架，①
把自大的叛逆踏在脚下。②
月光吻着那神圣玻璃窗，
把血渍般影子投在地上。

一二

他们俩端坐在白云石上，
下面睡的是苏格兰君王；③　　　　130
修道士声调庄严地说道：
"我从前也并不总是苦恼，
因为我到过异教徒国家，
战斗在上帝的十字旗下；④
如今见你的武器已陌生，
也已听不惯你那铿锵声。

----

① 指这位大天使手中的剑，它在彩色玻璃窗上是红色的。
② "自大的叛逆"指魔鬼撒旦（参见弥尔顿著《失乐园》第六卷）。
③ 指亚历山大二世（1198—1249，1214年即位）。
④ 似指十字军旗帜，也可能指15世纪末与西班牙摩尔人作战的基督教军队旗帜。

一三

"我注定在那遥远的地方
要同迈克尔·司各特遇上。①
这位法师有可怕的名声,
说是在萨拉曼卡洞穴中,②　　　　　140
每当他起念挥动他魔杖,
巴黎圣母院的钟就会响!
他曾把一些法术教给我,
武士,我可以这么对你说:
　我能把艾尔顿一劈为三,③
能用石勒把特威德卡住。④
但说出那咒语罪不容诛,
　哪怕在心里这么一转念,
就得用三倍苦修来弥补。

一四

"在床上他奄奄一息之际,　　　　　150
　迈克尔的良心开始觉醒;

―――――――

① 包尔沃利的迈克尔·司各特爵士生活于13世纪,曾出使挪威。他学识渊博,写过哲学论文,因精于占星术、炼金术、观相术、手相术而声名远播。但丁《神曲·地狱篇》第20歌中提到他,说他是有名巫师,但这里被安排在较晚时代。

② 萨拉曼卡是西班牙城市。西班牙吸收了阿拉伯文化和迷信思想,被认为是巫师的乐园。后来西班牙王后下令,把巫师们关进萨拉曼卡很深的洞穴并把洞口封死。

③ 艾尔顿山在梅罗斯之南。

④ 有个精灵一度使迈克尔·司各特为难,因为他得找活儿让这精灵干个不停。他先要它在凯尔索造坝拦住特威德河,但一夜便完成……接着迈克尔要它把艾尔顿山头一劈为三,一夜之后山头成了今天这样别致的三个峰巅。最后这巫师总算制伏那不易被难住的精灵,这就是让它不断干着不可能完成的事——用海沙搓绳子。——诗人原注

他想到自己犯下的罪行，
便发出信号要我快赶去。
　旭日初升时我在西班牙，
黄昏结束前我在他床前。
　他临死之前对我说的话，
现在决不能重复说一遍；
我一说，这中殿马上遭劈，
他墓上将堆满断柱残壁。

一五

"我发誓把他那巨著埋掉，① 　　　　160
让世上凡人没法再读到；
也永远不说出埋的地方，
除非布岚森领主要我讲；
但等她这个需要一结束，
这书就还来放回到原处。
我在圣米迦勒节埋下他，
那时月色明，钟刚敲一下；
我在死者中为他挖墓室，
圣坛区地面染着红影子——②
他保护神的十字架挥舞，③　　　170
把恶魔赶离这法师的墓。

一六

"我埋下迈克尔那个夜晚，

---

① 因为这本书中载有他的咒语。
② 红影子来自窗上红玻璃，也即米迦勒手中之剑（十字架）的影子。
③ 迈克尔与米迦勒是英语同一个词的不同音译，故圣米迦勒是迈克尔的保护神。

可真是恐怖悲哀又凄惨！
怪声音总在圣坛区飘扬，
一面面旗帜没风也晃荡。"
修道士正在说，钟敲一响！
告诉你，论紧要时的胆气，
论策马杀向敌人的勇气，
德洛兰的威廉无人可比；
可这回他感到胆战心惊，   **180**
一根根头发竖起在头顶。

一七

"你看哪，现在这红十字架
不正指向这死者的墓吗？
墓中燃点着奇妙长明灯，
赶走最需要黑暗的精灵；
这灯的火焰永远不灭掉，
直烧到永久的末日来到。"
修道士慢慢走近宽石板，
 板上移动着十字架红影；
他朝隐秘的角落点了点，   **190**
 武士从那里拿来根铁棍；
修道士用干瘪的手示意，
要他把墓上大石板撬起。

一八

这个活干得他心头乱跳，
 强壮的身体弓在墓石上，
他用那铁棍使出全力撬，
 洒下的汗水像雨滴一样。

凭一身非同寻常的力气,
终于把巨大的石板撬起。
你们当时若在场,就看见　　　　　200
射出的那道光有多灿烂。
它向上照亮祭坛区屋顶,
把高高的楼座照得通明!
人间的火焰没这样辉煌,
这真像神圣的天国之光。
　这发自墓穴的光芒
照亮了修士的头巾和脸,
在那武士的铠甲上忽闪,
　照出他盔羽在摇晃。

一九

那法师躺在他们的面前,　　　　　210
就像他死了还不满一天。
他的白胡须像滚滚银波,
看来把七十个春秋度过;
他裹着教士的披肩头布,
用西班牙花皮肩带束住,
　同海外来的朝圣者一样。
他左手拿着那本魔法书,
右手把白银十字架握住,
　那盏灯放在他的膝头旁。
他神情高贵庄重又威严,　　　　　220
最凶的恶鬼见了也打战;
脸上的平静却让人相信:
上天已宽恕了他的魂灵。

二〇

德洛兰的威廉就爱骑马,
　爱在血淋淋战场上冲锋,
战死的武士常遭他践踏,
　却从不知道害怕和悔恨;
看到这死者古怪的情形,
现在他承认悔恨和担心;
他头晕脑昏直喘着粗气,　　　　　　230
迷茫而气馁地待在那里。
　老修士热诚地高声祈祷,
祈祷时眼睛却并不正视,
因为同死者有深情厚谊,
　看了那样子他就受不了。

二一

修道士为死者做完祈祷,
转向德洛兰的威廉说道:
"武士啊,快做你要做的事,
否则,我们将悔恨一辈子。
看不见的鬼魂正在聚集,　　　　　　240
因为石板下的墓已开启!"
于是,德洛兰满怀着恐怖,
从冰冰冷手里拿来巨著——
装订用铁筋,铁条做搭扣——
拿书时死者似乎眉一皱;
但也许是墓中耀眼的光
耀得人看不清眼前景象。

二二

墓穴上已经盖上大石板，
夜色已变得加倍的昏暗；
因为月已落，星星又稀少： 250
凭昏眩的头和晃悠的脚，
　修道士和骑士这时离开，
但差一点走不到后门口。
据说在走过侧廊的时候，
　听到风中的声音很古怪；
祭坛周围高矗着的墙里，
有一条狭小通道，走过时，
听得见大声抽泣和笑声，
还有不像人发出的嗓音；
就像恶鬼们在欢度节日， 260
因为那些咒不再是秘密。
我可说不上真相怎么样，
只是怎么听说就怎么讲。

二三

修道士说道："现在你快去，
当我们在床上弥留之际，
愿圣约翰和亲爱的圣母
把我们犯罪的灵魂宽恕！"
修道士回到他的斗室里，
　赶紧做许多补赎和祈祷；
全寺院修士正午聚会时， 270
　圣母堂里的修士已死掉！
十字架前停放着他遗体，
　他十指交叉，似乎在祈祷。

二四

骑士在晓风中舒畅呼吸,
他努力恢复自己的勇气。
漂亮寺院外那些灰墓碑,
经过的时候看了很快慰;
因为他感到:那神秘法书
贴在他胸口像心头重负,
铁一般神经支配的关节　　　　　　　　280
颤抖得像风中白杨树叶。
所以他高兴地看着曙光
把灰蒙蒙的契维山照亮;①
他瞧着振奋人心的光线,
尽力把"阿芙马利亚"诵念。

二五

阳光照亮灰蒙蒙契维山,
　已把卡特山的山坡照耀;②
转眼,在升起的太阳下面,
　布岚森堡、提维河在微笑。
鸟雀啼唱着它们的故事,　　　　　　　290
　盛开的花儿一朵朵醒来;
淡淡的紫罗兰悄悄窥视,
　山间的蔷薇在舒展胸怀;
提维山谷中最美的姑娘,
　比这样红的蔷薇更可爱,
　比淡淡的紫罗兰更苍白,

---

① 契维山在布岚森堡东北约三十英里,整个丘陵以此山峰为名。
② 卡特山为契维山脉一山冈名,在布岚森城堡东南约十五英里。

难入眠的她早早起了床。

二六

美丽的玛格丽醒得太早,
　为何又这样急急穿衣衫;
打丝结为何又如此急躁,　　　　　300
　纤指系带子为何在抖颤;
为何在溜下暗梯的时候,
　常停下脚步四下里张望;
对惊醒后出窝来的猎狗,
　为何拍拍它毛茸茸颈项;
她虽然独自走出了边门,
　为何守卫的号角没出声?

二七

迈着步的小姐战战兢兢,
怕警惕的母亲听见声音;
她抚摸那猎狗让它别叫,　　　　　310
免得吠声惊动了全城堡;
那守卫没有把号角吹动,
因为这个人正是她义兄;
她溜进曙光下的林子里,
去会她忠实的骑士亨利。

二八

那位男爵同小姐见了面,
两人在山楂树下肩并肩。
绿山楂树下相会的男女,

全都比不上这一对情侣。
神气的小伙子身材高大,　　　　　320
厅堂里可爱,战场上可怕。
姑娘的爱没吐露没藏匿,
绯红却在她面颊上泛起;
当她胸一挺,深深吸着气,
又吁出轻轻悠悠的叹息;
她的金发虽遮着蓝眼睛,
眼中仍泄露心中的深情;
哪里去找这样的绝色女,
比得上布岚森的玛格丽?

二九

美丽的夫人,现在我在想:　　　　330
　我看你们听着我唱故事,
你们把卷发往头后一扬,
　朝边上扭着雪白的脖子。
　你们想,这是个动人故事——
说山谷中一对忠实情侣。
现在呀,骑士那柔情蜜意
　尽力描绘他忠实的激情;
发誓说,即使会马上倒毙,
　也永远不会中止其爱情。
涨红了脸的姑娘直叹息,　　　　　340
　她半是否认又半是同意;
说她宁可做姑娘做到死,
　哪怕流血的仇杀不停止,
布岚森的玛格丽始终如一,
　只选这位克然松的亨利。

三〇

你们得失望,美丽的夫人!
我的竖琴已不再能迷人,
　　它的轻快会责备我年龄。
我须发已白,肢体已衰老,
我的心已死,血已经冷掉—— 350
　　不能,也绝不会歌唱爱情。

三一

在长满青苔的老橡树下,
男爵的矮仆牵着他战马,①
　　拿着羽饰的头盔和长枪。
边区都知道矮仆的传说,
倘这些传说没什么舛错,
　　那说他是人就实在勉强。
在少人迹的利兹台幽谷,
据说,男爵正催马追猎物,
听到有声音在喊:"完!完!完!" 360
　　只见小鬼从荆豆丛蹦起,
　　　就像被拍子击中的网球,
这一蹦就三十英尺又三,
　　正落到克然松爵爷怀里:
　　　那模样像又丑又小猿猴,
让克然松爵爷见了吃惊。
　　据说,他足足奔驰了五英里,
一心要摆脱这个小妖精,

---

① 这矮仆名叫吉尔宾·好纳,是边区传说中的半人半妖,个子极小,五官不整,手脚畸形,但有血有肉,能吃会喝,会法术又爱恶作剧。

但你骑一英里，他跑四英里，
　　　还是矮子精先来到城堡里。　　　　　　　　370

　　三二

　　常言道：见多了也就不怪，
　　矮子精就此同男爵待一块；
　　他吃得很少，说话就更少，
　　从不同那些家仆混一道。
　　他两只手掌常左右一摊，
　　咕哝着说道："完！完！完！"
　　他爱发脾气，懒惰又狡黠，
　　但侍候克然松却很到家。
　　他侍候主人心甘情也愿，
　　因为要不是给爵爷当差，　　　　　　　　380
　　有一回差点被抓去屠宰。
　　人们从霍姆到赫米推治，①
　　都在谈克然松妖仆的事。

　　三三

　　男爵去洛斯那地方朝圣，②
　　随身只带这小妖怪侍从，
　　　就前往圣马利教堂。③
　　因为在我们这圣母湖边，④

---

　　① 指苏格兰和英格兰接壤地带的百姓。霍姆城堡在边区东端，赫米推治城堡在西端。
　　② 洛斯湖是塞尔扣克郡圣马利湖附近的小湖。
　　③ 圣马利教堂在圣马利湖畔。
　　④ 指圣马利湖，因圣母名马利（亚）。该湖是亚罗河源头。

他曾经起誓要做出奉献，
　　如今去实现这愿望。
但布岚森女主调遣人马，① 　　　　　　390
那些一流骑士都听她话：
　　尼瓦克·利将是会合地方。②
哈登的沃特忙朝那里赶，③
赶去的还有瑟斯坦的约翰，④
赶去的还有德洛兰的威廉。
　　他们总共三百零三条长枪，
越道格拉斯溪，溯亚罗走去，⑤
马昂首阔步，长枪尖在闪熠。
黎明前他们到圣马利湖旁，
　　但男爵已离开，教堂里空空。　　　400
他们发了火，烧掉了教堂，
　　还将克然松的妖仆咒一通。

　　　　三四

眼下，布岚森宜人绿荫里，
　　男爵还站在老橡树荫下，
他战马把两只耳朵竖起，
　　好像要倾听远处的喧哗。

――――――

① 1557年6月25日，勃克留女主珍妮·比顿在法庭上受控，说她带司各特族二百名武士到洛斯的圣马利教堂，"冲开教堂大门，想抓克然松男爵将他处死……据说，圣马利教堂在这次暴乱中被司各特的人烧毁"。——诗人原注

② 尼瓦克·利在亚罗河畔的尼瓦克城堡附近。

③ 即哈登的沃尔特·司各特，这著名强人是诗人祖先。哈登与下两行中的瑟斯坦、德洛兰都在苏格兰南部边境，是司各特族不同成员的领地。

④ 指瑟斯坦的约翰·司各特爵士。詹姆斯五世（1512—1542）赐他纹章上的格言是"准备好，永远准备好"。参见第四歌106行注。

⑤ 道格拉斯溪是亚罗河小支流。

矮侍从挥动着细长的手，
叫这对恋人快分开逃走。
现在来不及发誓或叹息，
受了惊吓的美丽玛格丽，　　　　　　410
像野鸽飞奔在榛树林里。
矮侍从扶好马镫拉紧缰，
骑士忙一跃，骑在马背上。
他深深回想早晨的情景，
向东跑出了碧绿山楂林。

―――――

老人畅叙着长长的故事，
说唱的嗓子已力竭声嘶；
细心的侍从带调皮笑容，
递酒盅到他枯槁的手中，
里面是维列斯的好酒浆，① 　　　　420
是烈日熬成的葡萄佳酿。
老人把银酒盅高高举起，
眼中满噙着泪水求上帝：
要永远保佑这公爵夫人，
要赐福鼓励唱诗者的人。
夫人身边的女士看着笑，
这位老人酒量大酒兴高；
好酒浆一盅盅大口喝光，
喝下后他变得气豪胆壮，

―――――

① 维列斯在西班牙马拉加省，以酿好酒著称。

回看她们也哈哈笑得欢。 430
好酒舒张了老迈的血管,
使他的灵魂免除了忧患;
他弹起轻快活泼的序曲,
那故事接着又如下继续。

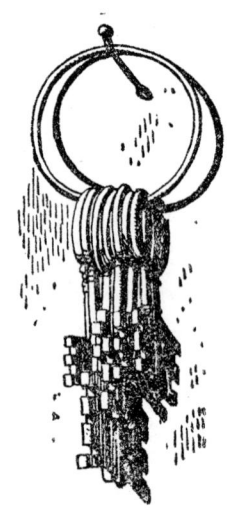

第三歌

一

我说过我肢体早已衰老?
我说过我血脉早已冷掉?
说过我天生热情已熄灭
或枯萎的心已可怜死去?
我说过不能把爱情歌唱?
爱总在激发歌手的梦想,
我怎能背离这可贵主题,
做如此不义的下流叛逆!
我怎能提到爱情这名称,
心中不想起恋火的歌声!   10

二

和平时,爱神吹牧人芦笛;
战争时,他跨上战士坐骑;
厅堂里,他穿戴鲜艳华丽;
乡村里,舞姿翩跹在绿地。
爱统治树林、宫廷和军营,
管地上凡人,管天上神圣——
爱情是天堂,天堂是爱情。

三

我想,克然松便是这心情,
当他穿过布岚森山楂林,

深深回想着甜蜜的情景。　　　　　　　　20
　　但是矮侍从的尖声乱嚷，
　　　让他险些头盔来不及戴——①
　　因为从对面多树的山冈，
　　　伟岸的骑士正催马冲来。
那武士骑着一匹灰骓马，
满身黑油油的汗和泥巴；
　　铠甲上溅有不少红点点，
看他疲乏得厉害的模样，
就好像骑马骑了一晚上；
　　因为，这是德洛兰的威廉。　　　　　30

　　　　四

接着他看来一点不疲乏——
　　一见男爵的鹤形盔顶羽
飘飘拂拂舞动在阳光下，
　　他就端平了矛准备攻击。②
寥寥几句话说得凶又狠，
充满对仇家的宿怨旧恨；
问话既横暴，答话也高傲，
表明好一场恶斗将来到。
两匹胯下马似乎也晓事：
彼此是仇敌，有我没有你，　　　　　　40
喷着火烫的鼻息转过身，
占的位置要有利于主人。③

----

①　通常情况下，头盔只在战斗时戴。
②　格斗双方放马冲向对方时平端着矛或枪，矛柄或枪柄顶在胸甲上的矛柄窝。
③　交战双方隔一定距离，这样放马冲杀时才有足够的攻击力。

五

男爵骑着马飞快转个圈,
边叹息边把祈祷词诵念;
那祷词上达自己守护神,
那叹息却给美丽的爱人。
德洛兰不祷告也不叹气,
不把守护神和爱人呼吁,
低着头平端攻击的长矛,
踢马刺扎得好马拼命跑。　　　　　50
两名骄傲的斗士在交战,
像雷云迸发的霹雳闪电。

六

边区好汉的出手好厉害!
雄赳赳男爵一仰身闪开;
他朝后仰得靠近马尾巴,
他的盔顶羽在风中飞撒;
那硬实挺直的梣木矛杆,
顿时就断成千百块碎片。
但是克然松那得力长枪
扎钢甲就像扎丝绸一样,　　　　　60
扎穿了盾牌、钢甲、厚垫衣,
深深扎进对手的胸腔里。
那好汉在马上稳坐不动,
只是马受到这致命震动,
摔倒在地而肚带已迸断,
竟连人带马摔成了一团。
男爵则让马一直冲向前,
眩晕的脑中根本没印象:

自己的敌手已倒在地上。

七

但当他勒住了马转过身， 70
才看见地上躺着的敌人
像一团血泥已知觉全无。
他吩咐矮侍先把血止住，
　并留在德洛兰身边照料，
因为看起来他生死未卜；
　然后送他到布岚森城堡——
这人是心爱姑娘的亲属，
　他高尚的心对此没忘掉。
"这件事丝毫也耽搁不起，
我自己不能再留在这里。 80
若不赶紧走，我一旦被抓，
准是来不及忏悔就被杀。"

八

克然松骑着马飞快驰去，
小精怪仆从留下在那里；
主人的命令他从不违抗，
虽说从没做好事的愿望。
刚卸下伤者铠甲的胸部，
矮子精看见了那本大书！
他感到惊奇：高傲的骑士
骑马时怀着书，像个教士。 90
他在发现了这个秘密后，
想起要找到并包扎伤口。

九

书上装着铁箍和铁搭扣,
让小妖精反复拨弄很久;
因为他一解开铁箍,刚想
解开铁搭扣,铁箍已合上。
那些铁搭扣和那条铁箍
不会向没受洗的手屈服;
德洛兰受过洗,他的血块,
被小鬼在书上抹去抹来,① 100
这本书竟然打开了一下,
被他读到了短短一句话。
这是魔力极大的一道咒:
能使贵妇人看来像骑手,
能让地牢墙上的蜘蛛网
同豪华大厅的挂毯一样,
能使胡桃壳像华丽的船,
能叫牧人的小屋像宫殿,
让老人像青年、青年像老人——
而这些是幻觉,全不能当真。 110

一○

还没来得及再念条咒语,
他脸上便挨了狠狠一击;
他摊手摊脚倒在了地上,
躺在受伤的德洛兰身旁。
他心惊胆战翻身爬起来,
晃晃乱发蓬松的大脑袋,

---

① 据迷信说法,基督徒的血可破有关魔法。

咕咕哝哝只说了一句话:
"老头,这下打得厉害啦!"
这小精怪仆从吓破了胆,
再不敢把这书偷偷翻看; 120
　基督徒的血虽涂满搭扣,
现在比先前却更快合起。
他把书藏在自己大氅里。——
　你若想问:谁让他挨了揍?
我答不上来(愿就此发财),
可这事不像活人干出来。

一二

他满心不情愿动手做事,
但是要执行主人的指示。
他抱起毫无生气的身体,
放上那疲惫战马的背脊; 130
当着那些大胡子守卫面,
给布岚森城堡送进伤员。
可事后守卫全都发誓说:
只进过一辆运干草大车。
他把人送到大卫爷塔楼,
　原还想送进女堡主屋里,
但那里有更强法力把守,
　他没有那法道把门开启,
无法把伤员往她床上丢。
无论凭魔法做什么事情, 140
这个矮子精总安着坏心;
结果把武士往地上一丢,
于是血重新又流出伤口。

115

一二

　　他再次走过外面的大院，
　　见有个漂亮男孩在游玩，
　　便起念把他引到树林里，
　　因为有句话心中要牢记：
　　他不干好事，只有坏主意。
　　孩子当他是快活的朋友，
　　要带自己去林子里兜兜； 150
　　于是吊桥的卫士们看到——
　　出去猎兔狗、杂种狗两条。

一三

　　他领孩子过河岸登荒原，
　　来到树林里一条小溪边；
　　流动的溪水解了他魔法，
　　显出了小妖精模样的他。①
　　要是遂了他歹毒的心愿，
　　准把那少爷的关节弄断；
　　要不然，就用细长的手指
　　恶煞似的把这孩子掐死。 160
　　　但忌惮孩子厉害的母亲，
　　而他自己的法力也有限，
　　　就对受惊的孩子瞪眼睛，
　　随即就直蹿莽莽树林间——
　　他跳到林间小溪的对面，
　　一边大笑一边叫："完！完！完！"

---

① 据当时说法，一切魔法碰到活水便失去作用。

一四

这变化使孩子大为惊异：
　　狂野的呼叫和奇丑面相，
还有那不祥的魔力话语，
　　都只能使孩子极度惊慌。　　　　　170
他站在树林那片浓荫下，
就像是生了根的水仙花。
最后他抖抖瑟瑟往前走，
　　想找路走回布岚森城堡；
但那张鬼脸总在树木后
　　瞪眼睛，吓得他心惊肉跳。
就这样，他不时受到惊吓，
　　越来越走向树林的深处；
因为他越是想找路回家，
　　越走上离家更远的歧路——　　　180
直到他听见猎狗的吠叫，
听到山谷间的回声袅袅。

一五

听啊！听粗声大气的吠叫！
吠叫声一点点近了，近了，
一条黑猎狗猛冲到路上，
它棕色的鼻子嗅着地上，
血红色眼睛就像冒火光。
它马上看见迷路的小孩，
凶狠地扑过去动作飞快。
我想，这孩子的勇敢反应，　　　　　190
要是你见了也一定高兴，

他真是无愧于高贵祖先！
恐惧和怒火涨红他湿脸，
却颇有气概地面朝猎狗，
把一根小棍子高举过头，
他狠狠地挥打使狗畏惧，
吠叫时小心地隔点距离，
　但随时还准备进攻。
这时树后闪出个弓箭手，
他一见有人要打他的狗，　　　　　200
　便拉开手中的硬弓；
可有个粗嗓门叫道："别射！
别射，爱德华！是小孩一个！"

　　　一六

树木后奔出那位喊话者，
他把发火的同伴劝阻了，
　也平息了猛犬怒气。
他是个英格兰善良随从，
　兰开郡是他出生地。
它能把白斑鹿稳稳射中，
　哪怕有五百尺距离；　　　　　　210
他目光敏锐，他箭法高强，
哪里有一个射手比得上？
他头上剪得短短的黑发，
　衬托着他晒黑的脸；
英格兰标记，圣乔治十字架，
　把他的平顶帽装点；
他牛角的号角挂在身旁
狼皮肩带把东西全系上；
而他锋利又明亮的短剑，

刺穿过多少只鹿的喉管!

一七

他穿着林中人穿的绿衣
　　差点够不到膝盖上;
一簇箭打磨得锃亮锋利
　　悬挂在腰间皮带上;
他用的防身武器并不大,
　　那盾牌不过一拃宽;①
他认为,朝人膝盖下面打,
　　那就算不得是好汉。
他手中的硬弓已松了弦,
拴狗的皮带也在指掌间。

一八

他并不伤害那漂亮孩子,
　　有力的手臂反倒搂住他,
　　使他跑不了也没法打架;
因为孩子一见那红十字,
　　便一直在拼死拼活挣扎。
"凭圣乔治之名,"这人喊道,
"爱德华,我们准得了锦标!
这孩子脸蛋清秀有勇气,
说明他出身决计不会低。"

一九

"对,我出身确实非常高,

——————
① 这是一种圆盾,中心处隆起。

是勃克留勇士的继承人；
　若不放我走，奸诈南方佬，
　　你将为很高代价而悔恨！
　因为哈登的沃尔特，埃斯克、
　斯特威之间每个司各特，
　　助人为乐的威廉都快来。
　要是还死抱着我不放开，
　　那么你挎弓带箭也白搭——
　我叫人把你吊死喂大鸦！"

　　　　二〇

"谢谢你美意，漂亮的孩子！　　　　250
　我的心从没像今天得意；
　但如果你是那家族首领，
　而那样一个人是你父亲，
　等有朝一日，你发号施令，
　　我们边境官得严阵以待；
　我用紫杉弓赌你榛木棍，
　　你准会在边区生出事来。
　现在就请你跟我们走吧，
　　得去见见好爵爷达克啦！①
　既逮住了你父亲的儿子，　　　　260
　我们的活已很好地开始。"

　　　　二一

　尽管这孩子已经给带走，
　　却似乎仍在布岚森逗留。

---

① 达克是英王爱德华六世（1547—1553）的边境长官。参见第四歌75行注。

因为矮子精在做他替身，
而且凭着那孩子的模样，
让整个城堡上当又遭殃。
　对小勃克留那些伙伴们，
他又掐又揍，把人家摔倒，
其中有几个还差点杀掉。
他扯莫德林夫人丝头巾，　　　　　　　270
　见西姆·霍尔正在壁炉旁，
便点着他子弹带上火绳，
把这火枪手烧得真够呛。
人们很难会想到或说起，
竟然是这小精怪恶作剧；
后来城堡中很多人猜想，
有鬼附在了小领主身上！

二二

我想，他掌握的那点魔力，
　那位女堡主很快能破除；
但把受伤的德洛兰照顾，　　　　　　280
她当时实在是繁忙至极。
　发现他躺在石头门槛上，
　　布岚森女堡主感到惊讶：
她想，这泽地好汉受了伤，
　　准是有空中神灵惩罚他；
因为她虽有严格的吩咐，
这武士还可能偷看那书；
可断下的矛尖在他胸口，
那是人间的钢铁和木头。

二三

　　她从伤口拔出了断矛头，　　　　　　　290
　　又念一道咒叫血不再流；
　　她叮嘱弄净伤口再包扎，
　　便离开德洛兰躺的睡榻；
　　　但她拿走了断下的矛头，
　　把凝在上面的血块洗掉，
　　再一遍又一遍涂上药膏。①
　　　她的手一下下转动矛头，
　　德洛兰的威廉在昏迷中
　　也像伤口被戳似的扭动。
　　女堡主告诉身边的侍女：　　　　　　　300
　　　这么做它个一天又一宿，
　　这武士的伤就可以痊愈。
　　　她苦苦干了很久；很难受——
　　　苦了这强壮忠实的良友。

二四

　　白天已过去，黑夜已来临，
　　敲晚钟的时分渐渐接近；
　　空气暖洋洋，微风很轻柔，
　　露珠带馨香，小溪缓缓流。
　　高塔瞭望哨的人虽粗犷，
　　这可爱的时辰倒也欣赏。　　　　　　　310

---

① 英国古时候有"感应疗法"，即给造成伤害的利器包扎、上药，也是在治疗伤口。

这让人憩息的宁静时分，
玛格丽更称赞，爱得更深。
她独自坐在高高塔楼上，
有时把诗琴弹得玎玎响；
而在不弹热情的乐曲时，
便想着碧绿的山楂林子。
她没扎起的金发在飘拂，
纤纤手把美丽的脸托住，
她的蓝眼睛在西天搜寻，
因为恋人爱西天那颗星。①

二五

那星可在潘克利斯山上？②
　慢慢地升起在她的眼前，
把闪烁的光芒洒向四方，
　像披散的头发抖向夜天。
那边红光是西天那颗星？
啊，是烽火在预告着战争！③
她紧张得呼吸已不通畅，
她清楚，烽火意味着死亡！

二六

瞭望哨看见这熊熊火光，
把报警号角吹得响又长；
周围的山岩、河流和树林

---

① 指晚星，也叫维纳斯（即罗马神话中的爱神），在我国称金星或太白星。
② 这是离布岚森城堡不远的小山。
③ 当时边境上的烽火燃料通常是挂起的一桶柏油。

响应这高亢、激昂的声音。
号声把欢乐的大厅惊动,
吃惊的武士都朝外面冲;
底下远远的城堡大院里,
闪耀着多少篝灯和火炬!
头盔和盔羽匆促又纷乱,
在那片火光中半隐半现;
林立的长枪在乱晃乱动,
像结冰小溪旁的芦苇丛。　　　　　　340

二七

通亮火炬下站着大管家,
火把映红了他满头银发;
他姿态高傲站在人群中,
发命令的声音像是洪钟:
"潘克利斯山一堆火燃起,①
三处火在普利斯陶那里;②
　上马!全上马出发!
　把敌人的动静侦察!
　上马,为布岚森上马!③
托屈格,去通知约翰斯顿,　　　　350
这族的人坚定而讲诚信——
利德斯谷那边不用派人;
因为一看见烽火烧起来,

---

① 苏格兰边境以烽火数目和位置向爱丁堡报告敌情。1455年议会通过法案:一堆火表明英格兰方面有人马前来,两堆火表明他们确在挺进,四堆彼此相邻的火表明敌人大举来犯。——诗人原注

② 这是离布岚森城堡仅数英里的小山。

③ "为布岚森上马!"是司各特族的战斗口号。

艾略兹和阿姆斯闯准来。
拼死拼活地跑吧,阿尔顿!
通知镇边官,战事已逼近。
年轻吉伯特,把烽火点起,
叫亲属、族人和朋友聚集。"

二八

玛格丽小姐在塔楼顶上,
听着下面远远的马蹄响; 360
　骑手们都已准备好,
纵身上马时铠甲发铿锵,
　还混有吓人的喧嚣:
踏地的马蹄和身上铁衣,
号令声和喊声混在一起。
　　快出发!快出发!
　　又忙乱,又嘈杂,
　南去的骑手急着去侦察,
去侦察渐渐逼近的敌人;
　其他的骑手分成好几批, 370
　各自向北、向东又向西,
去通知一切盟友和家臣。

二九

只等吩咐的侍从好匆忙,
让沉睡火种醒来发火光,①
　染得天空上一片红。
高高的塔楼上冲起火焰,

---

① 为应付随时发生的紧急情况,边境上用来点燃烽火的木柴一直保持闷烧状态。

像血红的旗在天边招展，
　　又耀眼又变化无穷。
很快在高处、山上和崖边，
我看，有二十处烽火出现；　　　　　　380
处处传达着战争的消息，
一处又一处把信号传递；
一处接一处让火光闪现，
像一颗颗星星升向夜天：
闪烁在黑魆魆山间湖水，
那里有孤零零海鹰在飞；
闪烁在灰色锥形石冢上，

那里有显赫的领主埋葬；①
直到高高的爱丁堡看见
索特拉、顿潘德一带烈焰；②　　　　　390
直到洛锡安接摄政命令：③
每个人要准备奔赴边境。

　　　　三〇

漫漫长夜里，布岚森城堡
　　不绝地发铿锵声响；
城堡里的钟由大而小敲，④
　　报警的声音传四方。

----

①　苏格兰的小山顶上，最高处常有圆锥形石堆，有些可能起墓碑作用，纪念死者。不列颠其他地方也有这种锥形石堆，往往在高地上作为界标或路标。

②　这是贝里克郡内两座小山。

③　洛锡安在苏格兰西南部地区，爱丁堡就在其内。摄政指詹姆斯五世遗孀，她是当时身在法国的15岁女王玛丽的母亲。

④　那时常以这种由低到高的钟声报警。

沉重的撞击频频传耳旁,
　　发出回音的高塔、方塔里,①
人们在堆放礌石和铁棒,
　　这都是致命的石雹铁雨。　　　　　　400
还时时听见换哨的声音
和不眠的巡夜人报口令;
猎狗猛犬在城堡里吠叫,
因为听烦了无穷的喧嚣。

三一

高贵女堡主在那纷乱里
分担老总管的巨大努力,
提到危险时还露出笑意;
她激励年轻骑士的激情,
同时问计于老成的首领。
但毫无敌人动静的消息,　　　　　　　410
对他们的人数很难估计,
不知道他们停战的条件。
有人说,来犯之敌有一万;
有人说,这些泰恩谷好汉
　　来自利文河,他们来无非②
　　想收集所勒索的保护费;
只要肯给利德斯谷好处,
　　就能轻易地把他们击退。
让人焦心的夜这样结束,
曙光在人们欢迎中初露。　　　　　　　420

────────

① 方塔是城堡中最坚固的建筑,矗立在其他建筑中央,有极厚的墙。
② 利文河是英格兰坎伯兰境内埃斯克河支流。

高亢声音一停下,听众们
鼓掌夸赞说唱人的歌声;
她们很惊奇:他这么老弱,
还要过漂泊的艰苦生活。
难道就没有爱女或亲人,
可以减轻他流浪的苦辛?
难道他得不到儿子帮助,
带着他跋涉崎岖的道路?
"有过儿子,但已经死亡!"——
他的白头俯在他竖琴上, 430
为了掩饰快滴下的泪珠,
手指在琴弦间忙忙碌碌——
现在的节奏轻缓又庄重,
曲调里透出父亲的悲痛。

第四歌

一

可爱的提维河！你的银波上
已不见耀眼的烽火在闪光；
已没有穿重铠的骑士武士
在你那荒凉的柳岸边急驰；
你蜿蜒流过的山丘山谷，
现在已安静得声息全无；
　似乎你的水自太古以来，
从开始流向特威德河起，
就只听过牧童吹的芦笛，
　从来没因警号声而惊骇。　　　10

二

你不像人们的生命之流，
　它虽在不断流动中改变，
却记住每种罪行和悲愁，
　注定把最早的事记心间；
而且越是向下流就越黑，
因为有从古到今的泪水。
　我生命之流虽说快枯竭，
回忆的眼前却依然浮现
　我勇敢独子倒下的细节——

倒下在伟大的顿第身边。①   20
对着高地人血淋淋刀光,
那时候多少火枪一齐放,②
我当时怎不躺在他身旁!
他死得很值,荣耀而光彩,
他同常胜的贵姆死一块。

三

现在,边境的谷地高地上,
  远近都传播着吓人的消息;
庄稼人逃离简陋的小房,
  躲到没路的沼泽、山洞里;
在堡塔粗糙的雉堞下面,   30
受惊的牛羊被赶进栏圈;
当武士准备停当拿起矛,
姑娘和妻子就泪水直掉。
布岚森高塔上的瞭望人,
能把远处的黑烟环辨认——
那烟在初升太阳下袅绕,
说明南方人已开始侵扰。

四

现在,警惕的门岗在吆喝:

---

① 第一代顿第子爵约翰·贵姆(1649—1689)原在奥伦治亲王的荷兰军中,1667年回苏格兰。在1689年基里克兰基一战中,当他的部队将要获得胜利时,他却为流亡中的詹姆斯二世死于沙场。

② 这场战斗中,英王威廉三世的军队虽有火枪,却挡不住用大刀的苏格兰高地人的进攻。

"准备好对付流血和攻击！
瓦特·廷林离开利德尔河，①   40
　眼下正蹚水来我们这里。
他那扇堡门，泰恩谷强盗
常去敲，试探那锁牢不牢；
就在最近的圣巴拿比节，②
还整整围攻他一个夏夜，
　但天亮就逃走；他们明白，
他紫杉弓向来箭无虚发。
　昨晚对他的攻击准厉害，
他才撤离了利德尔堡塔；
我相信这次袭击，"门岗说，   50
"说是镇边官发动不会错。"

五

　正这么说着，那勇敢的人
走进回声不绝的外堡门。
他牵着的小马一身粗毛，
像比尔霍普的鹿善蹦跳，③
凭一块块硬地跳出泥沼。
马上是妻子和一双儿童，
半裸的农奴是唯一随从；
壮实的妻子脸红眉毛浓，

---

① 在我早时，瓦特·廷林是许多炉边闲谈的主题。他属于勃克留族，在利德斯山谷的边境上守卫一小小堡塔。他是鞋匠，但喜欢当弓箭手和战士，实际上也这样做。——诗人原注（利德尔河是流入索尔威湾的埃斯克河支流。——译者按）

② 据《圣经》说，巴拿巴是使徒圣保罗第一次外出传教时的同伴。巴拿比节在每年6月11日，1752年改订历法前，这一天被认为是日最长、夜最短的日子。

③ 比尔霍普在利德斯山谷中，以鹿著名。

银胸针和手镯让她骄傲,①　　　　　　　　60
　　朝着人群中亲友嘻嘻笑。
　　她这位丈夫个子特别高,
　　嶙峋的身子显得很精瘦,
　　打瘪了的高顶盔盖着头,②
　　　一件算防护衣的皮马甲
　　胡乱套在他宽阔肩膀上,
　　　背后挂当地的利斧一把;
　　他的矛足足有六埃尔长,③
　　　看来矛头上有新染血迹;
　　他的箭和弓出奇地有力,　　　　　　　　70
　　　由吃苦的伙计拿在手里。

　　　　　　六

　　关于英格兰来敌的情况,
　　瓦特·廷林对女堡主讲:
　　"阔腰带威尔向这里进军,④
　　急躁的达克率领持矛兵、⑤
　　全部日耳曼雇佣火枪营;⑥

---

① 在苏格兰与英格兰接壤地带,边民对家具并不在意,因为易于被烧被抢。他们较热衷于让女子打扮装饰,以显示自己体面。——诗人原注

② 这种头盔没有面甲。

③ 埃尔为欧洲旧度量单位,实际长度因地而异。在荷兰,每埃尔相当于27英寸;在英格兰,相当于45英寸;在苏格兰,相当于37英寸。

④ "阔腰带威尔"指威廉·霍华德爵爷,诺福克公爵之子,是英格兰边区西线镇守官。他严厉镇压边区暴行,使人们长久怀念他。参见第五歌258—267行。

⑤ 达克这著名姓氏来自地名阿克(在巴勒斯坦西北,濒地中海),因为狮心王理查麾下的祖先在此地的激战中表现出色。——诗人原注

⑥ 对苏格兰的战争中,英王亨利八世(1491—1547,1509年即位)及其继承者使用大量雇佣兵。——诗人原注

他们原先驻在艾思克顿，①
昨晚八点渡过利德尔河，
　　把我孤零零小堡塔烧了——
　　　它一年多来还没被烧过——　　　　80
愿恶魔收去他们的灵魂！
　　仓库和住房的熊熊大火，
是我们出逃时的照路灯；
　　可整整一夜总有人追我，
艾克肖的黑约翰和弗格斯
　　一路上在后面紧紧地跟踪；
在普利斯陶角我转过身去，
　　把他们的马射杀在泥沼中，
又用矛当场刺死了弗格斯——
　　忏悔日之夜他偷走我的牛，②　　　90
对他呀，我早就恨透恨透。"

　　　　　　七

斥骑们从利德斯谷赶到，
很疲乏，但证实他的报告；
　　凭他们知道的情形判断，
　　　再过三小时，就有三千名
英格兰武士到提维河岸；
　　但也有许多尚武的亲朋
从提维、艾尔、埃屈克出发，
　　前来参加领主的守卫战。
他们束好了鞍子跃上马，　　　　　　100

————————
　① 艾思克顿在坎伯兰东北部，达克在那里有城堡，遗迹尚存。
　② 复活节前的第七个星期三，是四旬节封斋期第一天，此前一天是忏悔日。

急急奔驰在荒原和草原——
到达会合处谁要是最迟，
就会遭自己情人的轻视。

八

圣马利湖的美丽银波上，
甘斯留黝黑可怕山头上，
勇士瑟斯坦鲜艳旗帜下，①
长枪手列好队准备厮杀。
　他声称他的盾牌有权利，
可在边缘上饰百合图样；
　因为在法勒沼地扎营时，②
争议中受他效忠的国王
　感激地给了这殊荣——
那一次只有瑟斯坦同意，
倔强的贵族却没人愿意
　向南邻去发动进攻。
为记忆中长存这番忠诚，
他盾上有一束矛的图纹；
此外，那著名格言在闪光——
"准备好，永远准备好"打仗。

---

　①"勇士瑟斯坦"指瑟斯坦的约翰·司各特爵士。他生活于詹姆斯五世时代，瑟斯坦、甘斯留都是他的领地（在埃屈克河流域，并延伸到亚罗河源头圣马利湖）。詹姆斯五世曾在法勒召贵族带人马来，准备入侵英格兰，但遭他们反对，只有这位爵士说已做好准备，唯国王马首是瞻。为表彰其忠诚，詹姆斯王给他特权，可在纹章边缘饰以类似王家纹章的百合花图案，并以一束矛为顶饰，所赐格言是："准备好，永远准备好。"——诗人原注
　② 法勒是爱丁堡郡一沼泽地区。

九

  一位历尽艰险的老骑士①   120
   带大批沼泽地好汉来到；
  他那面盾牌金色的底子,
  上有蓝星星和新月装饰,
   却没墨狄森带来的斜条。②
   他拥有闹鬼的奥弗城堡、③
  奥克沃城堡周围的土地；④
  在鲍斯威的高高山涧上,⑤
  他府第耸立在林子中央；
   在那山峰下黑魆魆深谷,
  抢来的英格兰牛群在叫,   130
   这是他手下每天的食物,
  靠冒险、厮杀、鲜血才得到。
  他是个打家劫舍的领袖,
  爱月下突袭,晨曦中格斗；
   亚罗之花妙龄时的魅力,⑥
  没把他爱动武的心收起；
  他老了还鄙视无所作为,
  依然让额角上紧扣头盔；
  尽管头盔下露出的白发,

---

  ① 指作者祖先哈登的沃尔特·司各特,他生活于玛丽女王时代,以打家劫舍闻名。

  ② 哈登族祖先不是勃克留领主长子,在他生活的年代里,墨狄森这片产业尚未因其女继承人与勃克留子弟结亲而带过来,因此纹章上只有司各特族图案,其他勃克留后代因这次联姻,纹章上多了由右上方到左下方的斜条。——诗人原注

  ③ 奥弗城堡在艾斯克河谷。

  ④ 奥克沃城堡在塞尔扣克附近。

  ⑤ 鲍斯威山涧是条小溪,在霍伊克附近注入提维河。

  ⑥ 指德莱霍普的菲利普·司各特之女玛丽·司各特。她因美貌,在歌谣中被称作亚罗之花,哈登的沃尔特·司各特是她丈夫。

像丁莱山的雪洁白无瑕；①   140
五位剽悍的武士刀出鞘，
    走在父亲的人马前。
骑士们虽爱佩剑或挂刀，
    没人比哈登爷勇敢。②

一〇

埃斯克几位勇武司各特
    带人马开下托肖山山坡；
他们凭刀枪把土地赢得，
    也凭剑把土地牢牢掌握。
夫人哪，听我把故事细说，
您祖先怎拿下埃斯克谷地。   150
    这好地方原属莫顿大人，
    比蒂逊是他那里的家臣。
那伯爵为人宽厚好脾气，
    可家臣粗野、好斗又凶狠；
他们心气高，说话很无礼，
    好脾气主子不放在眼里。
伯爵来到埃斯克好山谷，
    来行领主权，要家臣敬服；
他向快活人吉伯特要遗物：③

---

① 丁莱山在利德斯山区，有歌谣唱道："丁莱山的雪白得无比/哈登的白发也难比拟"。

② 有关他的传说很多。据说他把掠来的牲畜放养于幽谷，待手下食用净尽，就在盖着的碟子里放一对干净马刺端出，向断炊强人表明又得去为伙食劫掠了。

③ 当时佃户一死，领主有权收取死者某些财物，最初限于武器之类，后来包括马匹、牛群，而且往往是佃户最好的牲畜或动产。据说，最初这样做是因佃户为领主打仗时，马匹、盔甲由领主提供，因此死后归还。但后来佃户自己负责装备，领主又声称有权要求他死时做出贡献，只有为领主战死的佃户才可免除贡献。

"家臣该把最好的马献出。"——　　　160
"我可舍不得那匹好白马,
多少紧要的关头全靠它;
你虽是伯爵主子,我相信,
骑这匹'鹿脚'我可比你行。"
　一句句的话像火上浇油,
比蒂逊的怒火炽热燃烧;
　结果,要不是伯爵忙逃走,
家臣们当场就把他杀掉。
他用鞭子和马刺催着马,
驰过埃斯克荒原逃回家;　　　170
刚跑到布岚森的大门旁,
累得一下子瘫倒在地上。

一一

这时候伯爵已怒火中烧,
这个仇,无论如何他要报。
急忙对布岚森领主说道:
　"给几只猎鹰和一点黄金,
整个埃斯克山谷就归你。
要牢牢收管那一帮叛逆:
　要是你还让比蒂逊的人
　　占着埃斯克,烂了你的心;　　180
但伍凯利的土地可别收,
他借我一匹马让我逃走。"
骁勇的布岚森心花怒放,
拿一小袋黄金给了对方,
便带上五百名骑马武士,
毫不停顿往埃斯克奔驰。
他把人留在山间薄雾里,

叫他们别出声待在一起；
　然后就独自来到平地上，
去见快活人那一帮人马。 190
　他对那个吉伯特这样讲：
"认我做你主公和领主吧！
对我别像对好性子莫顿，
因为司各特厮杀数头等。
　把我该得的全乖乖拿来，
不给那匹好白马准后悔。
只要这号角我吹上三回，
　这声音，埃斯克永难忘怀。"

　　　　一二

　比蒂逊那家伙轻蔑大笑：
"我们才不在乎你吹号角。 200
把马献给高傲的司各特，
这样的命运可轮不到我。
还是凭你两只脚走回去，
让马刺生锈，让马靴沾泥。"
于是他吹起粗嘎的号角，
让那山中的褐鹿吓一跳；
吹的第二遍清晰又响亮，
矛尖在山雾里闪出光芒；
号角第三次吹出的声音，
使潘通瀑布也发出回声， 210
所有的骑手便飞快挺进。
你见那壮烈场面准吃惊——
遍地断矛，空鞍上没人影！
快活人有过多少的嘲骂，
就有多少个比蒂逊被杀。

布岚森的头领拔出利剑,
把快活人一次一次扎穿;
那些血流进小河的地点,
至今还称作快活人河滩。
司各特族击溃比蒂逊族, 220
使那里有地的只剩一户。
埃斯克山谷从入口到出口,
为一匹好白马从此就易手。

一三

山鹰威茨莱、海德肖来到,
来的武士多得来不及报。
 从亚罗河谷到印德豪山峰,
从伍道斯利到契斯特溪谷,
握弓的持矛的骑着马赶路,
 他们的战斗口号是贝兰登。①
边区这片土地的骑士中, 230
围攻或解围数他们最勇。
布岚森女主见人马来援,
 心中的自豪感油然而起;
吩咐幼小的儿子来身边,
来同父亲辈亲友见见面,
 也学学怎么样应敌。
"这样大的孩子该看看打仗,
 我曾看见他拉一张硬弓,
稳稳地射到远远悬崖上,
把那里一个渡鸦窝命中; 240

---

 ① 贝兰登离鲍斯威山涧的源头很近,是司各特领地中心地带,因此常成为集合地及战斗口号。——诗人原注

南方人胸前红十字目标，①
比起渡鸦窝可大了不少。
威茨莱，你得教他用武器，
用父亲的盾牌护卫自己。"

   一四

夫人有法术，你能猜得到：
  狡猾的矮鬼哪肯去见面！
他装得小孩子那样胆小，
  既尖声叫嚷又泪流满面，
  一会儿呜咽，一会儿哭喊。
随从把情形报告女堡主，   250
  说孩子向来大胆又大方，
  准是有妖精使他变了样。
高贵的女堡主顿时大怒，
涨红的面孔是一脸羞惭。——
"让勃克留家胆小鬼滚蛋！
免得让全族人见了丢脸。
瓦特·廷林，你这就带上他，
  去冷清的兰格溪水。②
准有个恶鬼诅咒我们家，
  我儿子竟是胆小鬼！"   260

   一五

给这位假冒小公子带路，
是瓦特·廷林的艰难任务。

---

 ① 白底红十字是英格兰守护神圣乔治的标志，常出现在英格兰武士的白罩衣胸前。
 ② 兰格溪是埃屈克河小支流。

不久，那匹小坐骑已感到
这来意不善的小妖重量，
　　就猛然地直立，又奔又跳，
不顾嚼子也不管勒和缰。
瓦特·廷林花了大力气，
赶着马走了一苏格兰里。①
可是当他们涉一条小溪，
还没到对岸，这个小妖精　　　　　　270
竟然像梦中那样变了形，②
一边逃一边叫："完！完！完！"
笑哈哈矮鬼飞跑着向前，
但更快的是一码长的箭。
大吃一惊的廷林拉开弓，
嗖地在他肩上射个窟窿。
虽说妖精不可能被杀掉，
虽说那伤口很快就长好，
他还是边跑边痛得直叫。
这让瓦特·廷林吓掉了魂，　　　　　280
掉转马火速驰回布岚森。

一六

他很快驰到山的陡崖上，
　　俯视布岚森城楼和树林；
下面传来了进军的声响，
　　宣告南方的来敌已逼近。
边界地带的幽暗树林里，
响着苏格兰号角和风笛；

---

① 1苏格兰里约3.5里。
② 参见第三歌156行注。

他听见战马行进中嘶鸣，
听见步伐有节奏的进军；
德国人的铜鼓听来沉闷，　　　　　　　290
时而打破那严峻嗡嗡声。
　在矮树林子的上方，
可见一面面高高红军旗；
而闪熠在碧绿山楂林里
　是头盔、盾牌和长枪。

一七

头里是轻装斥骑在打探，
驱着快马分散在四处转；
　后面是快速的密集队形，
　　是穿绿衣的肯达尔弓箭手；①
　他们听号角吹出的命令，　　　　　300
　　正从树林里向林外疾走。
为给弓箭手护卫和支援，
达克爷的长斧手跟后面。②
他们是欧辛培育的勇士，③
白外衣胸前有个红十字；
举在他们队形上的军旗，
曾扬在攻下的阿克城里；
说唱人队伍也列队前进，
唱着《高贵的达克驻边境》。

---

① 肯达尔是威斯特摩兰郡一地名，从前以所产绿色粗布闻名。
② 英国这古代长斧有尖而长的矛头，矛头后有钩形刃口，后面还有尖刺。
③ 欧辛河是英格兰西北边境的伊顿河支流。

一八

英格兰长斧手、弓箭手之后,　　　　310
雇佣兵步伐坚定地慢慢走;
这开赴战场的队伍一色黑,
由沃芬斯丹的康拉德带队;
带他们从遥远的莱茵过来,
为洋钱拿自己鲜血做买卖。
军营是他们家,剑是律法,
不认定主子,不认定国家;
他们全不用英格兰武器,
只用一种枪,叫作火霹雳;
　牛皮衫有荷叶边和刺绣,　　　　320
带着牛角火药管和围巾;
　每个人都露出右腿膝头,
为的是登云梯腿脚轻灵;
他们脚在走,嘴里呱啦着,
唱的是条顿人拼杀之歌。①

一九

喧嚣的声音已变得更响,
那说唱队伍更起劲高唱;
因为从郁郁葱葱树林里,
闪出霍华德爵爷的铁骑;
　重骑兵闪亮的大刀长矛,　　　　330
在整个战斗序列中殿后。
　队伍里年轻武士真不少,

---

① 条顿为日耳曼别称。

渴望要把金马刺拿到手;①

　　在他们盔顶羽或手套里,
是情人送的爱情纪念品。②

　　他们骑着马,走得很整齐,
直到一长列都出了树林;
一声号令下全止步高喊:
"圣乔治保佑可爱英格兰!"

　　　　二〇

现在,英格兰人的每双眼　　　　　　　　340
　　盯在严阵以待的城堡上;
他们离得这么近,已听见
　　每张弩拉开时的吱嘎响;
城堡的雉堞和小望楼前,
　　斧钺、长矛和战戟闪着光;
各个塔楼上,鹰炮和蛇炮③
已装好将要喷出的弹药;
透过旋飞的一团团黑烟,
时时能看见铠甲的忽闪。
　　烟笼着城楼和塔楼顶部,　　　　　　350
是沸腾沥青和融化的铅,
　　像青烟从巫婆大锅冒出。
他们还在看,吊桥已放下,
便门开启处,只看见骑马
出来的,是位白发大管家。

---

① 扈从获骑士称号时,可得一副金马刺,获金马刺也可泛指获得荣誉。
② 指骑士的情人送的示爱小礼物。
③ 这是两种小炮名,鹰炮杀伤力强,故以鹰名之;蛇炮因炮筒细长如蛇,故名。

二一

他没戴头盔,但一身戎装,
　胸甲前雪白长须在飘拂;
年纪虽老却笔挺坐鞍上,
　硬勒着马的急匆匆脚步;
马憋着股热情腾跃不止—— 360
　腾跃得虽高,前进却很慢;
大总管手拿剥皮的柳枝,
　表明了暂缓开战的意愿;
他后面跟随着一名扈从,
　用矛尖把臂铠挑在空中。①
爵爷霍华德、剽悍的达克
一见跨马出堡门的是他,
　便赶到阵前把坐骑一勒,
来听这老骑士要说的话。

二二

"英格兰的列位守边大人, 370
勃克留女主要我问你们:
为什么敢以敌对的态势,
不顾边境上的休战协议,
让肯达尔弓卒、吉斯兰剑士,
让所有这些外国雇佣兵
践踏我美好苏格兰边境?
我女主劝你们及早撤兵,

---

① 古代边民用矛尖挑起手套是信义象征,若有谁食言毁约,在集会上打出这标志,等于宣布此人无信无义,当时的人对此颇为忌惮。——诗人原注(臂铠是战斗中用的金属长手套。——译者按)

要不，哪怕只烧掉一棵草，
或只是侵扰我们这城堡，
把小燕子吓得不敢归巢，
圣母啊！我们准点起火把，　　　　380
暖一暖你们坎伯兰的家。"

二三

达克爵爷性子躁火气大，
沉着的霍华德做了回答：
"大总管阁下，你们女当家
若肯移步到城堡外墙上，
我们传令官会对你们讲，
我们为何来，何时可撤离。"
女堡主一听报来这信息，
　就登上城堡最外一道墙，　　　　390
首领们在周围倚矛而立，
　等着看那位传令官上场。
他身穿霍华德家的号服，
绣银的狮子装饰着胸部；①
他领着面如桃花的孩子——
　啊，这情景对母亲的打击！
这是伟大勃克留的后嗣。
　传令官恰如其分行了礼，
这样传达了主人的旨意：

二四

"同美好的夫人兵戎相见，　　　　400

---

① 银狮子是霍华德纹章上的图饰，身穿绣着银狮子的衣服，表明他是霍华德属下。

我高贵的主公感到为难,
但不能听之任之不管事。
眼看在整个西部辖区里,
你们在无法无天地施虐,
在边境一带放火和抢掠;
以你的身份家世,不该让
城堡做亡命徒藏身地方。
请交出德洛兰的威廉吧,
让他为犯我边境而受罚。
在最近圣克斯伯节前夜,①   410
他骑马去斯台泼顿撒野,②
蹂躏理查·墨斯圭的土地,
又用剑刺死人家的兄弟。
既然你是孤零零的孀妇,
不安分的马贼无力管束;
那么或是在你这城堡里
驻进我主公二百名武士;
  或是他们发声喊就冲锋,
把你们这要塞掳掠一空;
  再带这漂亮孩子去伦敦,   420
培养成明主爱德华侍从。"③

    二五

孩子的大哭让他住了口,

---

  ① 圣克斯伯节在每年3月20日。圣克斯伯是梅罗斯修道院院长,后升主教,公元687年去世前有一段隐居生活。

  ② 斯台泼顿在坎伯兰郡东北,濒利文河(参见第三歌415行注)。

  ③ 指爱德华六世(1537—1553),他是亨利八世唯一的合法儿子,1547—1558年为英格兰和爱尔兰国王。

那两只小手臂举得高高，
向熟识的脸在发出吁求，
　挣扎着想投进母亲怀抱。
女堡主面容一时变了样，
泪水不由得涌进了眼眶；
她看看周围所有的头领，
可只见眉头皱，脸色阴沉。
于是在她哭泣的深心里，　　　　　　　　430
锁起了挣扎而出的叹息，
冷冷地站着而神情自若，
答话的时候没丝毫怯懦：

二六

"告诉你剽悍勇武的长官，
是他们对妇女儿童作战；
　德洛兰的威廉可以发誓，
声明他没有侵犯你边界；①
　或让他卫护自己的荣誉，
就同墨斯圭做一次对决。
威廉身躯里的高贵血液　　　　　　　　440
　比得上坎伯兰任何骑士。
当时英格兰血洒安瓜姆，②
　道格拉斯的剑封他骑士——③

---

　　① 在难以判定时，边区人让可能犯有罪行的人起誓证明其无辜。——诗人原注

　　② 安瓜姆之战在1545年。拉尔夫·埃弗斯爵士和布赖恩·拉图恩爵士指挥的英军溃败，主将阵亡。当时苏格兰军由安格斯伯爵阿奇博德·道格拉斯指挥，勃克留爵爷和诺曼·莱斯利是他副将。——诗人原注（参见第五歌274行注。——译者按）

　　③ 据最早惯例，授予骑士身份的特殊处在于：不由君主封赏，有骑士身份的人即可将骑士身份授予扈从，只要他在观察期内的表现配得上这称号。——诗人原注（授予这种身份时，授予者用剑身轻拍跪着的被授予者脊背。——译者按）

达克的马要不是快一步,
得力地驮着他飞快逃掉,
这一幕他就能亲眼看到。
至于布岚森的这个幼主,
愿上帝把他也把我帮助;
我不会让亲友去面临厄运,
我活着,这城堡敌人休想进。 450
倘你的官长想达到目的,
　我们将呐喊着奋起抵抗;
这呐喊是他们灵前挽歌,
　这城壕把他们尸体埋葬。"

二七

她豪迈环顾,等人家叫好,
　瑟斯坦眼睛火一样发亮;
哈登的沃特吹起了号角,
　三角旗燕尾旗在矛头飘扬。
边区的呐喊声响彻云霄:
　"圣母保佑年幼的勃克留!" 460
英格兰人同样发出呐喊,
　南方人的矛都对准城楼;
肯达尔弓箭手齐步向前,
　个个把弓弦拉到耳朵旁;
说唱人的战歌响亮震天,
灰色的鹅羽箭刚要离弦,
　一骑马飞驰着来到阵上。

二八

"高贵的大人!"他喘着气说,

"是什么形势破坏这进军?
离后援这么远能做什么—— 470
　前面是城墙,处处是敌人?
单凭撒网抓狮子这一招,
敌人就已经稳稳胜券操。
黑森森的鲁伯斯劳山上,①
道格拉斯在展示着武装;
他身后起伏的矛像小麦,
把秋日深褐色荒地覆盖;
　为堵住去坎伯兰的退路,
在利德尔河北岸河滩上,
　麦克斯韦所布置的队伍② 480
举着雄鹰和十字架纹章。
　杰德伍、埃斯克、提维河谷,③
　　来了位高傲安格斯;
　而霍姆一到来,劳德山谷④
　　和墨斯全奋然而起。⑤
我虽曾被诺森伯兰放逐,⑥
长期流浪在利德斯山谷,
　心里却向着可爱的祖国,
　怎能眼看英格兰遭灾祸!
我奔驰一夜为报告消息: 490
各路的敌人正赶来这里。"

---

① 鲁伯斯劳是提维河流域一座小山。
② 麦克斯韦也是与英格兰接壤地带的苏格兰族。
③ 杰德河是提维河支流,杰德伍在这里可能指杰德河河谷地区。
④ 指以特威德河与英格兰相隔的贝里克郡西部的里得河河谷。
⑤ 墨斯指贝里克郡特威德河左岸地区。
⑥ 诺森伯兰是英格兰最北部的郡,北接苏格兰。

二九

"来就来!"勇猛的达克喊道,
"这旗帜我祖先引以为豪——
它掠过犹太之海的海岸,①
在加利利海的风中飘翻;
它就要插上布岚森城堡,
把姗姗来迟的援军耻笑!
　火枪手排好,把枪支端平,
利落的弓箭手,拉开弓弦;
长斧手过来,对着城堡喊:　　　　　500
　我为英格兰,死也要获胜!"

三〇

"听着,"霍华德说,"安静地听,
　别以为我的话出于胆怯;
在战场或在恣意劫掠中
　有谁见到过白狮子退却?②
但不能拿我们边境之花③
去同全苏格兰军队搏杀——
三千人对上万苏格兰军,
这策略无异于以死相拼。
别这样,接受女堡主提议,　　　　　510
趁她还不知道援军消息;

---

　① 犹太之海指下一行中的加利利海,即巴勒斯坦东北部与叙利亚边界上的太巴列湖。

　② 参见本歌394行。

　③ 边境之花,指英格兰边界地区的精锐军队。

让墨斯圭、德洛兰拼一拼,
墨斯圭打赢就是我们赢,
如果他失利,我们的损失
也不过就损失一名武士;
其他人却得以进退自如,
避免了战败、死亡和耻辱。"

三一

对边塞同僚的明智开导,
高傲的达克可接受不了!
但还是停下前进的步伐, 520
他勉强窝着火听从这话。
但两位镇边官从此反目,
在边界地带各走各的路;
而且人们说,这小小积怨
日后竟酿成了流血事件。

三二

传令官再次来到城堡前,
　站定在那里吹起了军号,
　那是休战开谈判的曲调,
要苏格兰首领出来谈判;
他代表墨斯圭提出挑战, 530
　单独同强悍德洛兰较量;
　臂铠丢在首领们的脚旁,①
这样陈述了决斗的条件:
　　"墨斯圭的剑在比武场上

---

① 把臂铠扔在地上表示挑战,对方拾起即表示接受挑战。

如果击败德洛兰的骑士，
　　那你们布岚森年幼族长
　仍得为他那宗族做人质；
　如果德洛兰打败墨斯圭，
　我们将立即把孩子送回。
　　无论如何，英格兰军没有　　　　　　　540
　碰你们，不该受你们伤害，
　得作为非武装人员离开，
　　不动干戈向坎伯兰撤走。"

　　　　　　三三

　首领们不知道援军已近，
　所以听了这提议很高兴，
　尽管明智的女主不赞成；
　　首领们虽然忠诚又勇敢，
　从最近杰德伍所遭洗劫中，①
　　看到摄政发援军有多慢。②
　你也猜得到，那高贵夫人　　　　　　　550
　　已知道援军很快就赶到，
　这先见之明她不敢承认，
　　因为那秘术她不便提到。
　协定遂议妥，双方都同意：
　　要在城堡下方的草地上，
　尽快圈一块比武的场地；
　　对决安排在第二天早上，
　在曙光初露后四个钟头，

---

　① 这里的杰德伍指濒杰德河的杰德堡，这里曾为王族驻地。1545年，赫特福德伯爵率英格兰军侵袭杰德堡，在苏格兰摄政的援军赶到前，将该地烧掠一空。
　② 1542年，苏格兰国王詹姆斯五世去世时，玛丽女王年幼，由阿兰伯爵摄政。

用斧子和尖刀徒步决斗。
　　那时伤痛已消的德洛兰，　　　　　　　560
或由另一位武士替代他，
　　为自己也为他首领出战，
同强悍的墨斯圭交手对打。

三四

在许多说唱人的唱词中，
　　我清楚地知道，他们都说：
这种决斗该骑着马进行，
　　拼命快跑的马喷着白沫，
只是在你死我活拼杀中
　　断掉了长矛，才拔剑相搏。
在我年轻时，快活的竖琴手①　　　　　570
告诉我到底是怎样决斗，
　　我现在照样说一遍。
他熟知道格拉斯掌权时，
黑大人阿奇博德战规里②
　　每一项法规和条款。
他不能容忍爱嘲弄的嘴
硬讲他说唱的故事不对，
　　或说他歌词不真实。
粗暴的讥讪伤他自尊心，
　　为此，当他们正开怀畅饮，　　　　　580

---

　　① 快活的竖琴手，指流浪边区的老说唱人"叽叽呱呱的"威利。他在争斗中杀了同行"甜人儿"密尔克，在杰德伍被处决。

　　② 这是边区战事条规总称。阿奇博德·道格拉斯是14世纪边区西段镇守官，因作风凶猛被称为"黑大人"。其家族曾是苏格兰历史上最有权势的家族之一。

把茹尔行吟者杀死。①
他们在提维河岸上决斗,
血污了他们拨琴弦的手;
那里的山楂树枝仍在荡,②
哀伤地荡在他对手墓上。

三五

我何必说那次严厉宣判?
我师傅就此给判出人间,
杰德伍巡回审判杀了他;
乌兹南的姑娘扯着头发,③
一双双眼哭得失神昏暗,　　　　　　　　590
一双双手为他扭成一团!
他死了!所有他那些弟子
已躺进无声的冷冷墓地。
只有我孤零零留在世上,
把以往的征战杀伐回想;
为不再听到老调而伤心,
而以前听着它们多欢欣;
我说唱的伙伴全都去世,
我歌唱的热情也已消失。

―――――

① 茹尔是提维河支流,茹尔行吟者指"甜人儿"密尔克。

② 据说决斗处有棵山楂树(后称"甜人儿"密尔克山楂树),作者生活的年代还在。

③ 据说威利在乌兹南河边熟睡时被抓并解往杰德堡。在歌谣《叽叽呱呱的威利》中有这样几句:"乌兹南一带的年轻姑娘/把自己的头发又扯又拉/这全是为了漂亮的威利/为了如此漂亮的他"。

他停下之后，夫人小姐们　　　　　　　　600
再一次夸赞白头说唱人。
公爵夫人怜悯他同情他，
亲切地说了许多鼓励话；
说是很奇怪，老人家怎能
把传说弹唱得这么动听——
古代的事情早已被遗忘，
冤仇也早就不记在心上；
树林里如今荒芜又光秃，
堡楼中眼下有野兔居住；

　　老风尚早变得没了踪影，　　　　　　610
灰色墓碑下，那些领主们
睡得久，无常的荣誉女神
　　在文卷里涂了他们姓名，
把他们为之流血的花冠
　　戴在新得她宠爱的头上。
　　真奇怪，这位老人的说唱
竟把云石棺中的人召唤。

竖琴手高兴地笑了，因为，
诗人的耳朵漏不掉恭维。
单纯的人哪！把心血花掉，　　　　　　620
只为了空虚的一笑之报；
在诗情之火熄灭的年纪，
甜美的一句话把火扇起；
赞美让萎靡的想象苏醒，
尽力使短命的火焰升腾。

老人微笑着，他满怀欣喜，
说唱的故事又如下延续。

第五歌

一

别说这话蠢！人们说这话
　并没有说错：当诗人死亡，
大自然为崇拜自己的他
　默默地哀伤并为他送葬；
高高的山崖，荒寂的洞穴，
为了去世的行吟者呜咽；
大山流的泪是清澈小溪，
花朵洒下的是芬芳泪滴；
微风叹息在他爱的树丛，
橡树用深沉的哀鸣响应； 10
河川叫自己奔流的波浪
在他墓地旁把挽歌低唱。

二

倒不是那些没生命东西
真能为墓中的遗骸哀泣，
而是那溪水、树林和微风
能够同精魂一起放悲声——
他们哪，要不然早被遗忘，
却还有诗人忠实的歌唱；
诗人去世，对他们的回忆
也就把第二次死亡经历。 20
少女的幽魂为命运哀恸，
哭她的真情被忘得干净；

山楂树和玫瑰晃下泪滴,
滴落在善良吟游人墓地;
荣光已无存的骑士鬼魂,
在堆满死者的沙场伤神;
又乘着呼呼劲吹的狂风,
掠过战场,发出了呼啸声;
主公那镶珠嵌宝的冠冕
仍在他封地歌曲中忽闪; 30
他在雾蒙蒙山头宝座上,
见自己遗骸如今也一样,
躺在曾属于他的采邑里
被遗忘,没有地位和权力;
他的呻吟声灌满荒山洞,
狂怒的泪水使溪流汹涌;
为说唱人断弦的琴悲鸣,
为不闻赞歌和他们姓名。

三

猛烈的进攻刚搁置下来,
对休战条件刚做好安排, 40
布岚森城堡上已能看见
大批人马正在往这里赶。
看得见远远的滚滚烟尘,
听得出隐隐的奔马蹄声;
黑压压的队列头顶阳光,
明晃晃的长矛烁烁闪亮;
领主们漂亮的旗帜表明:
这是驰援布岚森的救兵。

四

勇武的宗族不用都点明，①
反正都来自中部的边境： 50
"血淋淋的心"招展在头里，②
把道格拉斯的威名宣示！③

不用点明：什么马在奔腾，
在哪里威德本的七条枪④
让武士排列好战斗队形；
斯温吞把矛顶在柄窝上——⑤
克莱伦斯的亮闪闪头盔⑥
从前就曾被这支矛杀退。

我不愿说，从富饶的墨斯、
兰默冒还有特威德两岸⑦ 60
有多少战士正赶来参战——
举着邓巴家古老的盾饰、⑧
赫本家各色的斑斓旗帜⑨

---

① 宗族是当时苏格兰社会的基本组成部分。

② "血淋淋的心"是道格拉斯族纹章，从詹姆斯起就采用，因为罗伯特·布鲁斯托付他把自己的心带往圣地（巴勒斯坦）。——诗人原注（布鲁斯生于1274年，卒于1329年，32岁起为苏格兰王，1314年击败英格兰，赢得苏格兰独立。——译者按）

③ 据本诗时代背景，这英雄辈出的强大宗族当时的首领是第七代安格斯伯爵阿奇博德·道格拉斯，他以勇往直前、行动果敢著称。——诗人原注

④ 指威德本大卫·霍姆爵士的七个儿子，他们1513年死于弗洛登之战。

⑤ 在法国的博舍一战中，约翰·斯温吞将亨利五世的弟弟克莱伦斯公爵托马斯打下马，于是给他宝石冠以示表彰，他却放于胸部。斯温吞族是苏格兰最古老宗族之一，出了许多著名武士。——诗人原注

⑥ 这位公爵姓波兰特基奈特，克莱伦斯是他封地。

⑦ 兰默冒指贝里克郡和哈丁顿郡境内的兰默冒山区。

⑧ 霍姆伯爵家是边泽（苏格兰与英格兰接界处多沼泽，这一地带称边泽）伯爵邓巴家后代，纹章上是竖立的银狮。他们的战斗口号为："霍姆家！霍姆家！"

⑨ 赫本是东洛锡安地区重要家族，通常与霍姆联盟。

从远处闪闪陡坡上冲下，
一路在喊："霍姆家！霍姆家！"

五

布岚森派出扈从和骑士，
去传达许多道谢称颂词；
向领主们恰如其分致谢，
称赞援军的强大和迅捷；
解释了订下的休战之约， 70
　又说现在已决定德洛兰
　和墨斯圭之间决一死战；
他们说女堡主恳切希望：
　各位领主都留下来观战，
怀着热爱和好意来赏光，
　把布岚森款待体会一番。
他们请苏格兰人都出席，
也没把英格兰高官忘记。
　白发苍苍的布岚森总管
亲自出马，很得体地邀请 80
英勇的敌方来城堡大厅。
霍华德接受邀请，战斗中，
受封的骑士没谁比他勇；
而离开了战场，卸下铠甲，
没有人能比他温文尔雅。
但达克却依然怒气未消，
宁可在自己营帐里睡觉。

六

高贵的夫人也许有问题：①
　　敌对的两军如何能会见？
　　因为你认为，这一次休战　　　　　　90
要维持下去确实不容易；
而战斗的热情火一样旺，
想血溅不共戴天的对方；
因为彼此的侵扰和袭击，
因为是异族再加旧风习，
　　他们是敌人相会在提维；
可他们不分敌友坐一起，
　　没有出恶言也没有皱眉，
如同相会在异国的兄弟。
那些手刚才把武器紧握，　　　　　　　100
现在还没脱臂铠便相握——
　　向对方亲切地致意；
面甲已掀起，脸显露在外，
多少朋友被友人认出来，
　　共享着友好的筵席。
有人欢快地开始滚木球，
　　有人玩起了骰子和跳棋，
有人边连连欢呼边喝酒；
　　嘈杂喧嚣的作乐人群里
　　把球踢到东踢到西。　　　　　　　110

七

要知道，当初若吹动号角，

---

① 这里指蒙默斯公爵夫人。

或发出投入战斗的信号,
　那相处如此融洽的人物,
那许多真诚相握的手掌,
　就叫碧绿的田野染血污;
提维河岸上现在的欢嚷,
　就变成狂野喊杀声,
　变成临死前的呻吟;
现在为友谊拔出的匕首,
在席上为大家剔骨分肉, 120
　会扎得对方血淋淋。
　在那道古代边境上,
这停战交战的突然变化,
　不少见也没人为之惊讶;
　但渐渐西沉的太阳
在一片和平欢乐气氛里,
终于同布岚森城堡别离。

八

白天已消逝,欢闹和畅饮
依旧在兴高采烈地进行;
不久,布岚森的巍峨大厅, 130
亮起一大片红彤彤火光,
映出了铁栅护着的高窗——
那是些石柱隔成的方形;
欢快的竖琴和碰杯声音
震得泛金光的橡子作响。
时时从渐渐幽暗平原上,
传来招呼、高喊或哨笛声——
那是队伍为找回掉队人,
各宗族发出的尖厉暗号;

而饮酒作乐的人在称道 140
达克和道格拉斯的威名。

九

各种喧闹声渐渐地轻微,
　渐渐稀落得没有了声响;
你们从那布岚森小山上,
唯有听得见提维河流水——
　只除了哨兵在换岗之际,
　　用他们的口令喝问对方,
　只除了在那深深黑暗里,
　　从城堡下面那片草地上
　传来铁锤和斧子的声响。 150
因为好多手在那里干活,
有方子要刨,有木栅要做;
要赶在第二天黎明之前,
做好比武场的可怕围栏。

一〇

玛格丽很早从大厅退出,
　没理会母亲责备的眼光;
她离座而去时,不知其数
　憋着的叹息不在她心上。
因为有好多勇敢的伙伴,
有好多高贵的武士, 160
想博得提维之花的青眼。
她独自待在凄清闺房里,
头阵阵作痛,心里又焦急,
　时醒时睡地难安眠。

一大早她从绣榻上起身，
　　她要看曙色的出现，
这时大旗下武士睡得沉——
躺下休息的何止千百名，
最美最善的是第一个醒。

　　　　一一

她凝望城堡中央的庭院，　　　　　　　　170
　　它躺在塔楼长长阴影里；
　　昨天哪，战马跺脚又喷鼻，
在那里铿锵闹了一整天。
　　现在死寂了，但又有声音，
　　是大步慢走的马刺叮叮，
是轩昂的武士走在下头——
这时候正抬起带盔的头。
　　天上的圣母！这怎么可能?
走在敌对的布岚森庭院，
悠然得像在乌兹南林间，①　　　　　　180
　　脚步中没丝毫惊恐。
姑娘不敢打手势和说话，
　　万一有侍从被弄醒，
这武士就得付血的代价！
哪怕是玛丽王后的珍珠②
或更宝贵的玛格丽泪珠，
　　救不了他当场被杀。

----

　　① 乌兹南指乌兹南河沿岸，该河又名奥克斯南姆河，是提维河支流，流经克然松采邑。
　　② 玛丽王后可能指苏格兰国王詹姆斯五世遗孀。

一二

　　但他冒的险很小，因为你
　　完全想得到，他那狡猾的
　　　　矮侍从自有其法力，　　　　　190
　　让主人也把这法术分享——
　　凭这个，他使主人的模样
　　　　像赫米推治的骑士。①
　　就这样，门岗上没有查问，
　　而大院中尽管满是家臣，
　　　　没人拦住他问一句。
　　但是有什么古怪障眼法
　　　能骗玛格丽漂亮蓝眼睛！
　　　　坐着的她一跃而起——
　　虽在惊讶和害怕中挣扎，　　　　　200
　　这两者都控制不住爱情，
　　　　因为那下面是亨利。

一三

　　我想，不怀好意的小坏蛋
　　抱有怎样的目的和打算，
　　　　让他俩相会在这里？
　　因为挚爱的场面虽美好，
　　可是那心术不正的小妖
　　　　对这种会见能欢喜？
　　我倒是认为，也许他在想：
　　激情一走火就造成悲伤，　　　　　210

---

　　① 赫米推治堡参见第二歌382行注，该堡属道格拉斯族，因此从那里来的骑士很受欢迎。

会带来耻辱和罪孽；
使骑士克然松丢了性命，
　让聪敏温柔的小姐
蒙受了羞辱丧失好名声。
但相恋如此深的两颗心，
地上的精怪哪能摸得清。
上帝把真诚之爱的祝福
只给普天下人类作礼物。
　这不是奇思怪想的烈火，
　　不会刚产生便立即消失；
　这不在切盼热望中生活，
　　不随热望的消逝而消逝；
　这是心灵上的奥秘感应、
　　纯银般的环、柔丝般的结，
　把头脑和头脑、心灵和心灵
　　在肉体和灵魂中相衔接。
现在且不表骑士和玛格丽，
我先把逼近的搏斗告诉你。

　　　一四

号角吹起报消息的调门，
风笛的军歌惊动各族人；
　成群的武士奔走得匆忙，
要去看拼死拼活的相争。
　长矛密密地围着比武场，
像埃屈克林中雷劈松树；
　他们频频朝布岚森凝望，
要看决斗者从那里走出；
　他们为各自喜欢的骑士，
交换了好些夸耀的言辞。

220

230

一五

可这时女堡主焦虑万分，
因为发生该谁去的争论：　　　　　240
谁有权代表德洛兰出战？
到底是哈登还是瑟斯坦。
他们比较了血缘和租税，
结果仍你蹙额头我皱眉；
　但争得也没有多久，瞧！
来了德洛兰骑士他本人，
看来身体好，伤口也不疼，
　一身的铠甲从头护到脚，
他要去该他参加的搏斗。
　女堡主眼看她法术奏效，　　　　250
那两位首领收回了要求。

一六

他们走过平地去比武场，
端庄女堡主坐骑的丝缰
　霍华德握在了手中——
没穿铠甲的他走在旁边；
两个人言辞谦恭在叙谈，
　谈的是古代的武功。
他服饰豪华，佛兰德斯皱领，
领下是水牛皮紧身背心，
　开衩处露出了锦缎；　　　　　260
棕黄色皮靴，黄金的马刺，
整个斗篷是波兰的裘皮，
　护腿上都织着银线；

边民们熟知的毕尔巴鄂剑,①
挂在有饰钉的宽阔腰带前;
所以,被边民们粗俗地称作:
阔腰带威尔,高贵的霍华德。

一七

霍华德爵爷和女堡主后面,
美丽的玛格丽骑着驯马,
  那马衣飘垂到地面。   270
她白色头巾加白色面纱,
  披肩长发上戴花环,
那是最最洁白的玫瑰花;
神气的安格斯陪着姑娘,②
好意地让玛格丽别紧张;
玛格丽要是没有他帮助,
就很难把绣缰稳稳拿住。
而安格斯以为,姑娘颤抖
是怕看武士们生死搏斗。
接着母女俩光临比武场,   280
坐定在她们大红座位上,
谁能猜到:是受怕和担惊
搅动这姑娘忐忑的芳心。

---

① 毕尔巴鄂是西班牙濒比斯开湾的海港,古时以出产好剑闻名。

② 安格斯为苏格兰一地区,东濒北海。安格斯伯爵为苏格兰世家,代出政要。其第六代伯爵1514年与玛格丽特·都铎结婚,1522年以叛逆罪被送往法国。后英王亨利八世恩准其返国,1525年掌最高权力,1542年后任苏格兰南部地方长官。

一八

勃克留幼主是争夺对象，
由英格兰骑士领着出场；
他不为眼下的困境懊恼，
只盼着把这番恶斗瞧瞧。
倨傲的达克和高贵的霍姆
走马在角斗场上好不威武。
他们挥动着号令的钢杖，　　　　290
为这一次生死较量监场；
他们对双方都给予关注，
如考虑阳光和风向因素。
随后，传令官以苏格兰女王、
英格兰国王和镇边官名义，
　　用沙哑的高嗓门宣布规矩：
　　开打后，任何人不得以话语、
神色和手势给一方鼓励，
　　谁敢于违反谁就将送命。
没一声呼吸打破那静寂，　　　　300
　　直到传令官轮流做声明：

一九

英格兰传令官

"这里站着墨斯圭的理查，
这忠实好骑士出身世家，
　　他认定德洛兰是他死敌，
因为此人曾恶毒伤害他。
他断言，根据边境的律法，
　　德洛兰的威廉是狡诈叛逆——

他手中剑为这点坚持到底，
愿上帝帮助理由充分的他！"

二〇

苏格兰传令官

"这里站着德洛兰的威廉， 310
　　这忠实好骑士家世高尚；
他说，从拿起武器那一天，
　　叛逆的污点没沾他纹章；
所以，愿天神帮助他获胜！
他要以墨斯圭尸体作证：
　　那嘴巴讲的是弥天大谎。"

达克爵爷

"冲上去打吧！勇敢的斗士！
吹喇叭！"

霍姆爵爷

　　　　"上帝保护有理人！"——
提维河啊！你发出什么回声，
当喇叭的声响、号角的声音 320
　　怂恿着相拼的武士。
两位斗士在场子里逼近，
高擎着盾牌，眼中是机警，
　　脚下是稳健的步子。

二一

你们这些可爱的听众啊,
　你们优雅的耳朵,不该听
战斧在头盔上连连劈打
　不该听伤口流血的情形;
因为这一场恶斗时间长,
那两名斗士凶悍又强壮。　　　　　330
如果听我说唱的是骑士,
我就把这次格斗说详细!
因为我见过战火照天明,
见过双刃剑和刺刀相拼,①
还见过战马踏着血狂奔;
因为在天旋地转格斗中,
我鄙视贪生怕死没有种。

二二

结束了,结束了!致命一击——
墨斯圭倒地处鲜血淋漓,
勇敢的他还尽力想站立,　　　　　340
但是永远不可能再爬起!
　他满喉咙是血,亲友的手
除下他面甲上护眼栅板,
　解开护喉甲上的铁搭扣,
让他临死前松快喘一喘!
没救啦!快快,圣洁的教士,
快快,趁罪人还没有去世!
让他的罪孽都得到宽恕,

---

① 双刃剑指苏格兰高地人用的双刃大剑。

铺平他从地面升天的路!

二三

圣洁的教士急冲冲奔走， 350
奔进了那个比武场之后，
　光脚被染成了红色；
欢呼胜利的喊声震天响，
全不在这位教士的心上。
　他扶起那位垂死者，
跪在其身边的地上祈祷，
任满头银发满脸银须飘；
　还高高举着十字架
在那渐渐黯淡的眼前挥；
　又急急把耳朵俯下， 360
要听他断断续续的忏悔；
　托着他，不让躺在血泊里，
直到他灵魂和肉体分离，
把精神慰藉送到他心上，
嘱咐他要完全信赖上苍！
这祈祷墨斯圭没有听到——
他不再呼吸，痛苦已终了！

二四

既像是搏斗得筋疲力尽，
又像为凄惨景象而销凝，
　胜利者站着无声息—— 370
没松开下半截面甲搭扣；
对他的喝彩，祝贺他的手，
　他一点都没有注意。

看哪！吃惊的怪叫响起处，
叫声里似乎还带点恐怖，
　　看那苏格兰人群里，
在那密密层层的人群里，
　　个个在惊慌失措地闪开——
只见有吓人的半裸汉子，
　　从城堡那头朝下面奔来。　　　　　380
他纵身一跳便越过栏杆，
气汹汹朝四处急急察看，
　　像迷惘却又像痛苦；
比武场的人都认出，
　　这来者是德洛兰的威廉！
女士从座位上慌忙跳起，
监场官从马背翻身下地。
　　"你是什么人？"他们喝问，
"参加并赢了格斗的是谁？"
他急忙摘下带羽饰的头盔：　　　　　390
　　"是我，是提维河的克然松！
我为这孩子来厮杀一场。"
他领孩子到女堡主身旁。

　　　　二五

　　妈妈热吻着夺回的孩子，
一次次把孩子搂在怀里；
　　刚才她虽有无畏的外表，
那劈杀却让她心惊肉跳；
　　她没屈尊地问候克然松，
尽管在脚前就跪着此人。
我不愿讲人们怎么劝说，　　　　　　400
安格斯、霍姆、霍华德怎么做，

霍华德虽是敌方却宽厚；
我不愿讲全族人怎么求，
求女堡主抛开过去的仇，
求她开恩祝福那好时辰，
让提维之花嫁给心上人。

二六

她看看河水又看看山峰，
回想起做出预言的山神；①
于是她打破严峻的沉默：
"是天命不是你们胜了我；　　　　410
仁慈的星宿把它们影响
降在布岚森与提维河上，
因为傲气消，爱获得自由。"
她拉着玛格丽白皙的手——
　姑娘气吁吁抖得站不稳，
手已被放进克然松手里：
"像我对你和你亲人忠实，
　你该忠实于我和我亲人！
这爱之握手是我们联合，
　今天是好日子，你们结亲；　　　420
所有的贵人都留下做客，
为这门亲事来添香增色。"

二七

人们纷纷离开那比武场时，
　女堡主已获悉大部分故事：

---

① 参见第一歌179行。

克然松如何同德洛兰冲突，
　　如何从受伤的威廉骑士处，　　　　430
他的矮侍从偷来那奇书；
早晨又凭着魔法，克然松
如何走进她高高城堡中；
　　如何趁威廉爵士在睡乡，
矮侍从偷了他那副铠甲，
让主人穿了去上场搏杀。
　　但一半故事他留着没讲，
他逗留在那里，等那姑娘。
女堡主不愿光天化日下
暴露出她自己那套魔法；
但她已想好，要在半夜前
煞煞那精怪侍从的气焰，
从他脏手中救出那本书，
送回到圣迈克尔的坟墓。　　　　　　440
　　玛格丽和克然松的情话，
现在没必要一字字重复；
不必说姑娘对情人倾诉
　先前的痛苦，不必告诉他
看他们搏杀，呼吸多急促；
更别说两位恋人那欢畅——
到时你们也知道，好姑娘。

　　　　二八

从他死一般的昏睡状态，
德洛兰的威廉偶尔醒来；
　　听人说在比武场里　　　　　　　　450
有人用了他全副的武装，
挥着战斧同墨斯圭打仗，

用的是德洛兰名义。
他赤手空拳奔到比武场,
所以全族人见了都惊慌,
当他是一个飞驰的鬼魂,
不是有血肉有呼吸的人。
这位新盟友他并不欢喜,
但看到对方干出的事迹,
　　就衷心向对方致意。　　　　　　460
他不愿重开以前的争端,
因为没什么深仇和大怨。
　尽管他粗鲁不知礼,
劫掠中他很少血染刀枪,
除非对方的武装在抵抗,
或是报不共戴天的深仇。
同勇敢的敌人公正格斗,
哪怕吃大亏也不记心头;
　　所以这时候也就能看到:
当他俯视墨斯圭的遗体,　　　　　　470
他粗犷的脸上满是悲戚,
　　尽管皱着眉想要掩饰掉。
就这样,他悲伤地低下头,
把下面的悼词献给对手。

二九

"理查·墨斯圭,你躺在这里,
　我俩是不共戴天的敌人!
虽说我杀了你的亲兄弟,
　可你也杀了我一个外甥。

奈沃城堡的黑暗地牢里，①
我躺了十三个漫长星期，　　　　　　480
直到一千个马克赎了我，②
黑墨斯圭啊，这是你的错。
只要你像我还能够呼吸，
　只要用决斗能解决问题，
那就没人拉得开咱们俩，
　除非有一方或双方倒下。
上帝让你安息吧！我知道，
你这种对手我再难遇到。
　这里的口号是马嚼、马刺
　和长矛！这些北方郡县里，③　　490
　追逐劫掠者最行就数你！
我就领教过你追踪本领，
这回想起来该多么高兴——
一路上你嗾着漆黑猎狗，
用号角鼓励手下人战斗！
我那块领地宁可被剥夺，
只要你黑墨斯圭能复活。"

三〇

他在哀悼，而达克的马队
　准备要返回坎伯兰故乡。
他们抬起勇敢的墨斯圭，　　　　　　500

―――――――

① 奈沃城堡属于霍华德爵爷，位于英格兰与苏格兰接壤地带西部，近卡莱尔。
② 马克是当时一种硬币，值13先令4便士。
③ "马嚼、马刺和长矛"借自诗人迈克尔·德雷顿（1563—1631）叙事诗代表作《多福之国》（一译《福地》）。这口号表明当时苏格兰与英格兰接壤地带兵荒马乱的不安定程度，边民需随时应对突发事件。

放在他那血淋淋盾牌上；
然后用矛杆把盾牌抬起，
四人一档抬高贵的遗体。
有时在微风中，前面的人
能听见歌手们哀哀哭声；
后面有挂圣带教士四个，①
为死者灵魂唱着安魂歌；
骑手们慢慢地跟在四周，
行进的长枪兵倒拖枪头；
　就这样这位侠义的骑士　　　510
从利德斯谷运到利文河旁，
在霍姆·科屈姆高高教堂，②
　被埋进祖祖辈辈的墓地。

───────

歌虽停，竖琴却弦声如狂，
仍把送殡的进行曲模仿；
听来时而近，时而却悠远，
一会儿飘开，一会儿来耳边；
现在像掠过某处山坡上，
　现在幽幽消失在深谷里；
　又像是那说唱人在哭泣，
像哀伤的安魂曲随风荡；　　　520
最后用土把武士墓填上——
这时响起谐和的大合唱。

────

　①教士这圣带是黑色狭长织物，两端有流苏，举行仪式时套在颈上，由两肩垂至身前。
　②霍姆·科屈姆在英格兰北部坎伯兰郡中部，濒索尔威湾。

停歇了一会，她们要他讲：
　　为什么弹一手好琴的他
流浪在不知感谢的穷乡，
　　辛苦劳累却得不到报答？
而南面那地方慷慨大方，
会给他才艺很高的报偿。

竖琴在白头竖琴手眼里
虽然是唯一的亲密知己，　　　　530
但谁要说他弹一手好琴，
好于他诗才，他可不爱听；
他也不爱听那种轻蔑话，
嘲讽他深深爱着的国家；
于是这漂泊四方的诗人，
再一次唱出激昂的歌声。

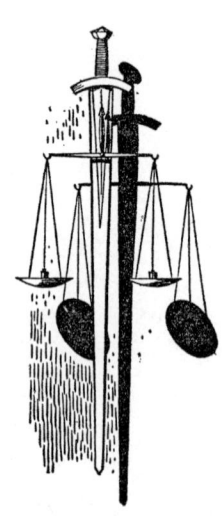

第六歌

一

世上可有这样的冷血人?
他灵魂已死,不会说一声:
　这是我故土和家乡!
当他结束在异国的漂泊,
走向自己的家乡和故国,
　内心会不像火一样!
若有这种人,那就记住他,
任凭他地位煊赫名声大,
无穷的财富数也数不清,
他却唤不起说唱人激情;　　　10
尽管他有财有势有地位,
却是只想着自己的贱胚;
活着就无非是徒有名望,
死了则是他双重的死亡——
返回他由之而出的污泥,①
没人会致敬、哀唱和哭泣。

二

加里东尼亚!你严峻荒凉,②

---

①《圣经》中说,上帝用地上的泥造人,因此人去世就返回泥中。
② 苏格兰东西两岸间最窄处为福斯湾和克莱德湾顶端,相距仅48公里。公元142年,按罗马皇帝安东尼·庇护的命令,罗马总督乌尔比库斯在此监造一道安东尼墙(也称哈德良长城),长58 500米,平均宽度4.5米,高约3米,墙边壕沟宽12米,深3米,墙后有一条军路。罗马人称墙以北地区为加里东尼亚,这里泛指苏格兰。

是诗歌之子的合适奶娘！
到处是山和褐色石南地，
到处是莽莽丛林和清溪；
　　祖先的土地啊！任谁的手　　　　　20
难解我对你的亲子之情，
　　把我从你这崎岖里拉走！
我看着各处熟稔的风景，
思忖与今日不同的往昔，
就感到一切都已经失去——
朋友中只剩你的林和溪；
所以对它们我爱得更深，
哪怕我遭到了极度不幸。
让我漫游在亚罗河边吧，
　　虽没人把羸弱的我带领！　　　　30
让我体味埃屈克的风吧，
　　任吹得我枯皱的脸发冷！①
让我头靠在提维源头旁，
让我呻吟着在那里死亡，
作为孤独说唱人被遗忘。

三

不像我受奚落！行吟诗人
那时被请来布岚森助兴；
　　颂扬武功和欢庆的歌手
从远近各地源源来这里；　　　　　40
　　既准备赴宴也准备战斗，
也就给分享战事和筵席。

---

① 第30行起的这四行诗已刻在塞尔扣克的司各特纪念塔上。

前不久，在各赴战宗族前，①
是奏着死亡之曲的他们；
而眼下，这些快活伙伴前，
拉起铁栅做成的大吊门；
他们吹风笛，他们敲琴弦，
他们又跳舞又作乐歌唱，
让粗糙的塔楼震出声响。

四

在这个当口，我可不愿讲： 50
那婚礼是多么堂皇富丽，
有多少武士、夫人和姑娘
聚集在那座漂亮教堂里；
我也不愿讲珍宝和金银、
编起的发辫、绿色的斗篷、
白底镶黑点裘皮的外衣、
飘拂在祭坛周围的毛羽、
叮当作声的细链和马刺。
玛格丽色泽多变的脸颊，
我说唱人很难细细描绘； 60
她忽而害臊又忽而害怕，
让可爱的羞红时来时退。

五

有的说唱中，那高贵夫人
从来不走近祭坛和教堂；
说是在那里她就会担心，

---

① 指这次英格兰兵马进军布岚森堡。

所以没敢来为婚礼增光。
这话是毁谤;我完全相信:
　她用的不是禁用的邪咒;
　因为星运行到一定时候,
得法的言行能制伏鬼魂。　　　　　　　70
但施行这法术非常危险,
对这种弄险我并不称赞。

　可我要说说真实的情形:
女堡主当时就在祭坛旁,
　穿一身漆黑的丝绒衣裙,
一顶大红的兜帽戴头上;
　那衣帽上缀着缠着珍珠,
还有金线或貂皮作滚镶;
　一只灰背隼栖在她手上,
凭一根丝编的细绳拴住。①　　　　　　80

六

这一场婚礼不久便结束,
现在是兴高采烈的中午;
　在高高拱顶下的大厅里,
摆开一桌桌丰盛的筵席。
　管事和扈从细心又迅速,
按客人身份把座位安排;
　拿刀的小随从侍立各处,
把大盘的菜肴切开分派;
　桌上有阉鸡、苍鹭和白鹤,

———————
① 和平时期,骑士和贵族有猎鹰做伴,贵妇则常有灰背隼或食雀鹰。——诗人原注

高贵的孔雀拖金色长尾,① 　　　　　90
野猪头有着漂亮的点缀,②
　还有圣马利湖的小天鹅;
对着鹿肉和松鸡般雷鸟,
现在,教士已做完了祈祷。
里里和外外,上上和下下,
响起一片吃喝中的喧哗!
因为在那排高处楼座里,
响起喇叭、拨弦琴和芦笛;
老武士酒碗叮当大口喝,
高声地说说笑笑乐呵呵; 　　　　　100
年轻的骑士轻言又巧语,
含笑听着的是美貌妇女。
戴头罩的隼高栖横杆上,③
尖尖的呼叫混进了喧嚷;
它们扑动着翅膀晃着铃,
配着鹿猩发出的吠叫声,
波尔多、奥尔良和莱茵酒,④
　红艳艳装在瓶中四处传;
忙碌的管事在桌边侍候,
　热闹的客人吃喝得真欢。 　　　　110

――――――

① 在骑士时代,孔雀被认为是佳肴,上这道菜有特殊的庄严性。孔雀烤熟后要用其羽毛装点,然后把烈酒中浸过的海绵点着了放在孔雀嘴中。——诗人原注

② 野猪头也是封建时代名菜。在苏格兰,猪头四周有时围许多小旗,表明桌上贵族的功勋和业绩。——诗人原注

③ 猎鹰平时戴头罩,以便控制。

④ 波尔多是法国南部海港,濒比斯开湾,以产红葡萄酒闻名。奥尔良是法国中北部城市,周围都是产酒区。莱茵河一带也是著名产酒区。

七

可是，那当侍从的小恶鬼
不放过无事生非的机会；
现在趁人们血热气又傲，
就努力挑起猜忌和争吵。
话说沃芬斯丹的康拉德，①
他脾气火暴，酒又喝多了；
　这会心里头正好在发闷，
是部下把马丢了好几匹；
　你来我往的话越说越狠，
带臂铠的手揍向亨特希——②　　　　　　120
这拉瑟福急躁、莽撞、剽悍，
人们都叫他"抽剑忙"狄坎。③
因为康拉德听了矮鬼话，
说是亨特希弄走那些马。
于是霍华德、霍姆、道格拉斯
站起来平息这激烈争执。
严峻的拉瑟福说话很少，
只是咬手套，把头不住摇。④
　两星期后，英格尔树林里，
樵夫的猛犬发现康拉德；　　　　　　　130
　这大汉躺在冰凉血泊里，
胸前血淋淋伤口好几个。
谁杀了康拉德，没人知道，

---

① 康拉德是诗中英格兰军队中德国雇佣兵司令官，参见第四歌313行。

② 亨特希是杰德堡附近地名，为边区古老家族拉瑟福的城堡所在地。

③ "抽剑忙"狄坎是传说中武士"亨特希山鹬"之子，他有九个豪爽而善战的儿子随他南征北战。——诗人原注

④ 咬手套表示誓杀对方，报仇雪恨。

也找不到他的剑和剑鞘；
可据说就从那个时候起，
有把科隆剑狄坎佩腰际。

八

矮子精怕他主人的眼光，
怕被看出自己的鬼花样，
现在溜到城堡的食品室；
许多勇武的随从聚这里，　　　　　140
同坐在厅堂的贵人一样，
吃得既丰富，喝得又欢畅。
瓦特·廷林真诚地建议：
为坡上火阿瑟·艾略特干杯；①
凭他因教养而来的规矩，
酒杯朝霍华德部下递去。

　为显出英格兰人有教养，
红罗兰·福斯特高声建议：
"干杯！为那边美丽的新娘！"
每祝一杯酒，从大小桶里　　　　　150
都流出气泡滚滚的黄啤；
所有的骑手都发出欢呼——
自从在峡谷捉住那头鹿，

---

　① 在行伍中用这令人惊骇诨名的人是艾略特家一员，住在利德斯山谷中的索尔斯霍普，1597年的《边境骑手录》中有他。——诗人原注

自从那人就此叫勃克留，①
这样的欢乐此地不曾有。

九

老想报复的狡猾矮侍从
牢记着廷林那把紫杉弓；
　他发誓，对方要为那一箭
付出从来也没有的代价。
　他先是同对方胡搅蛮缠，　　　　　　　160
刻毒地嘲笑戏弄奚落他：
讲他在索尔威逃得最快，②
讲阿姆斯闯讨他妻子爱；
他躲过对方有力的手臂，
常出其不意对廷林偷袭；
偷掉他木盘里上好美味，
拍掉他举到嘴边的酒杯；
然后又偷偷凑近他膝头，
用锥子扎进去扎到骨头——
很久之后，那带毒的锥尖　　　　　　　170
还在叫创口和关节溃烂。
廷林一惊，咒骂着脚一踢，
餐桌和酒壶全翻倒在地。

---

　① 高拉威有兄弟两人参加暴乱后离乡，来到埃屈克王家林区的兰克尔河，守林人布莱东高兴地收留他们，因为他们猎号吹得好，打猎本事出色。不久，苏格兰国王肯尼思·马卡平来打猎，追逐公鹿直追到现在叫勃克留的豁谷（意为公鹿峡谷，在兰克尔河和埃屈克河汇合处以北两英里）。鹿在这里作困兽之斗，国王和手下因山势陡且沼泽多，被摔下马来。两兄弟之一的约翰先前也跑着追鹿，这时上前抓住两只鹿角。他力气大又灵活，把鹿摔倒后背起来，沿陡峭山坡朝上跑了约一英里，把鹿献在君王脚下，由此得名勃克留的约翰·司各特。——诗人原注

　② 1542年索尔威沼地之战，一万名苏格兰人在几百名英格兰人进攻下竟可耻逃跑。

乱哄哄吵闹喧嚣开始后，
坏小鬼就往大厅里一溜，
躲在一个幽暗的角落边，
龇着牙喃喃笑道："完！完！完！"

　　　　一〇

女堡主担心：这样闹下去，
对这天的气氛带来不利，
便吩咐说唱人弹琴唱曲。　　　　　　180
　老艾伯·贵姆第一个出来，①
这位说唱人姓氏很古老，
　在那有争议的边界地带，②
没有人拨弄竖琴比他好。
他坚韧的族人交游广阔，③
不管谁输，有他们的收获；
　因为在苏格兰在英格兰，
他们能找来牛肉做浓汤。
边民都说，他纯朴的歌唱
　就像大自然要求的一般。　　　　　190

　　　　一一

艾伯·贵姆④

有位聪明的英格兰女士——

---

① 他是蒙退斯伯爵麦利斯的次子约翰·贵姆后裔，这祖先在亨利四世当政期间，曾带领很多族人隐居在英格兰边境。

② 英格兰和苏格兰都声称这地带是自己领土，后两国派专人将此地带分划给两国。

③ 贵姆族住在有争议地带，常根据自己利益站在苏格兰或英格兰一方。

④ 从这里起，作者以行吟诗人的歌来体现不列颠岛上不同时代叙事谣曲的风格。这第一首（191—222行）是率直简朴的边区古代短歌，叙述悲剧性事件简明而直接。

（好阳光照上卡莱尔城寨，）
要嫁给一名苏格兰骑士，
　　因为爱总是一切的主宰。

他们欢快地看旭日升起，
　　当好阳光照上卡莱尔城寨；　　　　　200
但是天没黑就哀愁悲戚，
　　尽管爱总是一切的主宰。

父亲给精美珍宝和胸针，
　　当好阳光照上卡莱尔城寨；
哥哥气得只给她酒一瓶——
　　气的是让爱做一切的主宰。

姑娘有多处牧场和草地，
　　当好阳光照上卡莱尔城寨；
哥哥赌咒说，宁可妹妹死，
　　也不让苏格兰骑士做主宰！　　　　　210

　　一二

酒味儿妹妹还没有细尝，
　　（好阳光照上卡莱尔城寨，）
已倒在情人怀抱里死亡，
　　因为爱总是一切的主宰！

情人扎穿了哥哥的心脏，
　　当好阳光照上卡莱尔城寨；
愿拆散情人的都这样灭亡，
　　要让爱总是一切的主宰！

后来那情人参加十字军,
　　(好阳光照上卡莱尔城寨,)
为姑娘在巴勒斯坦送了命,
　　所以爱总是一切的主宰。

相爱的人哪,也这样忠贞吧——
　　(好阳光照上了卡莱尔城寨,)　　　　220
为殉情者的灵魂祈祷吧,
　　因为爱总是一切的主宰!

　　　　一三

艾伯淳朴的歌声刚一停,
　　站起的说唱人更加神气;
　　他的商籁诗、回旋曲韵律①
在亨利的宫廷里很有名。②
　　菲茨屈弗清越的歌声琴艺,
　　在那里有很久没人能相比!
温和的萨里爱他的诗琴,③
　　谁没听见过萨里的大名?　　　　　　230
他灵魂是英雄的火样灵魂,
他名声是诗人的不朽名声。
他的爱情是升华的爱情,

---

　　① 商籁是音译,即十四行诗。这诗体源出意大利,英王亨利八世(1491—1547)时,由托马斯·怀亚特(1503—1542)和萨里伯爵亨利·霍华德(约1517—1547)引进并在形式上有所发展。回旋曲是法国诗体,形式较多,特点是诗行常重复(回旋)。

　　② 这里的亨利指亨利八世。

　　③ 勇敢而不幸的萨里伯爵亨利·霍华德无疑是那时代最富才华的骑士,他那些商籁展示的美给优雅时代生色增光,但不为亨利八世所容,成为其卑劣嫉妒心理的牺牲品,1547年被斩首。——诗人原注

充满了骑士的炽热激情。

一四

他们一起去遥远的国家，
　　傍晚，当星星出现在天上，
他们常在橄榄树树丛下，
　　为萨里不在场的情人歌唱。
意大利农夫停下了脚步，
　　以为有天上下来的天使
围着某隐居圣人的坟墓，
　　正在唱天堂里那些曲子。
伴有竖琴的歌声多动听——
这动听的歌歌颂杰拉婷。①

一五

菲茨屈弗啊，什么嘴能倾诉
你忠实的心所感到的痛苦？
　　当萨里，他的诗虽然不朽，
负心的都铎却把他杀戮，②
　　你不怕那暴君皱起眉头，
让竖琴召唤怒火和复仇。
你去奈沃城堡的铜墙铁壁，
又去温莎的绿丛和浓荫里；③

---

① 据说萨里的心上人叫杰拉婷。

② 亨利八世是都铎王朝第二代国王，他病危之际，萨里伯爵为防止政权落入宿敌西摩家族，将王家纹章置于自家纹章的四分之一盾面上，被控叛逆，处死于伦敦塔。

③ 温莎城堡在英格兰南部伯克郡，临泰晤士河，是诺曼人征服英格兰后修建的第一座城堡，后成为英国王室主要行官。萨里伯爵曾拘禁于此。

菲茨屈弗忠实于他的恩公，
　　总是要投在霍华德的门下：
　　　他最得这威廉爵爷的恩宠，①
　　　那里的说唱人中第一数他。

　　　　一六

　　　　菲茨屈弗②

　　万灵节前夕，萨里的心在剧跳，③
　　　焦急而吃惊他听着午夜钟声——
　　这表明神秘的时刻快要来到；
　　　因为博学的考奈利乌斯答应：④
　　要凭法术让萨里看见心上人。
　　　尽管情侣间隔着汹涌的海洋，
　　　但这位法师凭法力依然应允：
　　　让萨里看到情人活生生形象，
看出她是否仍怀着恋情把萨里思量。

　　　　一七

　　法师带领着这位多情的骑士，

----

　①　菲茨屈弗忠于故主姓氏，就投在另一霍华德门下，他叫威廉，外号"阔腰带威尔"。

　②　菲茨屈弗的唱词（257—301行）有意大利诗歌的精致和优美，由斯宾塞诗体写成，格律与斯宾塞（1552—1599）代表作《仙后》相同：每节九行，头八行都为5音步10音节，末行为6音步12音节，韵式为ababbcbcc。

　③　天主教的万灵节在每年11月2日，万灵节前夕为11月1日晚。很可能诗人原指基督教的万圣节（11月1日）前夕，也即所谓的"鬼节"，据称可见世界与不可见世界的精魂在那时显形。

　④　考奈利乌斯·阿格里巴为著名术士，为萨里伯爵旅途所遇，遂发生这歌中的故事。

走进他那作法用的拱形暗房；
　巨大镜子前只有大蜡烛一支，
　　　向四周投出一片微弱的亮光；
　这光落在魔力神秘的法器上：　　　　　　　270
　　　照着十字架和符咒，法宝和圣坛，
　还照在天书上，但都不很明亮；
　　　因为淡幽幽的光辉时明时暗，
　就像是弥留者床边点着过夜的灯盏。

　　　一八

　不久，那面又大又高的魔镜里
　　　出现了一团它本身发的幽光；
　伯爵开始在镜上看见模糊的、
　　　像发高烧的人乱梦中的形象，
　这些形象慢慢地调整和明朗，
　　　似乎显出了高敞堂皇的房间；　　　　　280
　阿格拉锦缎绣榻边有灯发光，①
　　　幽幽的银光让那里有点光线，
　还有点淡淡月光，但其他部分都很暗。

　　　一九

　这景象多美，可瞧那印度绣榻，
　　　倚在那榻上的人儿更加漂亮！
　洁白的胸前拂着淡棕色秀发，
　　　俊脸儿苍白憔悴，像是为情郎；
　她穿着宽松长睡袍靠在榻上，
　　　读着象牙简，带着沉思的神情——

―――――――
　① 阿格拉是印度城市，以出产丝织品闻名。

看来，萨里那充满激情的诗行，　　　　　　　290
　　已经深深打入了她那颗芳心——
这可爱的美人是高贵的小姐杰拉婷。

　　　　　二〇

云雾慢慢地掩上这可爱形象，
　　这惹人爱的幻景已完全消失；
帝王之妒卷起的沙暴也这样——
　　扫走我亲爱主公的光辉白日。
你这爱猜疑的冷酷暴君！上帝
　　让你和你的子孙万代受报应，
就为你那种任性和专横暴戾——
　　为遇害萨里的血、遭抢的圣陵、　　　　300
为血淋淋的新婚床和流泪的杰拉婷。①

　　　　　二一

苏格兰武士和南方首领，
　　为这段歌唱久久地鼓掌；
后者最痛恨亨利这恶名，
　　前者仍保持古老的信仰。②
勇士圣克莱的歌手离席，
　　这位哈洛德高傲地站起；
圣克莱原在霍姆处欢宴，
　　就随同这爵爷一起参战。

---

①　遭抢的圣陵，暗指亨利八世曾下令破坏往往葬有圣徒的大寺院。血淋淋的新婚床，指亨利八世处死第二个妻子安妮·波琳后，第二天就与简·西摩结婚。

②　苏格兰人当时信奉罗马天主教。亨利八世在位时，英国国会通过"至尊法案"，英格兰教会脱离罗马教廷，英格兰国王成了英国圣公会首脑，引起苏格兰人不满。

哈洛德生于奥克尼群岛,①
那里风和海呼啸又咆哮;   310
当初王公般的圣克莱家②
管那里的岛屿、海湾、海峡,
他们的城堡已摇摇欲坠——
科克沃耳的骄傲和伤悲!③
那里,他常看潘特兰怒涛,④
 像严厉的奥丁站在波浪上;⑤
有时候脸色苍白心乱跳,
 把狂澜中挣扎的船凝望;
因为,事情凡狂野和奇异,   320
都叫这孤独的孩子着迷。

二二

这荒凉群岛上,爱好者们
能搜集到多少轶事奇闻!
古代洛赫林的严酷子弟⑥
在东劫西掠中来到这里,
这些挪威人学了杀和抢,
老练地给渡鸦提供食粮;

---

 ① 奥克尼群岛(罗马人称为奥凯德)在苏格兰北方沿海,包括大小岛屿七十多个,主要城镇为科克沃耳。

 ② 圣克莱家族为诺曼人血统,祖先威廉·德·圣克莱是圣克莱伯爵沃尔登与诺曼底公爵理查的女儿玛格丽特的次子。——诗人原注

 ③ 科克沃耳城堡在圣克莱当奥克尼伯爵时兴建,其后因伯爵私生子在此屯兵反政府,1615年被毁。

 ④ 潘特兰是奥克尼群岛与大不列颠岛之间的海峡名。

 ⑤ 奥丁为北欧神话主神,掌文化、艺术、战争等。奥克尼群岛一度属挪威,受北欧文化影响。

 ⑥ 洛赫林是苏格兰人对斯堪的纳维亚的称呼。

他们勇敢的头是海上王，
他们的船是浪涛上的龙；①
那里，多少个风雨山谷中， 330
北欧说唱人说唱着奇事；
多少刻鲁恩字母的高柱
见到过偶像崇拜的可怖。②
所以哈洛德在他年轻时，
记住萨加中许多粗犷诗：③
奇长无比的海蛇盘起来，
盘成一大圈围起这世界；④
而索命女神的骇人吆喝⑤
使战斗的双方血流成河；

  凭坟墓中暗淡的长明灯， 340
盗魁们摸索着钻进墓道，
  武士的古墓被劫掠一空，
从尸体手中夺下了大刀，
那声响惊醒聋哑的坟墓——
盗魁们叫死者起来比武！
他熟知火样奇事和战争，
年轻哈洛德来到罗斯林；⑥
在绿树苍翠的可爱幽谷里，
把词婉音柔的说唱学习；

---

 ① 古代专事劫掠欧洲海岸的北欧海盗头领自称海上之王，而在挪威行吟歌手的夸张语言中，船常被称作海上长蛇。——诗人原注

 ② 鲁恩字母是北欧古代字母，被认为很神秘。据说，在刻有这种文字的柱子处，常举行异教的崇拜仪式并以人作牺牲。

 ③ 萨加是古代北欧英雄史诗总称。

 ④ 这是古代冰岛神话中的说法。

 ⑤ 北欧神话中，主神奥丁从接待战死者英灵的殿堂派出索命女神，去挑选她们愿接受的人（挑中的便战死）。她们相当于希腊和罗马神话的命运三女神。

 ⑥ 罗斯林是离爱丁堡七英里的村子，早先有属于圣克莱的城堡，后塌毁。

于是有一点北国的风格， 350
巧妙糅进他婉约的诗歌。①

二三

哈洛德

欢快的夫人小姐！请听听！
　　我这唱的不是赫赫武功；
这故事悲哀，这曲调轻盈，
　　是为可爱的罗莎蓓哀痛。②

"勇敢的船夫，快系住船啊！
　　优雅的小姐，今天走不了！
快去拉文雪城堡休息吧，③
　　听那海湾上风涛的呼啸！

"越来越黑的波涛溅白沫， 360
　　海鸥忙飞往礁石和小岛；
渔夫们听见水妖的吆喝——
　　这是要发生海难的预兆。

"昨夜，天生的阴阳眼看见：
　　湿布里裹着艳丽的小姐，
渡海很危险，可别挑今天！
　　待下吧美人，待在拉文雪。"

---

　　① 他的唱词有北国的粗犷，又因他久居南方也有柔婉绮丽特色，事物都间接表出，没有直接叙述的词。
　　② 罗莎蓓为圣克莱族女子。
　　③ 拉文雪城堡也属圣克莱所有，筑在悬崖上，下临福斯湾，现仅存遗迹。

"不是林赛爵爷的继承人
 今晚要在罗斯林办舞会，
而是在那里，我母亲大人　　　　　　　370
 孤零零坐在城堡大厅内。

"不是他们要骑马比挑环，①
 也不是林赛挑环技巧好——
酒杯要不是我去给斟满，
 我父亲要对那杯酒怒叫。"

整整一夜，在罗斯林上空，
 闪现着凄清奇异的火光；
这光比明亮的月色要红，
 而且比营火要显得清朗。

它映红灌木处处的幽谷，　　　　　　　380
 照亮罗斯林岩上的城堡——
从德莱顿那里丛丛橡树，②
 从霍桑顿山洞外都能看到。③

停着罗斯林领主们遗体，④
 那壮丽教堂像着火一样；

―――――――
　① 骑马挑环是当时流行的活动：从横杆上悬下一环，参赛者在全速驰去的马上用矛尖把环挑走。
　② 德莱顿是罗斯林附近地名，距爱丁堡仅数英里。
　③ 霍桑顿在爱丁堡南十二英里，濒埃斯克河。
　④ 罗斯林教堂乃威廉·圣克莱1446年所建。据说这家族中有人去世，教堂就会着火似的发红光。在著名悬疑小说《达·芬奇密码》中，也出现了这个古老教堂。

封君们遗体没穿黑尸衣，
　　全副的铠甲都套在身上。

幽深圣器室和祭坛周围，
　　那里里外外像着火一样；
带叶饰的石柱显出光辉，　　　　　　390
　　死者的铠甲在幽幽闪亮。

发亮的雉堞和高高尖塔，
　　华美发亮的玫瑰纹扶墙，
如今还会亮，凡圣克莱家
　　有高贵的成员面临死亡。

二十名罗斯林勇敢男爵①
　　一个个躺在壮丽教堂里，
全在神圣的拱顶下安歇，
　　可爱的罗莎蓓却在海底！

各位圣克莱都埋在那里，　　　　　　400
　　有蜡烛、祈祷书、丧钟相陪；
可狂风高呼，海穴在叹息——
　　就这种挽歌陪着罗莎蓓。

　　　　二四

哈洛德的好歌动人哀怜——
　　客人没注意，那幽暗大厅
很早在太阳渐渐西沉前，
　　就已经笼罩着奇异阴影。

―――――――――

　　① 中古时代，凡直接从国王处取得封地的贵族，就叫男爵。

这不是盘绕的云雾烟霭，
不是太阳从沼泽地吸来，
　　星象家没说今天有日食；　　　　410
但这片阴影吹来得飞快，
邻座的人既看不出脸来，
　　也很难辨清伸出的五指。
暗暗的吃惊使欢宴沉寂，
凉意透进了宾客的心里；
　　高贵的女主人满心惊慌，
知道这阵风来势可不妙；
爱捣乱的矮鬼倒在地上，
　　瑟缩着喃喃道，"找到！找到！"①

二五

突然，透过那黑沉沉天空，　　　　420
　　射来了闪电的强光；
这柱强光又明亮又殷红，
　　使城堡像着火一样。
它照亮大厅里每根椽子，
　　它照亮墙上每一面盾牌；
挂战利品的梁、雕花巨石，
　　刹那之间全显现了出来。
在眼花目眩的客人中间，
　　这闪电没受到任何阻挡，
却炸在那个小恶鬼身上，　　　　430
　　闷烧的烟味把大厅充满。
　　炸开时响起的訇然霹雳，
　　使勇者惊愕，使骄者丧气——

---

① 指被迈克尔·司各特找到，参见第二歌138行注。

惊雷从西海岸响到东海岸，
贝里克、卡莱尔城堡都听见，
　吓得守卫跳起来拿武器。
等到可怕的焦雷声一停，
那个矮子精已没了踪影！

二六

大厅里，有人听见说话声，
有人看见没见过的情景； 440
听见的人说，那可怕声音
在高声叫唤，"过来，吉尔宾！"①
在那矮侍从倒下的地方，
在他遭闪电袭击的地方，
有人看见手或瞥见手臂，
有人瞧见他衣袍在扬起。
客人们战栗着默默祈祷，
吓黄的脸上不再是高傲。
可是，在这些吃惊客人间，
最最惊愕的要数德洛兰； 450
他的血在凝，头脑在发烧，
他神智有可能恢复不了。
他苍白如死，一声也不吭，
就像传说中那马恩岛人，②
像他见到那鬼狗的情形。③

---

① 这传说中的小精怪叫吉尔宾（或吉尔品）·好纳，参见第二歌353行注。

② 马恩岛在爱尔兰海，面积500多平方公里。公元800年斯堪的纳维亚人开始入侵，后为挪威属地，1266年该岛卖给苏格兰，1828年起为英王领地，享有很大自治权，首府道格拉斯。

③ 据说马恩岛的皮尔古城堡有精灵作祟，外形是黑色卷毛垂耳大狗。驻该处士兵某夜喝醉酒，想见这精灵，回来后说不出话，痛苦地折腾了三天才死。——诗人原注

最后他结巴着发出声音，
他的话很含糊又在打颤，
说是他确确实实地看见：
海外归来的朝圣者形象——①
身上穿袭皮衬里的大氅，　　　　　　460
西班牙绣花皮带挂肩上。
他凭不相干原因认出了：②
这是术士迈克尔·司各特。

二七

人们吓黄了脸，浑身颤抖，
　满怀焦虑地听着这怪事；
没一点声响也没人开口，
　高贵的安格斯打破静寂，
向道格拉斯的圣布赖德③
　发出庄严而神圣的誓言：
要为迈克尔去当朝圣者，　　　　　　470
　去梅罗斯那里的修道院，
因为他灵魂没得到安息。
于是人人为心灵的安谧，
　向天上的某位圣人祈祷：
有人是在向圣莫顿发誓，④
　或向洛斯的圣马利祷告，
有人求告里尔的圣十字⑤

---

① 参见第二歌214—216行。
② 他没说凭什么知道这是迈克尔·司各特，因不想说出秘密去梅罗斯修道院的事。
③ 圣布赖德是道格拉斯族的圣徒，安格斯伯爵本人对之尤其尊崇。——诗人原注
④ 圣莫顿是17世纪苏格兰修道院院长，后被尊为圣人。
⑤ 里尔是接近比利时边境的法国北部城市。

或我们岛国崇拜的圣母；
人人向自己保护神宣布，
　　说是一定要这样去朝圣，　　　　　　480
要钟敲起来，要教士唱诗，
　　为了安抚迈克尔的灵魂。
当人们纷纷在祈祷发誓，
据说女堡主感到很懊恼，
再不愿求助于魔法邪道。

　　　　二八

不久后开始了结婚宴会，
对此我不想做任何描绘。
不谈勇士和淑女怎祝福
提维之花和克然松少主——
　　见过了刚才那可怕情景，　　　　　　490
难以再唤起欢乐的心情。
　　倒是另一个日子该注意，
　　　那天领主们穿上破衣袍，
　　一同去梅罗斯那个圣地，
　　　让忏悔的心虔诚地祈祷。

　　　　二九

赤着脚，穿着麻袋布衣裳，
两臂交叉在自己心窝上，
　　还愿者这样上了路。
　　旁观者也许能听出：
脚步声、说话声、深深叹息　　　　　　500
　　弥漫在长长的队伍——
步态不威武，模样不神气，

全无平日的傲气和骄气，
连自己的名望也都忘记。
　　慢慢地悄悄地像鬼一样，
挪向那神圣的高高祭坛，①
　　在那里，他们跪倒在地上；
在这些哀告的领主上面，
　　已故勇士的旗帜在飘荡；
一方方刻字的石碑下面，　　　　　　510
　　埋葬着他们先祖的遗骸；
而周围华美的壁龛里面，
　　圣徒和殉道者面露不快。

三〇

　　套着黑色挎肩带和头巾，
挂着雪白的圣带，修士们
　　列成的长队慢慢走过来；
井然的次序，两个人一排，
　　通过远处那暗走廊，
手持着蜡烛、圣书和圣饼，
　　神圣的旗上，救世主之名　　　520
随旗的飘荡而飘荡。
　　匍匐在地的还愿人低着头，
戴主教冠的修院长伸出手，
　　祝福跪着的这些人；
既用十字架向他们画十字
　　又祈祷：愿他们议事能明智，
而在沙场上能幸运。
　　接着就唱弥撒曲和祷告，

---

① 高高祭坛指教堂东首的主祭坛，一般的天主教堂内都有。

又为死者唱起了安魂曲；
这时，钟就一下下洪亮敲，　　　　　　530
　　为让死者的灵魂得安息。
而在每一种仪式结束时，
　　响起为人祈求的赞美诗；
远远的侧廊在发出回响，
　　把歌中可怕的叠句拖长：
神谴天罚的日子呀，那日子
将把世界化成灰烬和废墟。①
　　这时候管风琴连连发轰响，
用圣歌把我无谓的歌结束——
　　如果说这样做能恰到好处，　　　　540
这下面便是修士们的咏唱。

三一

为死者唱的圣歌

天谴的日子是可怕日子，
那时天和地全都得消失；
有什么神力把罪人支持？
他怎样去面对那个日子？

当火燎的天如烧焦文卷，
渐渐缩拢了变成灰一团；
当高亢喇叭将死者唤醒，②

---

① 这两行原为拉丁文，出自13世纪拉丁圣歌。
② 本句由《新约全书·哥林多前书》15章52节化出。

当喇叭更响，更令人吃惊。

啊！在那日子，那天谴日子，　　　　　　550
当受审的人从墓地爬起，
愿给你颤抖的罪人支持，
尽管天和地全都得消失！

竖琴无声，说唱人已离去。①
　难道又孤零零出去流浪？
孤单又穷困，又这把年纪，
　还去挣扎在漂泊的路上？
不！雄伟的尼瓦克城堡下，
建起这行吟人平凡的家；
这是简朴的小屋，但那里，　　　　　　560
小花园外围着碧绿树篱，
明窗净几旁有温暖炉火。
那些躲风避雨的流浪者
　在炉边常听着往日故事。
这老汉爱敞开自己家门，
把他曾乞讨的施舍给人。
　冬日这样过，而每当夏日
　　光临可爱的博希尔府邸，②
七月之夜的尼瓦克香风
把荒原上的蓝铃花吹动，　　　　　　570

---

① 本诗最后部分体现了诗人当时最重要的幻想，他的《古董家》等小说中也有类似安排。

② 博希尔是勃克留公爵城堡，矗立在尼瓦克山脚旁，在亚罗河和埃屈克河汇流附近。参见引子28行注。

当画眉在兔头林中歌唱,
青青麦子在卡特滩生长,
黑安山的橡树欣欣向荣,①
这老琴手的灵魂就苏醒!
就唱起往昔的高尚业绩
和骑士时代的种种事迹,
过路人会听得神迷心醉,
忘记了上路,忘掉了天黑;
要听他说唱的公子少年,
不再去捕猎鹿群也情愿; 580
而亚罗河啊,它滚滚流淌,
应和着行吟人之歌哼唱。

---

① 黑安山又叫黑安德鲁山,在博希尔左近。

译 者 附 记

  这首长诗牵涉到当时大不列颠岛的许多风土人情和历史典故。对此，作者司各特和后来的编者 J.W. 杨格做有大量注释。为适合我国读者需要，译者对这些注释内容做了增删或改写。

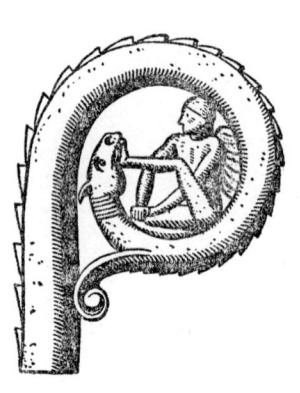

丁尼生

伊诺克·阿登

伊诺克·阿登①

一脉峭壁的断处留下个峡口,
峡口里面是海浪和黄色沙滩;
往前,小船埠旁是一簇红瓦房;
随后是座破败的教堂;那高处,
一条长街爬向带高塔的磨坊;②
后面那耸向天际的灰色山头③
有着丹麦人古冢;一片榛树林④
在山上那杯状洼处绿得茂盛——
秋天里,采榛子的人常来光顾。
在一百年前,这处海边沙滩上⑤   10
有三个不同人家的孩子来玩,
安妮·李是这小海港最美女孩,
腓利·瑞伊是磨坊主的独生子,
伊诺克·阿登之父是粗壮水手——

---

① 本诗原名《老渔夫》,写于1862年,酝酿多时后两星期写成。1864年出版,成为作者生前最受欢迎的作品之一。这部素体诗(每行由十音节构成五音步,无韵)的题材与作者喜欢的亚瑟王传奇之类的故事大相径庭,而正是这有关下层百姓的作品使他获得"人民诗人"美誉。本诗在欧洲大陆也有很多读者,据1893年不完全统计,至少有24种译文,包括德语9种、法语8种、荷兰语2种以及拉丁语和捷克语译文各一种。

② 这是风力磨坊,有支承翼板的塔。

③ 英格兰南部的这种山上长满野草,远望呈灰色。

④ 公元5世纪时,北欧部族入侵大不列颠岛。9、10世纪时,北欧海盗(尤其是丹麦人)不断入侵,一度还占据整个东海岸。在崖壁上以巨大坟冢埋死者的习俗由来已久,在大不列颠岛上延续到8世纪左右。事实上,这里有很多此类古冢,有些甚至是罗马人征服期间留下的。

⑤ 类似故事也流传在英国萨福克、布列塔尼等地。诗人从一位雕刻家那里听到这传说后决意写下,而为了细节准确,曾写信给老友菲茨杰拉德,询问有关捕鱼之类的事。

早在冬天的一次海难中丧生。
他们周围是岸上的废弃东西：
一圈圈粗硬船索、发黑的渔网、
锈爪的铁锚、拖上了岸的木船；
孩子们用松散的沙堆起城堡，
看它们被潮淹没；见到拍岸的　　　　　20
白浪就时追时逃，每天留下些
小小的脚印每天给浪花抹掉。

峭壁下方有一处狭小的凹洞，
孩子们常在这里玩着办家家。
今天伊诺克当家，明天是腓利，
主妇就总是安妮。但有的时候，
伊诺克接连一星期当家做主：
"这是我的家，这是我的小贤妻。"
腓利说："也是我的，我们俩轮流。"
倘若吵架，身强力壮的伊诺克　　　　30
总占上风；于是腓利的蓝眼睛
满噙着恼怒又无可奈何的泪，
尖叫："我恨你，伊诺克。"一听此话，
小贤妻就为了友情开始哭泣，
求他们不要为了她争争吵吵，
说是愿做他们两人的小贤妻。

玫瑰色的童年曙光过去以后，
两人都感到升高的人生骄阳
那种新热度，心思也都倾注于
这位姑娘。伊诺克吐露了爱情，　　　　40
腓利却默默爱慕。而这位姑娘
看来对腓利比对他更为亲切，
因为姑娘爱伊诺克而不自知；

倘若问她，准还不承认。伊诺克
总让自己的眼前有一个目标：
要尽量积攒节省下来的银钱，
要给自己买条船，还要给安妮
安排一个家；要让白浪拍打的
几十里海岸上，没有一个渔民
比他伊诺克幸福又兴旺发达，　　　　　　50
或在危急时比他更谨慎勇敢。
就这样他在商船上干了一年，
把自己锻炼成一名全能水手；
拍岸浪退回海中时声势可怕，
他却在其中救起过三条性命。
所有的人用赞许的目光看他：
所以还没过上二十一个五月，
他已为自己买了船，也为安妮
安排好一个舒适而整洁的家——①
在上坡去磨坊的狭街半路上。　　　　　60

接着，在一个金色秋天的黄昏，
休假中那些大大小小年轻人
携带了口袋、麻袋、篓筐和篮子，
去榛树林里采榛子。腓利因为
父亲正卧病在床，一时走不开，
晚了一小时；当他爬坡的时候，
就在朝山中洼地斜下的林边，
在树木开始丛生之处，他看见
伊诺克、安妮手拉手坐在一起，
伊诺克饱经风雨的脸和那双　　　　　　70

---

① 这里重复47—48行中的意思和词语。本诗中常有这种重复，是源于荷马史诗的风格。

灰色大眼睛，都像被圣坛上的
宁静圣火点燃。从他俩的目光
和表情，腓利看出了自己命运；
他们的脸靠近时，他一声叹息，
悄悄地走开，像是受伤的动物
走下斜坡，钻进洼地的树林里；
在他人嬉闹声中，在那里度过
他黑暗时刻，随后他起身走去，
心中留着伴随他终生的饥渴。

此后那两人成亲；钟欢快地敲， 80
岁月欢快地流逝，幸福的七载，
健康而富足的七载幸福生活——
相互满怀着爱，诚实地操劳着。
他俩有了个女儿，这头生女的
第一声啼哭，叫父亲许下宏愿，
要尽其所能把收入积蓄起来：
让孩子得到的教养比她父母
得到的要好。这愿望后来更强，
因为两年后，红扑扑儿子出生，
来做妈妈孤单时宠爱的对象—— 90
这时，伊诺克或者驾舟怒海上，
或者正驶回海岸。因为事实上，
他那海水味柳条筐里的海鲜、
他那匹白马、他那张给千百次
凛冽冬风吹得粗糙的大红脸，
不仅熟知于十字架处的市场，①
而且在山后绿叶蓁蓁巷子里，

---

① 在很多城镇和乡村的市场，总有石制或木制的显眼的十字架，教士在此讲经布道，人们也可在此做公开宣告。总之，这是城镇和乡村的中心。

连那些门前有石雕小狮镇守、
紫杉修剪成孔雀的大宅深院，
星期五的伙食也都要他供应。①   100

人间事总有变，话说变故骤起。
在这小渔港北面十英里地方，
开辟了一个较大海港，伊诺克
不时经由海路或陆路去那里。
有一次在那港湾里爬着桅杆，
他打了一个滑，不幸跌落下来——
扶起时，发现一条腿已经摔断。
在卧床养伤的时候，他的安妮
又为他生下一个羸弱的儿子。
这时别的人渐渐揽了他的活，   110
夺了他全家人的面包。伊诺克
虽说敬畏上帝，信仰上很坚定，
但如此闲躺着不免疑虑愁闷。
犹如在夜半噩梦中，他已看见
自己的三个孩子从此就过着
悲惨生活，吃饭有一顿没一顿，
而妻子成了乞丐。于是他祷告：
"让他们别遭罪，灾难由我承担。"
这么祷告着，从前雇他的船主
听说了他的不幸，来找到这个   120
他了解又器重的人，告诉他说，
自己那条船不久将驶往中国，
正缺一位水手长。他可愿意去？
船从这港口出发，离起航还有

---

① 罗马天主教及英国高教会派信徒认为，耶稣钉上十字架是星期五，所以食鱼不食肉。

几星期。他可愿意接受这岗位?
伊诺克对此提议当下就同意,
对祷告的这种回音感到高兴。

这次横祸的阴影现在淡去了,
就像小小的云朵暂时切入了
阳光的火样大道,让远处海面　　　　　130
一团光像是个小岛。但是妻子——
他走了之后,妻子儿女怎么办?
他躺在床上久久地想着办法:
把小船卖掉,可他实在爱这船——
多少次驾着它经历骇浪惊涛!
他了解这船,就像骑手了解马——
可还是要卖,用换来的钱进货,
为安妮备好水手之家需要的
货物和必需品。然后他才出海,
安妮就能做生意来维持家计。　　　　140
他可该出去搏一搏参加远航?
对,不是去一次,是去它两三趟——
需要几趟就几趟。待攒足了钱,
回来做一艘较大商船的船长,
挣来足够的钱过惬意的生活,
让他可爱的孩子个个受教育,
让自己在亲人之中安度一生。

伊诺克这样在心中拿定主意。
他回到家里,正好苍白的安妮
在给刚生下的病弱婴儿喂奶。　　　　150
妻子高兴得一叫唤,起身迎去,
把羸弱的幼儿交在丈夫怀中。
伊诺克接住,摩挲着孩子肢体,

满怀父爱把他掂量着抚弄着；
但是鼓不起勇气把自己心思
向安妮透露，挨到第二天才说。

自从安妮让丈夫戴上金指环，
这是头一回反对丈夫的主意。
但她不是以争吵表示不同意，
而是一遍遍恳求，一次次流泪，　　　　　　160
夜以继日哀哀地吻了又再吻
（这肯定还会引发所有的罪恶），
说是如果还顾念亲爱的妻儿，
那么她就央求他哀求他别去。
但丈夫不是为自己，是为妻儿
在操心，所以妻子哀求也没用；
伊诺克虽然难过，仍按计划办。

伊诺克同他海上的老友分手，
仔细为安妮备好了一切货品，
动手为临街小客堂安排架子，　　　　　　170
安排角落，放置好所有的货品。
所以伊诺克离家之前每一天，
整日用榔头斧子和钻子锯子
震撼着美好小屋；而安妮听着
那嘭嘭嘎嘎像在为她竖绞架。
活终于干完，在那小小空间里，
伊诺克细心把一切安排妥帖——
其利落紧凑有如大自然配置
花朵和种子，这时候他才歇下；
他坚持为安妮干到最后一刻，　　　　　　180
这才上了楼，累得沉睡到天明。

面对这离别之晨,伊诺克勇敢
又生气勃勃。安妮所有的担心,
除了因为是安妮,他付之一笑。
但是,果断的伊诺克敬畏上帝,
他跪了下来,凭着那种玄妙的
人中之神和神中之人的合一,
祈求上苍:无论他遭遇到什么
务请赐福他妻儿。然后他说道:
"安妮,凭上帝的恩典,这次航行　　　190
将会给我们大家带来好日子。
为我留着干净的炉子和炉火,①
亲爱的,我归来比你预料的早。"
然后他轻轻摇着婴儿摇篮说:
"这病病歪歪的漂亮小不点儿——
哦,我还正因为这样而更爱他——
上帝保佑他;等我回来的时候,
我一定抱他坐在我的膝头上,
给他讲海外各地的奇闻异事。
来吧,安妮,在我没走前乐起来。"　　　200

安妮听他满怀希望地这样讲,
也几乎抱了希望;可他换了题,
转而讲起了比较严肃的事情,
以水手的质朴语言谆谆告诫:
要妻子信赖天道天意。她听着
听着,却没听进去;像是小村姑
虽然把水罐放在泉眼下等着,
却想着经常为她打水的少年,
在似听非听中,水已满出罐来。

---

① 在西方传统中,壁炉是家庭生活的中心,象征家庭和家庭生活。

最后妻子说:"啊,聪明的伊诺克,　　　　210
尽管你聪明,可我清楚地知道,
我将再也见不到你的这张脸。"

伊诺克说道:"那好,我来看你的。
安妮,我上的那船经过这里时
(他说了一个日子)你拿望远镜
找出我的脸,再笑话你的担心。"

最后时分的最后时刻已来到。
"好姑娘安妮,高兴起来放宽心,
照顾好孩子,你就等我回来吧;
我走后,你把事情都好好安排。　　　220
可别再为我担心,要是还担心,
把操心全给上帝,他这锚牢靠。
难道他就不在那日出的远方?
其实即便我去最遥远的地方,
哪能就离开上帝?海洋属于他,
属于创造了海洋的他。"①
　　　　　　　伊诺克
站起身抱住灰心丧气的妻子,
吻了吻两个满心惊诧的小孩。
病弱的婴儿头天晚上发过烧,
一夜都没睡,现在睡得正很香;　　　230
安妮本想弄醒他,可伊诺克说:
"不要叫醒他,让他睡;这个孩子

---

①　本诗常引用《圣经》或用其中语句重铸新句,如"把操心全给上帝"出自《新约全书·彼得前书》5章7节;"他这锚牢靠"出自《新约全书·希伯来书》6章19节;223—224行则由《旧约全书·诗篇》139篇9节化出;而225—226行出自《诗篇》95篇5节。

哪里会记得？"随即俯身吻吻他。
但是从孩子的额头，安妮剪下
一绺鬈发给丈夫。未来岁月里，
这鬈发他始终保存，可是眼下
却急急抓起行李，挥挥手上路。

到了伊诺克提到的日子，安妮
借来了望远镜，但是一无所获——
也许她不会按自己眼睛调节； 240
也许她眼睛模糊，手抖个不停；
反正没见他站在甲板上招手——
就在那个时刻里，船驶了过去。

她看着船渐渐远去，看到帆影
最后已消失，这才哭着回家去。
她不见丈夫，心里难过得就像
死了丈夫，但仍要照他的话做；
可是生意并不好，因为既没有
学过做交易，又没精明来弥补
这一不足，既不肯撒谎，又不会 250
先讨个高价，然后让点价成交——
还常自问：伊诺克又会怎么说？
因为，在压力沉重的艰难之际，
不止一次，她卖掉货品的价钱
低于购进那货物所付的代价。
她为自己的失败而伤心，于是，
一边等待那一直没来的喜讯，
一边挣几个小钱给全家糊口，
默默无声地过着忧愁的日子。

如今，生来孱弱的第三个孩子 260

变得更加孱弱，尽管做母亲的
对他的照料尽了母亲的心力；
但也许做生意让她撇下儿子，
也许儿子缺少最需要的东西，
也许有人能说出儿子的需要，
但没钱请他看，不管什么原因——
娘还没觉察，儿子苟延一阵后，
便像笼中的小鸟突然就逃逸——
一缕天真的小灵魂就此飞走。

安妮葬掉幼子的那个星期里， 270
只求安妮过安心日子的腓利
很难过，觉得很不该如此冷漠——
伊诺克走后，他还从没来看望。
他说："现在我准该可以去看她，
也许能给点安慰。"于是就去了。
他走过前面阒无一人的房间，
在里屋的门前停步待了一会，
然后敲了三次门；因没人来开
便径自进去。安妮正独自闷坐——
小儿子的入葬使她愁上加愁， 280
任何人的面庞她都不想看见，
只顾让自己背着脸对墙哭泣。
腓利没后退，但是结巴着说道：
"安妮，我是来求你赏我一次脸。"

听他这么说，安妮哀叹着回答：
"要我这样悲苦无助的人赏脸！"
那痛苦之深使腓利羞惭，可是
关心与羞惭斗，结果没受邀请
就坐下在安妮身旁，对她说道：

"我是来告诉你伊诺克的愿望——   290
我一直在说,你选的这位丈夫
是我们中间最好最坚强的人:
因为他心到手也到,总是做着
他要做的事,直到做好了为止。
为什么他要登上那累人航程,
撇下孤苦的你们?不为开眼界——
为寻欢作乐?不!不!只为挣了钱,
让几个孩子能受到比他、比你
都好的教养——这便是他的愿望。
回来若看到早先的宝贵时光   300
都白白丢掉,他一定感到苦恼。
即使他在坟墓里,若知道孩子
野得竟像荒地上乱跑的马驹,
这同样会使他苦恼。我说安妮,
我们岂不是自小相熟的朋友?
凭着你对丈夫、对孩子们的爱,
我要恳求你:千万不要拒绝我——
要是你同意,就等伊诺克回来,
由他来付还给我;只要你同意,
安妮,因为我有钱,日子很舒坦。   310
就让我把你儿女送进学校吧——
我来求你赏脸的就是这件事。"

安妮回答时额头顶在墙壁上:
"我不能朝你脸上看,我呀显得
这样愚蠢这样沮丧。你进来时,
是我的悲哀使我受不了;现在,
我想,是你的好意使我受不了。
他是还活着,这点我心里明白;
以后他会还你钱,但钱能归还,

你这份好意却是永远还不了。"　　　　320
腓利问:"那么你是答应了,安妮?"

安妮转身站起,泪涟涟的眼睛
在他和善的脸上凝视了片刻,
然后便一面求上苍赐福于他,
一面拉住他的手激动地握着,
随即走到后面的小小庭院里。
于是精神大振的腓利也离去。

腓利让那双姐弟都进了学校,
送他们需要的书,在一切方面,
都像履行对自己子女的义务,　　　　330
把自己献给他们;但为了安妮,
他担心这小渔港的人说闲话,
常常硬压下心里的最大愿望,
很少跨过安妮家门槛,只是叫
两个孩子常送去水果和蔬菜,
自家墙上摘的早玫瑰晚蔷薇,
或山上打来的兔子,不时还有
面粉——来自他呼扇在荒地上的
高耸磨坊——为免得救济的东西
招人嫌,托词说是这粉特别好。　　　　340

但是腓利摸不透安妮的心思:
这位妇女满心是无限的感激,
因此遇上腓利的时候,她反而
很难说上一言半语的感谢话。
不过腓利却是她儿女的一切:
他们从远远的街角朝他奔去,
欢欢喜喜地感谢,衷心欢迎他;

他们是他屋子和磨坊的主人,
在他耐心倾听的耳边絮聒着
调皮捣蛋的话,缠着他一起玩,　　　　350
叫他腓利爸。他所赢得的正是
伊诺克失去的;因为他们眼中,
后者像是缥缈的幽灵或梦境,
依稀得犹如透过凌晨的曙光
看大街远处尽头的一个人影
不知在走向何处。自从伊诺克
离乡背井后,十年岁月就这样
匆匆逝去了,可是他音信全无。

话说有一个晚上,安妮的儿女
盼着要同别人去林中摘硬果,　　　　360
安妮也一起去;于是两个小孩
来求他们的腓利爸一同前往。
他们看见他像花粉里的工蜂,
在磨坊里弄得一身白粉,便说:
"腓利爸一起去。"可是被他拒绝,
但是孩子们拉住他硬要他走,
他哈哈一笑,屈服于他们愿望——
安妮不是也去吗?他们都去了。

安妮刚登上累人小山丘半腰,
望着那树木茂密的山中洼地　　　　370
在陡峭山坡下,感到体力不支,
叹着气说道:"让我休息休息吧。"
腓利就心甘情愿陪着她休息。
所有的孩子发着快乐的呼喊,
撇下了他们长辈,闹闹嚷嚷地

朝洼地冲去，穿过泛白的榛丛，①
分散开来，弯下或折断柔软而
倔强的树枝，摘取枝上一簇簇
褐黄色果实，他们相互呼叫着，
此起彼伏的喊声回响在林中。　　　　　　380
腓利忘记了安妮正坐在身边，
他想起自己在这林中度过的
黑暗时刻：那时他就像受伤的
动物溜进阴影中。最后他抬起
诚实的额头说道："听我说，安妮，
他们在下面林子里多么快乐。"
见她没说话，转而问道："你累啦？"
"累啦？"但安妮把脸埋在了手中。
腓利见状，像心中有一股怨气，
说道："那条船完了，那条船完了！　　　　390
别再这样！为什么要毁掉自己，
让孩子没爹又没娘呢？"安妮说：
"我没这样想，但不知什么缘故，
他们那嗓音就让我感到孤独。"

这时稍稍移近些的腓利说道：
"安妮，我的心头上总有个想法，
这想法压在我心上已经很久；
我虽不知道它何时来我心里，
却知道终究是会吐露。安妮呀，
他离开你们已经有十年之久，　　　　　　400
所以既没有希望，也没有可能——
还活在世上。好吧，让我说下去。
眼看你受穷而无助，我就心酸，

---

① 这种树的树叶背面颜色较浅，孩子们冲进树丛，让树枝晃动时露出了背面。

可又不能按自己心意帮助你,
除非——人们说妇女的心最敏感,
也许你知道我想对你说的话——
希望你能嫁给我。但愿我做像
你那儿女的爸爸。我确实认为
他们像爱爸爸似的爱我,而我
爱他们一如他们是我亲生的; 410
我相信,只要你做了我的妻子,
虽经过这些悬虑的悲哀岁月,
我们还能很幸福,像受到上帝
赐福的生灵一样。考虑考虑吧!
因为我生活宽裕又毫无负担,
除了对你们一家,我无牵无挂。
再说,我们一向是彼此都了解,
不过在你得知前,我已爱上你。"

安妮做了回答,她的话很亲切:
"你是上帝派到我们家的天使。 420
愿上帝为此祝福你,给你奖赏,
腓利,愿上帝奖赏你的比我好。
人哪能爱两次?爱你哪能胜过
我爱伊诺克?你想要求什么呢?"
"给我的爱哪怕比给他的少一点,"
他答道,"我也情愿。"安妮吃惊地
高声说道:"亲爱的腓利,等等吧。
伊诺克万一回来——可他回不来——
请你等一年,一年时间不算长;
一年以后,我准会变得明智些。 430
啊,请你等等吧!"腓利难过地说:
"安妮,既然我已经等了半辈子,
自然还能等。"安妮高声道:"不,

我负有义务！我答应了你，一年。
你不愿同我一样，再等上一年？"
腓利回答道："我愿意等上一年。"

此时彼此无言，可腓利一抬眼，
只见熄灭了光焰的一轮落日
已离开上面那处丹麦人古冢；
他怕天黑了安妮着凉，便起身 440
朝着下面的林子发几声叫喊，
孩子们满载着收获来到上面。
大家便一起下山回到了港口，
在安妮家门，他止步伸出了手，
轻声说道："刚才我同你说话时，
安妮，你正感到孤苦。我做错了。
我永远属于你，但你完全自由。"
安妮哭泣着回答："我负有义务。"

说完话，似乎只过了不大工夫，
似乎她只是干了一点家务活， 450
好几次想着腓利末了那句话——
说是早在她知道之前爱上她——
那个秋天已驰进另一个秋天。
只见腓利又一次站在她面前，
要她兑现诺言。"一年啦？"她问道。
"对，出门看看，"腓利说，"是不是
榛子又熟了。"但安妮还是推托——
好多事要做——变化太大，一个月——
给她一个月——她知道她有义务—— 460
只要——一个月。这时腓利的眼中
充满了他那大半辈子的饥渴，
他的嗓音有点抖，像醉汉的手：

"不忙,安妮,不忙,时间上你做主。"
安妮可怜他,真想为他哭一场,
可是仍说些并不可信的理由,
推三阻四地让腓利继续等候。
就这样,半年时间又悄悄过去——
考验着他的真心和多年苦心。

人们因预测落空而愤懑不满,
似乎这一来自己就受了冤屈, 470
于是小海港流传起闲言碎语。
有人认为,腓利只是在挑逗她;
有人说,拖延只为了吸引腓利;
别的人更把他们俩一起嘲笑,
说是迂得不知道自己的心思;
还有一个人,心里的恶意猜测
像是一窝毒蛇蛋,会拐弯抹角,
打哈哈似的说得他俩更不堪。
安妮的儿子不作声,但是表情
表明愿望;女儿却催她快结婚, 480
嫁给他们仨都感到亲切的人,
这样还可让一家人脱离贫困;
再说腓利红润的面孔已消瘦,
已愁得苍白又憔悴;所有这些
像责备深深扎在安妮的心头。

后来有一夜她再难睡着,一心
祈求昭示:"我的伊诺克可还在?"
这时,四周是密封的夜色之墙,
不容她的心等待那预期噩耗,
她跳下了床,用火石点亮蜡烛, 490
迫不及待地抓来她那本《圣经》

猛地翻开，在经文上陡然一点，
想要看看那经文有什么启示：
"在棕树底下"。这同她没有关系，①
没什么意义；她合上书去睡觉。
但看哪！她的伊诺克坐在高处
一棵棕榈下，天上有太阳照耀。
安妮想道："他走了，可他很幸福，
高高在上，和散那，那里照耀着②
公义的日头，从那些棕榈树上，③   500
百姓摘下了枝叶，边撒边欢叫
'高高在上，和散那！'"就在这时候④
安妮醒来，下决心叫来了腓利，⑤
激动地说："我们没理由不结婚。"
他答道："为上帝，也为我们自己，
你若愿意嫁给我，我们快成亲。"

俩人结了婚，响起欢快的钟声；
响起欢快的钟声，俩人结了婚。

---

① "在棕树底下"语出《旧约全书·士师记》4章5节，棕树指棕榈树。这是以《圣经》占卜的做法，即随意翻开《圣经》，首先看到的或手指点到的经文被认为是神谕。这做法起源很早，荷马《伊利昂纪》中就有，而荷马和维吉尔的史诗也曾被希腊人和罗马人这样用过。后来有人认为这做法亵渎《圣经》，但仍延续下来，不仅用于选高级教士，普通清教徒也用，英格兰、苏格兰百姓也用。

② "高高在上，和散那"语出《新约全书·约翰福音》12章13节、《新约全书·马太福音》21章9节、《新约全书·马可福音》11章10节，意为"颂赞天国中的上帝"。"和散那"来自希伯来语，原意为"我求你保佑"。

③ "公义的日头"语出《旧约全书·玛拉基书》4章2节。

④ 耶稣进入圣城耶路撒冷时，欢迎者在他前面以棕榈枝撒地，高呼"高高在上，和散那"。见《新约全书·马可福音》11章8—10节及《新约全书·约翰福音》12章12—13节。

⑤ 从后文看，这次占卜和这个梦很"准"，但安妮想不到梦中景象可说明伊诺克未死，于是决定嫁给腓利。

但安妮的心从没有欢快地跳：
她走的小路边似乎有脚在走，　　　　　510
却不知在哪里；耳中听到低语，
却不知说啥；她不敢单身出门，
可是又不愿独个儿留在家里。
是什么困扰着她，使她怕进屋——
开门的手常常滞留在门闩上？
这道理，腓利觉得自己能理解：
既怀着孩子，这种疑神疑鬼的
情形很平常，但等到孩子生下，
那时新生儿会使她焕然一新；
新生了孩子会使她心神安宁，　　　　　520
那时腓利就是她一切的一切，
那种莫名的感觉将完全消失。

伊诺克却在哪里？幸运号帆船
起初乘风破浪驶进比斯开湾，①
一路东去，在滚滚大浪中摇晃，
差一点还被掀翻，但不为所困，
终于平稳顺利地驶过了热带；
然后颠簸了很久绕过好望角，②
反反复复经历了好好坏坏的
天气变化，接着又驶过了热带；　　　　530
这时候好风从天上连连吹来，③

---

①　比斯开湾以天气恶劣闻名。

②　当时到印度和中国的航路要绕过好望角，这就必然要经过"咆哮西风带"（即南纬40°到60°之间西风强劲的大洋上）。

③　这时船已驶入信风区。

稳稳地把船送过金色的岛屿,①
直送到东方的港口静静泊下。

这里,伊诺克为自己买了东西,
为那时的市场批进怪兽的像,
又为孩子们买了条镀金的龙。

回航时没那样幸运,虽说起先
四周的海面天天是风平浪静;
那破浪神像胸脯丰满,平稳地
凝视着船前涟漪羽毛般飞起;　　　　　540
随后风没了,接着是风向不定,
船挣扎很久,最后却起了风暴,
在月黑云低之夜被赶得飞驰;
终于,紧接着一声惊呼"礁石!"
船便哗地遭了难,一切都丧失,
只剩伊诺克和两个同伴。凭着
断桅和木头滑轮漂浮了半夜,
天明时,他们登上个富饶小岛,
但是,寂寥大海上数它最寂寥。

那里并不缺可以果腹的东西:　　　　　550
有鲜果、硬果和营养好的根茎;
没见过人的动物又野又驯良,
要捉并不难,只要不心慈手软。
他们在望得见海的一处峡口
搭起小棚,上面用棕榈叶作顶。
三个人待在这丰裕的伊甸园,
住进这半是天然洞穴的小屋,

---

① 指东印度群岛,从前西方人把马来半岛称为"金色半岛"。

生活于永恒之夏却并不满意。

其中最年轻的简直还是孩子,
在突然沉船的夜里已经受伤,　　　　　560
半死不活地足足躺了有五年,
他们可不能把他丢下。他死后,
剩下的两人找了棵倒下的树,
伊诺克的同伴用火烘烤树干,
像印第安人那样制作独木舟,
不小心中暑而死,于是只剩他。
两人死后他悟到上帝要他"等"。

山林一直覆盖到山巅,林中的
空地迤逦而上像条路通天堂;　　　　570
细挑的椰树垂着羽状的树冠;
飞虫和鸟雀如电光一闪而过;
光彩灼灼的旋花花茎细又长,
盘绕在屹立的树干四周,甚至
伸展到小岛边沿。地球的这条
宽阔腰带上,绚丽的五光十色①
他尽收眼底;但他最爱看到的
是人们友善的脸,却无法看到;
而且,他也听不到友善的话音,
只听到:无数盘旋海鸟的尖叫,　　　580
十里排浪拍打着礁石的轰响,
枝桠和花朵在半天高的巨树
发出的飘忽沙沙声,还有就是
一条冲向大海去的湍飞激流
在冲击出声。他这遭难的水手

---

① "地球的这条宽阔腰带"指热带。

时时徘徊在岸边,或整天坐在
面海的峡口,等待着天际过帆。
但是天天见不到,每天只看见
棕榈荫里、蕨草丛中和峭壁间
初露的阳光散成万千支红箭;   590
只见东面的海上闪耀着光芒;
只见孤岛的上方闪耀着光芒;
只见西面的海上闪耀着光芒;
接着是巨大的星星璀璨夜天,
是大海更加深沉的澎湃,然后,
又是旭日的红箭——但不见帆影。①

他常一动不动凝望着,或似乎
正在凝望,金蜥蜴歇在他身上;
种种幻觉组成的幻觉总在他
眼前闪动,要不,就是他活动在
赤道另一侧、日照较少的岛上;   600
在他熟知的亲友、事物、地点间——
幼儿们的牙牙学语、安妮、小屋、
上坡的街道、磨坊和巷间树荫、
修剪成孔雀的紫杉、大宅深院、
他赶的马、他卖掉的船、凉凉的
十一月拂晓和沾露的幽暗山丘、
阵阵细雨和凋零枯叶的气息,
还有青灰色大海的低沉呜咽。

有一次,在他耳中的嗡嗡声里
隐隐有他教区的钟连连在敲——   610

---

① 丁尼生一直想去热带旅行,却始终没有机会,然而这里的描绘很有真实感也很美,丁尼生自己也很喜欢朗诵这节诗。

那钟声远而又远,敲得却很欢;①
虽不知是何缘故,他却颤抖着
惊跳起来,重回那小岛美丽而
可恨的现实之中。要是他的心
不曾向上帝祈祷,那他准已经
死于孤独,但无所不在的主宰
决不会让祈祷的人过于孤独。

这样,伊诺克未老先白的头上
阳光普照和骤雨连绵的季节
年复一年来又去。想看看亲人,　　620
想在神圣的故乡旧里漫步的
愿望尚未泯灭,他孤身独处的
命运就突然结束。就像幸运号,
一艘船也被作对的大风吹离
航线,为了补充水而来到这里,
停泊在这不知其方位的岛旁。
因为黎明时,大副曾透过岛上
雾霭缭绕的山口,看到有一股
泉水从山上无声流下,就派出
水手登岛。他们上岸后就分头　　630
去找溪流或泉水,弄得那岸上
一片喧闹。这时从大山的峡口
走下长发长须的黝黑独居人,
他穿得古里古怪,没个人样儿,
却又像傻瓜,嘟嘟囔囔在咕哝,

---

① 这是为安妮和腓利的婚礼而敲钟。类似情况也出现在勃朗特的《简·爱》中,她也在幻觉中听到罗切斯特遥远的呼喊(第35、37章)。丁尼生对遥远的钟声很有兴趣,尤其在海上和湖上,更是百听不厌。他有首短诗《远—而—又—远》(Far—far—away)就是根据湖上听钟的经历而写。

为说不成话而焦躁，一边做着
人家不懂的手势。然而他终于
带路去那条淌着淡水的小河，
此后他一直处身于水手中间，
听着他们说话，那久被束缚的　　　　　640
舌头解了禁，话已能让人听懂。①
水手们把桶装满水搬上了船，
听了他讲得七零八落的经历，
起先难以相信，但所有听的人
逐步逐步都诧异和感动起来，
就给他衣穿，白让他搭船回国；
但他常同旁人一起干，以摆脱
孤寂之感。船上那些人没一个
是他同乡，他想打听的每件事
即便问他们，也没人能够回答。　　　　650
这船不适于出海，航行中耽搁
时间长，很是沉闷；但时时刻刻
他思归的神魂比懒洋洋的风
飞得快，终于在云浓月淡之晨，
幽灵般峭壁那边的英伦牧场
吹来含露的晓风，而他像恋人，
把这清新气息吸进周身热血。
就在那上午，同情这飘零人的
全船上下都慷慨地出了份子，
大家凑成一笔钱给了伊诺克；　　　　660
然后船靠岸，送他登上了陆地，
而这正是他当年出发的港口。

---

① "舌头解了禁"，可参见《新约全书·马可福音》7章35节、《新约全书·路加福音》1章64节。

那里,伊诺克没同任何人说话,
往他家走去 —— 往他家?家?什么家?
他还有家吗? —— 那天下午很晴朗,
阳光虽好却很冷。后来,海上的
雾气涌进两个峡口,把坐落在
那里的一对小港蒙在灰色中,①
遮去了脚前那条大路的长度,
而左右两旁,只见到窄窄一带　　　　　670
枯萎的林木或者耕地和牧场。
近乎光秃的树上,知更鸟啼声
悲凉,枯死树叶的死沉沉重量
使叶子在滴水的雾气中跌落。
蒙蒙细雨在变密,暮色在变浓,
最后,似乎是雾气遮断的亮光
在眼前一照,他到了这个地方。

他偷偷地慢步走过长长的街,
心中预见了一切灾难的阴影,
他眼睛看着铺路石,来到屋前——　　680
遥远的七年幸福!爱他的安妮
曾住在这里,生下一个个孩子。
屋里没灯光、人声(细雨中隐隐
见一张卖屋招贴),他继续走去,
心想"死了,或对我来说是死了!"

一路走到水塘边的狭小码头,
想要找他记忆中的古老客栈,

---

① "一对小港"中,一个是他登岸处,一个是他家乡。

它的正面有蛀掉的桁木交叉，①
老得快坍塌，只是凭斜撑顶住。
他以为这店已不在，可是店主　　　　　　690
不在，却有他寡妻米瑞姆·莱恩，
还苦苦守着进益日减的店家。
这原先是水手的窝，嘈杂喧闹，
如今安静了，照旧接待天涯客。
这里，伊诺克静静歇了好多天。

但是米瑞姆·莱恩好心又唠叨，
不让他独自待着，常闯进屋来
跟客人谈这小港的陈年旧事。
她没认出这黑瘦的佝偻汉子，
就跟他讲起伊诺克家的变迁：　　　　　700
他幼儿死了，他妻子日益困苦，
腓利把另两个孩子送去上学，
寄宿在校中；腓利多年的求爱，
安妮迟迟的应允，结婚后生下
腓利的孩子。但伊诺克的脸上
毫无表情，谁见了都只当作是
他兴趣不在故事而在说话人。
女店主最后说道："伊诺克可怜，
失事后成了孤魂。"只是在这时，
他才悲戚地摇摇白苍苍的头，　　　　　710
讷讷重复道"失事后成了孤魂"，
又在心底里轻轻应了声："孤魂！"

可是他渴望再见见安妮的脸，

---

① 这种房屋正面的墙以交叉的木料为骨架，然后在木料间的空处砌满砖石或填上灰泥。这种半用木材构筑的房屋在英格兰东南沿海的肯特郡很多，20世纪还可看到。

"但愿能再看一次她甜美的脸,
看到她确实幸福。"这想法在他
心头萦回纠缠,催着他朝前走——
那十一月的阴沉白天,到傍晚
变得更阴沉,这时他走上小山。
他坐在山上,望着脚下的一切,
那里有千百件往事向他涌来, 720
满腔的哀愁难以言传。转眼间,
腓利屋后的窗户亮起了灯光,
远远望去,红红的,温暖又惬意。
这灯光吸引着他,像灯塔吸引
过往的候鸟——害得它疯狂撞来,
就此撞断了累死累活的一生。

腓利的宅子正面沿着那条街,
那些屋子里它离海最远;屋后,
有一扇通向荒地的矮小园门,
墙内的四方小花园一片兴旺: 730
园中有棵紫杉和茁壮的古松,
墙边有一圈卵石铺就的小径,
还有条小径把花园一分两半。
伊诺克避开中间那小径,偷偷
爬上紫杉树后的围墙,从那里,
他看到最好还是别看的景象——
对哀伤的他若还谈得上好坏。

只见锃亮的桌子,银制的餐具,
暖暖的炉火让杯碟闪闪发光;
而在那壁炉的右面坐着腓利—— 740
早先这求爱者虽遭冷遇,现在,
却敦实红润,膝上跨骑着幼儿;

一位姑娘俯身站在他继父旁——
简直是安妮,不过年轻个子高——
她一头金发,伸出的手提住了
系环的缎带,晃荡着逗引娃娃;①
娃娃举起胖成一节节的双臂,
抓来抓去抓不到,引得大家笑;
而那壁炉的左面是孩子的妈,
她时时朝她的幼儿瞥上一眼,   750
又时时转脸对身旁的人说话——
那是她儿子,身材高大又强壮——
她的话儿子爱听,边听边微笑。

这死里逃生者看到:现在妻子
已不是他的妻子,妻子的幼儿
不是他骨肉,坐在亲爸爸膝头;
他看到那种温暖、安宁和幸福,
看到他亲生的孩子高挑俊美。
现在主宰这个家的人接管了
他的权利,享有着他儿女的爱——   760
这些,虽然米瑞姆·莱恩全说过,
不过事情听人说不如亲眼见。
这时他晃晃悠悠忙拉住树枝,
怕自己发出凄厉可怕的惨叫,
怕这叫声像末日审判的号角,
顿时毁掉这温暖的幸福家庭。

于是,他小偷似的悄悄往回走,
只恐粗硬的卵石被他踩出声;

---

① 这种环从前常用象牙制成,给开始出牙的幼儿用牙肉咬。

他沿着花园的围墙摸索而去，
怕自己昏厥倒地被人家发现； 770
他蹑手蹑脚走近园门，开了门，
又像是走出病人房间，轻轻地
把门带上，随后就来到荒地上。

他本想跪在那里，但是他双膝
已经撑不住，结果就扑面倒下，
手指抠在湿泥里，开始了祈祷。

"受不了！为什么他们带我回来？
啊，全能的上帝，赐福的救世主，
你既然在那孤岛上把我鼓励，
天父啊，求你仍在这孤独中 780
再给点鼓励！帮助我，给我力量，
让我别告诉她，永远不让知道。
帮帮我，别让我打搅她的安宁。
还有我儿女！也得不告诉他们？
他们不认识我，我该透露身份。
不行！那个活像她妈妈的姑娘，
那儿子，不会认我吻我这爸爸。"

这时他精力不济，话断思路绝，
躺在地上失了神；后来站起身，
慢慢走向他只身独处的住所—— 790
一路走在那条狭窄的长街上，
总有几个字像是歌中的叠句，
不停敲打他困乏衰惫的脑海：
"可别告诉她，叫她永远不知道。"

不过，他倒也不是全没有安慰。

他有坚定信仰和决心支持他，
发自他心中鲜活泉源的祈祷
像海中一股甘泉，挣扎着冒出
世上的一切苦难，使他保持住
鲜活的灵魂。他向米瑞姆发问： 800
"你曾说起的那位磨坊主妻子，
难道不担心她的前夫还活着？"
回答是："这个可怜人愁得要命！
谁能告诉她，见过伊诺克断气，
那时她才会安心。"伊诺克心想：
"待天主召我去，那时让她知道，
我将等待主安排的时刻。"于是，
他谢绝救济，一心去自食其力。
任凭什么活，可说都拿得上手，
他会箍桶也能做木匠，有本事 810
为船上的人准备渔网，还能够
去当时运载商品不多的大船，
帮人家装货或卸货。就是这样，
他为自己挣得了拮据的生活。
不过他只是为了生存而干活，
并不抱什么希望，这样地干活①
就没有帮他生活下去的乐趣。
转眼就过了一年，又是伊诺克
回到故乡的日子，这时他感到
神困体乏，慢性病使得他日渐 820
衰弱，终于不能再工作，只能够
待在家里和椅上，最后是床上，
奄奄一息的伊诺克却很乐意。

---

① 原文此处有 work without hope 语，这是英国诗人柯尔律治著名十四行诗的篇名。

即便是触礁船上的绝望船员，
眼看大风将起的乌蒙蒙天边
驶来一条让人绝处逢生的船，
不如他看到死亡的曙光高兴，①
因为他一切的一切都将结束。

通过那种曙光，伊诺克的心中
闪出更仁爱的希望："到我死后，　　　　　　830
才让她知道我是到死还爱她。"
他大声唤来米瑞姆·莱恩，说道：
"大嫂，我有个秘密。但你先发誓
我方能告诉你。要凭《圣经》起誓：
在看到我断气以前，绝不外传。"
"断气！"这好女人叫道，"瞧你说的！
汉子，我保证我们能让你康复。"
"凭《圣经》起誓！"伊诺克正色说道。
米瑞姆手按《圣经》吃惊起了誓，
伊诺克转过灰眼睛盯着对方：　　　　　　840
"本镇的伊诺克·阿登你可知道？"
"他吗？"对方说，"老早我就知道他。
我还记得他走在街上的神态：
头昂得高高的，谁都不在话下。"
伊诺克满怀忧伤，慢慢地答道：
"现在他低垂着头，没人在乎他。
反正我已活不了三天，告诉你，
我呀就是他。"寡妇听了喊出声——
一半是不信，一半是歇斯底里——
"你就是阿登！不不，同你比起来，　　　　850

---

① 一般只说生命的曙光，这里反之，说明对伊诺克来说，死亡是他希望的，就像迎接新的一天。

他准要高出一尺。"伊诺克答道,
"上帝让我的背弯成现在这样,
哀伤和孤独已完全压垮了我;
不过要知道,正是我当时娶了——
只是她的那个姓已改了两次——
现在已嫁给了腓利·瑞伊的人。
坐下听我说。"于是他讲了那次
航行和触礁、孤岛生活和回国,
讲了他看到安妮之后的决心
并沉默到现在。那位老妇听着, 860
夺眶而出的泪水扑簌簌淌下:
虽说她心里巴望着跑出屋子,
把伊诺克的经历和他的痛苦
在那小小的海港里通告一遍,
但她已发誓守秘密,只得忍住,
只是说:"离开以前,见见你儿女!
我把他们领来吧,阿登。"她急忙
站起身去领,因为伊诺克听了
这话沉吟一下,但随即答道:

"大嫂,别在这最后时刻打搅我, 870
让我到死都坚持自己的决定吧。
还是再坐下,趁我还能够讲话,
听明白我的话。现在我要托你:
以后见到她,告诉她我到临死
还在爱她祝福她,在为她祈祷;
除了我们之间的障碍,我爱她
像她把头偎在我头边时一样。
我也看到了女儿安妮,她真像
她妈;告诉她,我的最后一口气

就用在为她祝福、为她祈祷上。　　　　　880
告诉我儿子,我死也在祝福他。
还要对腓利说,我也为他祝福;
对我们,他向来怀着满腔好意。
我死后,儿女若想见到我,就让
他们来,我是他们的生父,但生前
他们见不到;安妮可千万别来,
我这副死相将会搅乱她余生。
如今,我的亲骨肉里只有一个
会在那彼岸世界中把我拥抱。
这是他头发,是安妮为我剪下,　　　　890
这些年来我都把它揣在身上,
我原想带上这头发长眠地下;
现在改变了主意,因为将见到
宝宝已在天堂里。所以我走后,
拿这个给她,也许能够安慰她——
这还能向她证明:我是伊诺克。"

他的话音一停止,米瑞姆·莱恩
一连叠声地答应他所有要求;
这时他又盯看着对方,把愿望
重说了一遍,对方再一一答应。　　　　900

这件事过去,到了第三天夜里,
苍白的伊诺克正在木然昏睡,
米瑞姆正瞌睡连连守在旁边,
从海上传来一声响亮的呼啸,
响得使全镇的屋子发出回响。
伊诺克醒来一挺身,张开双臂
高喊道:"是一艘帆船!一艘帆船!

我已得救啦!"随即便无言倒下。

坚强、英勇的灵魂就此离去了。
人们葬他时,在这小小海港里 910
还很少见过这种排场的葬礼。

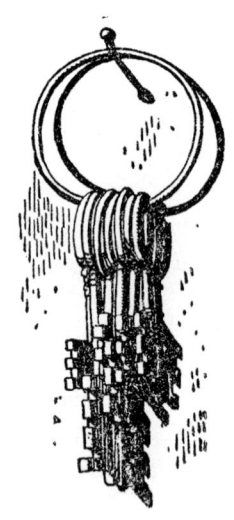

过沙洲，见领航 ①

夕阳坠，晚星出，
一个呼声唤我多清楚！
　　当我出海去，
河口沙洲莫悲哭。

海深邃，洋空阔，
潮来海洋总须回头流；
　　满潮水悠悠，
流水似睡静无皱。

暮色降，晚钟起，
钟声之后便是幽幽夜！
　　当我登船去，
别离时分莫哽咽。

尘世小，人生短，
这潮却能载我去远方；
　　过了沙洲后，
但愿当面见**领航**。

---

① 泥沙在河口或港口淤积成沙洲，涨潮时可部分或全部淹没，在潮水拍击中发出声响。这种航道上的沙洲在诗中被喻为"生死大限"，而"领航"则喻上帝。丁尼生写本诗时已八十高龄，但这并非其最后作品，不过他要求将该诗置于他一切作品集之末。

王尔德

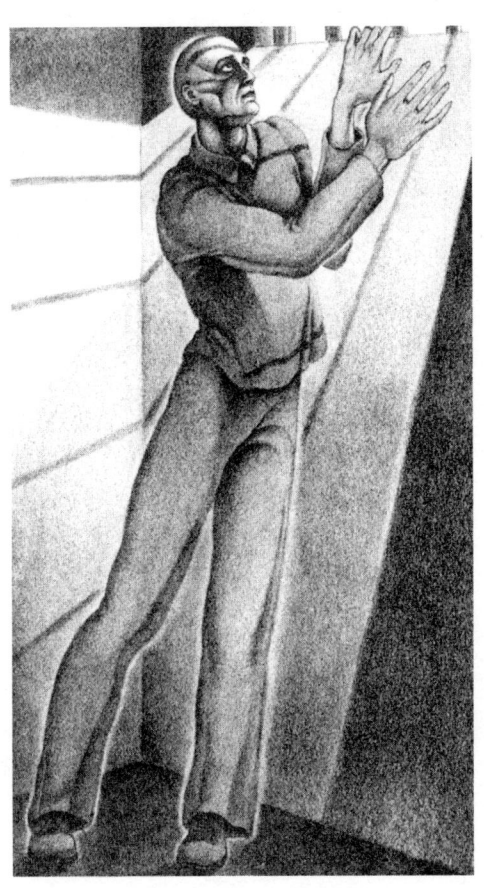

里丁监狱谣

里丁监狱谣

一

他没穿他那件猩红上衣,
　因为红的是血和酒,
而发现他和死者的时候,
　血和酒染着他双手——
那可怜的死者是他情人,
　当时被杀死在床头。

他在待审的人犯中走着,
　身穿破旧的灰衣裳,
头戴打板球的那种帽子,
　他脚步看来很舒畅,
但我没见过谁像他那样
　依恋地朝阳光凝望。

我从来都没见过什么人
　眼神中有那种依恋——
他望着那小小一方蔚蓝,
　犯人们管那叫作天;
他望着每块飘过的云彩,
　那是一张张的银帆。

我在另一个圈子里走着,
　与别的苦恼人同行,
我心里正在纳闷:他犯了
　什么事,是什么罪名?

身后就传来低低的嗓音，
　　"这家伙得受绞刑。"

亲爱的基督啊！监狱的墙
　　突然间似乎在转动；
我头上的天也起了变化，
　　与烫人的钢盔相同；
我尽管也是个痛苦的人，
　　却不能感觉到苦痛。　　　　　　　　30

我只知道是怎样的心思
　　追逼着他加快步子，
为什么他用依恋的目光
　　把耀眼的白天凝视；
这人杀死了他心爱的人，
　　所以他免不了一死。

但人人都杀死心爱的人——
　　愿这话人人都听见——
有人用的是难看的眼色，
　　有人用蜜语和甜言，　　　　　　　　40
怯懦的胆小鬼是用亲吻，
　　勇敢的汉子用刀剑！

杀自己爱人时有人年轻，
　　有的人却已经年老；
有的人用淫欲的手指掐，
　　有的人用金银钱钞；
最最仁慈的就用一把刀，
　　让死者很快就冷掉。

有的人爱得太少或太久，
　　有的人卖出或买进； 50
有的人干这事眼泪汪汪，
　　有的人叹息没一声：
因为人人杀他心爱的人，
　　但并不都为此丧生。

他可不必在可耻的日子
　　丢尽了脸面去死掉，
不会有活扣套住他颈脖，
　　没有布把他脸遮掉，
不必因脚下的活板一翻
　　就往板下的空间掉。 60

没有人默不作声看着他，
　　日夜都把他看得牢——
看着他，不管他是想哭泣，
　　也不管他是想祈祷；
牢牢看着他，就怕他自己
　　把监狱的猎物抢掉。

清晨醒来时，他不会看见
　　可怕的人影满房间：
抖抖瑟瑟的穿白袍牧师，
　　阴郁严厉的司法官， 70
典狱长身穿闪闪黑衣服，
　　配着死神般的黄脸。

他不用可怜地匆匆站起，
　　穿上处决犯的衣裳，
让粗口的狱医称心记下

神经抽动的新情况——
　　他摆弄的表所发嘀嗒声
　　　像铁锤的可怕声响。

他不知道喉咙那种感觉——
　　用不到口干舌又燥　　　　　　　　80
等着刽了手推开厚门扇,
　　戴上了粗布的手套,
就用三根粗皮带捆住他,
　　让喉咙不感到干燥。

他不用低着头仔细倾听
　　收尸掩埋人的宣读,
不用在去那骇人小屋时
　　经过他自己的棺木,
从而想到他还是个活人,
　　而心灵中满是恐怖。　　　　　　　90

他不用透过一小块玻璃
　　凝视屋顶外的天空;
无需用泥土般嘴唇祈祷,
　　求痛苦很快就告终;
不会感到该亚法的亲吻①
　　印上他战栗的面孔。

　　　　　二

　　禁卫兵在院里走了六星期,②

---

① 该亚法(Caiaphas)是《圣经》中的犹太人大祭司,曾主持会议定耶稣的罪,又参与对耶稣门徒彼得和约翰的审判,可参见《新约全书·马太福音》26章57节等。
② 本诗中奇数行常用行中韵,但译文中大多未做到。

身穿破旧的灰衣裳，
　头戴打板球的那种帽子，
他脚步看来很舒畅，　　　　　　　　100
但我没见过谁像他那样
　依恋地朝阳光凝望。

我从来都没见过什么人
　眼神中有那种依恋——
他望着那小小一方蔚蓝
　犯人们管那叫作天；
他望着羊毛般乱絮追随
　在飘荡的云朵后面。

他双手并没有互相扭绞，
　并不像傻瓜们那样——　　　　　　110
他们在漆黑的绝望洞穴里
　还怀着痴呆的希望——
他只是吸着上午的空气，
　只是脸朝向着阳光。

他并不哭泣，不扭绞双手，
　不消瘦也并不张望；
他只是啜饮空气，似乎这
　能解愁也有益健康；
他张开着嘴，啜饮着阳光，
　似乎那阳光是酒浆。　　　　　　　120

我和我们圈里的苦恼人
　脚步沉重地走动着，
连自己犯的大罪或小愆
　各人都已经记不得，

只呆望这将被吊死的人，
　　眼神中流露出惊愕。

瞧他在边上走过真异样，
　　那脚步轻快又舒畅；
看看他凝望阳光真异样，
　　有那种依恋的目光；　　　　　　130
想想他这人的事真异样，
　　有那样的债要清偿。

橡树和榆树春天长新叶，
　　看着也叫人很舒适；
但是绞刑架看着最可憎，
　　毒蛇已啃过它根子——
不管青或枯，有人就得死，
　　等不到它结出果实！

光荣体面的高位，是俗人
　　努力想攀登的地方；　　　　　　140
但是，谁愿意让麻绳套着，
　　站在绞架的高台上，
通过那个要人命的项圈
　　对天空做最后仰望？

爱情和生活顺利的时候，
　　随提琴跳舞多美好；
按着笛子和诗琴节拍跳，
　　又多么优雅和奇妙；
但是灵活的双脚踏空舞，
　　这跳法实在不美妙！　　　　　　150

我们每天好奇地看着他，
　　心里头难受而忧虑，
思忖着我们中间哪一个
　　会落到那样的结局——
谁知道自身的盲目灵魂
　　去哪个火红的地狱。

终于，已看不到这个死囚
　　走在待审的人中间，
我知道他站在被告席上，
　　周围是黑黢黢栏杆—— 160
在这上帝的可爱世界上
　　我将见不到他的脸。

像是注定沉没的两条船
　　我们在风暴中相遇；
但是没有话要互相诉说，
　　没有事要彼此示意；
因为相遇在耻辱的白天，
　　不是在圣洁的夜里。

监狱的厚墙围住了我们
　　这两个被唾弃的人； 170
我们被世人抛出其胸怀，
　　被上帝抛出他的心；
专等着罪人的钢铁机器
　　把我俩抓进它陷阱。

三

欠债人的院子里石块坚硬,
　　有湿淋淋高高墙面——
这里就是他放风的地方,
　　上面有铅灰色的天;
他两侧都有狱警一起走,
　　怕的是他自寻短见。　　　　　　　180

要不,监视他的人陪坐着,
　　看着他日夜在苦恼;
他们看着他站起来哭泣,
　　看着他跪下去祈祷;
他们牢牢盯着他,就怕他
　　把绞架的猎物抢掉。

在典狱长那里,管理条例
　　一向都坚决地实施;
监狱医生说,死亡不过是
　　一个很科学的事实;　　　　　　190
狱中的牧师一天来两次,
　　总留下一本小册子。

他一天两次吸他的烟斗,
　　喝他的一夸脱啤酒;
他已横下心,让心儿没法
　　把恐惧藏匿或收留;
他常说他很高兴,这么近
　　就有着掌刑人的手。

为什么他的话这样奇怪?
　　没一个狱警敢问他;　　　　　　　200
因为狱警注定了要监视,
　　任务就是要看住他;
所以脸必须变成为面具,
　　再用锁锁上了嘴巴。

他不然也会动恻隐之心,
　　会给人宽解和慰藉;
人类的同情该做些什么——
　　关在杀人犯监房里?
这地方,能有什么宽慰话
　　在精神上帮助兄弟?　　　　　　210

我们垂着头一圈圈地走,
　　像一群傻瓜在巡回!
但是不在乎,大家都知道
　　我们是魔鬼的部队;
剃光的脑袋,铅一般的脚——
　　好快活的化装舞会。

我们迟钝又淌血的指甲
　　扯碎含柏油的粗绳;
我们擦门扇,我们刷地板,
　　把栏杆抹得亮锃锃;　　　　　　220
我们一排排给地板涂肥皂——
　　只听得提桶碰出声。

我们缝麻袋,我们砸石块,
　　钻窟窿钻得尘飞扬;

我们敲铁罐，我们吼圣诗，
　　汗水洒落在磨盘上；
可是在每个人的心底里，
　　躺着的恐惧没声响。

它静静躺着，让日子爬过
　　像飘满水草的细波，　　　　　　　230
让我们忘记：悲苦的命运
　　等待着坏蛋和蠢货，
但一天收工，我们拖着脚
　　从一个墓坑边经过。

黄土坑张着打哈欠的嘴，
　　想要吞下个活东西；
为了血，那些泥土在呼唤
　　那圈干渴的沥青地；
我们知道，在某天天亮前
　　得有个犯人被绞毙。　　　　　　240

我们进了屋，恐惧的心中
　　只想着毁灭和死亡，
想着刽子手走在黑暗中，
　　那小口袋就在身上；
我们颤抖着，一个个溜进
　　各自坟墓般编号房。

那天夜里，空荡荡走廊中
　　充满了可怖的形象；
这铁栅区里，我们听不到
　　脚步声来回地轻响；　　　　　　250

通过遮没了星星的窗栅，
　　似乎有白脸在张望。

他就像躺在宜人牧场上，
　　在芳草上进了梦乡；
看守们看着睡着了的他，
　　只觉得实在难想象：
一个离绞刑这么近的人
　　怎么能睡得这么香？

从不哭泣者非得哭泣时，
　　那可就再也睡不着； 260
傻瓜、骗子和无赖的我们
　　于是就睁眼度长宵，
让他人的恐怖溜进每个
　　受痛苦折磨的头脑。

唉！去感受别人犯的罪孽
　　是一种可怕的事情！
因为那罪恶之剑扎得深，
　　直扎到带毒的剑柄，
我们淌出熔铅似的眼泪——
　　为别人杀害的生命。 270

穿毡鞋的狱警悄悄走来，
　　在每扇挂锁的门旁
吃惊地窥视，只见一个个
　　灰人影匍匐在地上——
奇怪，为什么从不祷告的
　　都跪倒了祈求上苍？

一整夜我们都跪着祈祷，
　　　　为一具尸体而哀伤！
　　夜半时，摇曳不停的灯焰
　　　　就像棺柩上的一样；　　　　　　280
　　饱吸在海绵里面的苦酒
　　　　滋味是悔恨和懊丧。

　　灰鸡在啼叫，红鸡在啼叫，
　　　　但是天一直没有亮；
　　可怕的形象蜷缩在角落，
　　　　在我们躺着的地方；
　　夜间出来活动的坏精怪
　　　　似乎在跟前登了场。

　　他们迅疾地飘忽了过去，
　　　　像行人穿行在雾中；　　　　　　290
　　他们雅致地转身又扭动，
　　　　跳着舞把月亮逗弄；
　　舞步的正规，讨厌的优美——
　　　　聚会的幽灵舞兴浓。

　　我们愁眉苦脸地看他们
　　　　手挽手的细长影子；
　　喧哗的鬼嚎，来回地蹦跳，
　　　　是萨拉班舞的步子；①
　　像风吹沙地，这些怪鬼影
　　　　又跳出芭蕾的姿势！　　　　　　300

---

① 萨拉班舞也叫萨拉班德舞，是一种缓慢庄严的西班牙古代宫廷舞。

像木偶似的一只脚旋转,
　　他们踮着脚快步行;
但这阴森舞会上,耳朵里
　　灌满了吓人的笛音;
他们唱得响,他们唱得久,
　　为的是把死者唤醒。

他们喊:"嚯,世界很宽广,
　　戴上了镣铐走不远;
掷上它一回或两回骰子
　　可也是绅士的消遣, 310
但在耻辱的密室同罪恶赌,
　　无论谁没便宜可占。"

关在牢笼里的人难走动,
　　他们一双双眼睛里,
这些兴高采烈的怪形象
　　绝不是缥缈的空气;
耶稣的创伤啊!他们都是
　　模样可怖的活东西。

他们脚踏着舞步转呀转,
　　有的舞对儿在假笑, 320
有的以风月女子的细步
　　羞答答溜上了楼道;
他们的狡笑和卖乖的一瞥
　　都是在帮我们祈祷。

凌晨的风已开始在呜咽,
　　但夜色还没有变淡,
它那大布机还在织黑网,

要把每根线都织完；
我们边祈祷边感到害怕，
　　怕太阳的正义审判。　　　　　　　330

监狱的厚墙在哭哭啼啼，
　　是呜咽的风绕着它；
直到像感到大钢轮转动，
　　我们感到了分秒爬；
呜咽的风啊！我们做了啥，
　　得到这样的大管家？

终于，我在三条板的床上，
　　看到对面的白墙上，
移过了窗上铁栅的影子，
　　像铅制的窗格一样；　　　　　　340
我知道，上帝的可怕曙色
　　已染红世界某地方。

六点钟，我们把监房清扫，
　　七点时却一片静寂；
但似乎有飕飕扑动的巨翅
　　充塞在整个监房里，
因为已进来索命的死神
　　喷着冰冰冷的鼻息。

他没有穿紫袍招摇而来，
　　没有骑月白色骏马。　　　　　　350
三码长粗绳加活板一块
　　就可以构成个绞架；
来个带耻辱之绳的使者——
　　这个秘密活就归他。

我们像黑暗中摸索的人，
　　要爬出一个脏泥塘；
既不敢吐露一个字祈祷，
　　也不敢给痛苦松绑；
我们的心中有东西死亡，
　　死亡的东西是希望。 360

因为，人间的正义不转弯，
　　它径自走去不留情；
它杀死弱者，它杀死强者，
　　它跨着大步要人命；
凭它的铁蹄，它杀死强者——
　　这是杀父母的罪行！

我们等待着，等钟打八下，
　　干渴已粘住了舌头；
因为命运之神的八下钟
　　将使一个人受诅咒—— 370
无论对最好或最坏的人
　　无非是把活扣一抽。

我们没什么别的事可做，
　　只等着那信号敲响；
我们哑巴似的静静坐着，
　　像空山谷里的石像；
但是每颗心跳得重又快，
　　像疯子在敲鼓一样！

突然，监狱里的时钟敲响，
　　颤抖的空气猛一震； 380

所有的监房响起的哭声
　　是绝望无力的吟呻——
栖身于沼泽的麻风患者
　　哭喊时就这样吓人。

就像在水晶般的梦境里
　　把可怖的景象看到，
我们看见油腻腻粗麻绳
　　往发黑横梁上一套，
听见在刽子手的圈套里
　　祈祷声被勒成尖叫。 390

使他发痛苦喊叫的酸楚，
　　那种最狂烈的后悔
以及血一样的颗颗汗珠，
　　没有谁比我更领会，
因为，谁不止一回地活着，
　　他的死就不止一回。

　　　四

他们执行绞刑的日子里
　　监狱里没有做礼拜，
因为牧师的心里太悲伤，
　　或者是脸色太苍白， 400
或者他眼中写明的东西
　　给人家看见不应该。

所以他们把我们总关着，
　　近中午才把钟敲起，
狱警们锒铛作响的钥匙

285

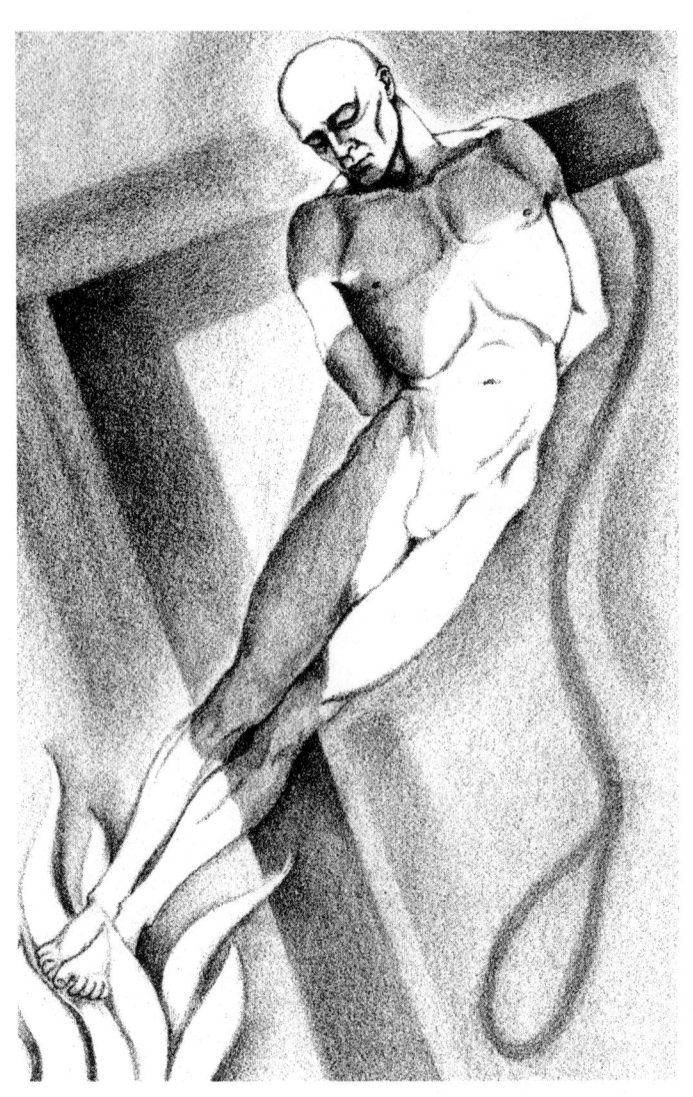

把倾听的监房开启,
我们跨出了各自的地狱,
　　一步步走下铁扶梯。

走进上帝甜美的空气里,
　　但情形不同于往常;　　　　　　　　410
这个人已吓得面如死灰,
　　那个人脸色白苍苍;
我从没见过,伤心人如此
　　依恋地凝视着阳光。

我从没见过伤心的人们
　　眼神中带那种依恋,
凝望那小小的一方蔚蓝,
　　犯人们管那叫作天,
凝望自在飘过的每朵云,
　　都那么快活而悠闲。　　　　　　　　420

但是我们中也有一些人
　　走路的时候头低着;
他们知道,按犯的罪来说,
　　应该是他们去死的:
他只是杀了一个活东西,
　　而他们杀的是死者。

因为这种二度犯罪的人
　　唤醒死灵魂来受苦——
把它拖出斑斑的裹尸布,
　　使得血再一次流出,　　　　　　　　430
而且血流得还很多很多,
　　但流得却无缘无故!

身穿标有弯箭的大囚衣，
　　　　我们像猿猴或小丑，
　　在铺沥青的溜滑院子里
　　　　一圈一圈地默默走；
　　我们一圈一圈地默默走，
　　　　就没有一个人开口。

　　我们一圈一圈地默默走，
　　　　在各人空虚的心中　　　　　　　　440
　　掠过对可怕事物的记忆，
　　　　像掠过了可怕的风；
　　惊恐在各人前头阔步走，
　　　　惊怖却尾随着脚踵。

　　狱警们神气地来来去去，
　　　　管着他们的人面兽；
　　他们穿着星期天的制服，
　　　　既一尘不染又不皱，
　　但先前干的活我们知道——
　　　　生石灰沾在靴四周。　　　　　　　450

　　因为挖有大墓坑的地方
　　　　根本就不是个坟墓；
　　那只是监狱丑恶的墙边
　　　　有一摊沙子和泥土、
　　一小堆销肉蚀骨的石灰——
　　　　这就是那人的棺木。

　　这个不幸者的这种棺木

很少人会把它用上；
他光身躺在狱中场地下，
　　脚镣还套在他脚上，　　　　　　460

再加那火一样的裹尸布——
　　叫他的脸面全丢光！

时时刻刻，火一般的石灰
　　在吞噬着肉和骨头；
黑夜里吞噬脆脆的骨头，
　　白天里吞噬软软肉；
轮流地吞噬着肉和骨头，
　　但吞噬人心不松口。

长长三年里，将不在那里
　　下秧、移植或播种；　　　　　　470

长长三年里，那倒霉土地
　　将光秃秃寸草不生，
以无可指责的凝视瞪着
　　那感到惊奇的天空。

他们认为，杀人者那颗心
　　让单纯的种子变坏。
这不对！上帝的仁慈土地
　　比人知道的更仁爱——
红玫瑰只会开得更殷红，
　　白玫瑰会开得更白。　　　　　　480

289

红玫瑰会从他的嘴里生!
　　白玫瑰从他心上长!
朝圣者的木杖当着教皇面
　　既然有花朵能开放,①
基督用什么怪方法来实现
　　其意志,谁能说得上?

但在监狱的空气里,奶白的、
　　殷红的玫瑰难开放;
那里有碎瓷、沙砾和硬石,
　　是我们所待的地方;　　　　　　　490
因为大家都知道,花朵儿
　　能治普通人的绝望。

所以绝没有片片酒样红
　　或奶白的玫瑰花瓣
落在吓人的监狱围墙旁,
　　落上那沙土和泥潭,
让放风的知道:为了人类
　　圣子以生命做贡献。

但尽管吓人的监狱围墙
　　仍把他团团地围住,　　　　　　　500
镣铐锁着的幽灵在夜里
　　仍不可能行动自如,
躺在这么样恶浊的地方
　　连幽灵也只能啼哭。

────────

① 据传,13世纪德国诗人汤豪泽游维纳斯山,与维纳斯同住一年,后去罗马求赦免,但教皇乌尔班说他难以得到上帝宽恕,就像其牧杖再难返青开花。汤豪泽失望地去了维纳斯山,但教皇的牧杖第三天开花了。可参见《旧约全书·民数记》17章。

这个倒霉鬼却有了安宁，
　　或者不久后就会有；
那里没事情会使他发疯，
　　中午没恐怖来伺候，
因为在他那没灯的地下
　　太阳和月亮都没有。　　　　　　　　510

他们吊死他像吊死牲畜，
　　甚至都没有敲丧钟——
而丧钟能够把他的惊魂
　　送到安谧的宁静中——
只是匆忙地把他弄出去，
　　再把他藏进一个洞。

他们剥掉他帆布的衣服，
　　任由他给苍蝇去叮；
他们笑话他青肿的喉头、
　　直愣愣盯视的眼睛，　　　　　　　520
他们堆上埋处决犯的土，
　　嘻嘻哈哈地笑不停。

在他可耻的坟墓旁，牧师
　　可不愿祈祷和跪下；
他这罪人的墓上不用竖
　　基督恩赐的十字架，
因为基督降临来拯救的
　　罪人中也就包括他。

但一切都好，他只是去了
　　为生命指定的封疆；　　　　　　530
他人的眼泪会为他装满

早破掉的同情之缸，
因为哀悼他的是被遗弃的，
　　而他们总是在哀伤。

　　　　五

我不知法律是不是正确，
　　不知是不是出了错；
我们蹲监狱的人只知道
　　这里的墙牢不可破；
只知道这里一天像一年，
　　这一年里天天难过。　　　　　　　　540

但有一点我知道：人为人
　　制定的每一条法律——
自从一有人杀自己兄弟，①
　　开始了世上的悲剧——
只是邪恶的扇子，扇去了
　　麦粒却留下了麸皮。

我还知道——真可惜，要是
　　人人都知道该多好——
人们盖起的每一座监狱
　　用耻辱的砖瓦建造，　　　　　　　　550
还围上铁栅，免得让基督
　　把兄弟相残全看到。

用铁栅玷污仁慈的月亮，

---

① 据基督教传说，该隐是人类始祖亚当与夏娃的长子，因妒忌兄弟亚伯而将他杀死，被认为是世上第一个杀人者。可参见《旧约全书·创世记》4章1—16节。

把美好的阳光遮掩；
他们把自己的监狱藏得严，
把事情全包在里面；
要让上帝之子和人之子
永远也没法看得见！

监狱的空气中，邪恶行为
像毒草把毒花开放；   560
在那里枯萎和消磨掉的
只是人心中的善良；
苍白的痛苦管沉重大门，
而那个看守是绝望。

他们让受惊的小孩挨饿，
饿得他日夜在号啼；
他们把弱者和愚者鞭笞，
把白头发老人嘲戏；
有的人变疯，人人都变坏，
谁也没说话的权利。   570

我们蹲的每一间小监房
是厕所又暗又难闻；
虽生犹死呼出来的臭气
把铁窗都堵得憋闷；
除了贪欲，这人道的机器
把一切都碾为齑粉。

咸涩的水里有恶心的泥，
是我们喝下的饮料；
满是白垩和石灰的苦东西
是称给我们的面包；   580

睡眠不躺下，却瞪眼走着——
　　为时间之慢而哭号。

尽管饿得瘦又渴得难受
　　像毒蛇和毒蛇在斗，
但最使我们寒心伤心的
　　倒不是水臭面包馊，
是我们白天里搬的石头
　　到夜里压上了心头。

我们的心里永远是午夜，
　　监房里永远是黄昏；　　　　　　590
各人在他自己的地狱里
　　摇着曲柄或撕开绳——
比起大铜钟的那种声响，
　　这寂静远远更吓人。

从来没人的嗓音传过来
　　一个字的亲切话语；
门外注视着我们的目光
　　既没有同情又严厉；
被遗忘的我们日益憔悴，
　　灵魂和肉体在萎靡。　　　　　　600

我们在孤寂中这样退化，
　　让生命的铁链锈烂；
有的人诅咒，有的人哭泣，
　　有的人连气也不叹；
但上帝慈爱的永恒律法
　　却劈碎铁石的心坎。

在牢狱的监房里和场地上
　　碎掉的每一颗心房，
就像碎掉的那只珍宝盒
　　把珍宝向上帝献上；①　　　　　　　610
让污秽的麻风病人的屋子
　　充满贵重的甘松香。②

啊，心能够碎的人真幸福！
　　他赢得宽恕的宁静！
否则，人怎么实现其计划，
　　把灵魂中的罪洗净？
否则，主基督怎么进得去，
　　若不是从破碎的心？

他瞪着一双直愣愣眼睛，
　　他带着青肿的喉头，　　　　　　　　620
等候着把强盗领进天国的
　　那一双最圣洁的手；③
对已经碎了的悔悟的心
　　基督可不会皱眉头。

穿红衣的人宣读了法律，
　　只让他活了三星期——

---

①《旧约全书·诗篇》51篇17节为：神所要的祭，就是忧伤的灵。神啊，忧伤痛悔的心，你必不轻看。（原文为"The sacrifices of God are a broken spirit: a broken and a contrite heart, O God, thou wilt not despise."。）

② 这里涉及《圣经》里一个悔罪妇女为耶稣浇香油的著名故事。可参见《新约全书》中"马太福音"26章6—13节，"马可福音"14章3—9节，"路加福音"7章36—50节，"约翰福音"12章1—7节。

③ 据《圣经》中说，钉在耶稣旁边十字架上的强盗因有所悔悟，耶稣答应让他进天国。

短短三星期，让他的灵魂
　　从斗争中得到将息，
也让他洗干净操刀的手，
　　洗干净每一点血迹。　　　　　630

他用血的泪洗他那只手，
　　因为是那手握钢刀；
因为只有血可把血洗净，
　　只有泪才会有疗效；
于是该隐的红血迹，变成
　　主基督雪白的徽号。

六

在里丁城的里丁监狱里
　　有一个耻辱的墓坑，
那里面躺着个不幸的人：
　　火样的利齿把他啃，　　　　640
那裹他的尸布销肉蚀骨，
　　他墓上也没有名姓。

就让他静静地躺在那里，
　　等基督把死者唤起；
用不着浪费傻乎乎眼泪，
　　也不用空泛的叹息；
这人杀死了他心爱的人，
　　所以他免不了一死。

但大家都杀死心爱的人——
　　愿这话大家都听见——　　　650
有人用的是难看的眼色，

有人用蜜语和甜言，
怯懦的胆小鬼是用亲吻，
勇敢的汉子用刀剑！

            C. 3. 3.

附录

《秀发遭劫记》译者前言

王佐良先生在《英国诗史》和《英国诗选》中说,蒲柏是 18 世纪大诗人,"是全部英国诗史上艺术造诣最高的一人"。的确,他是那个世纪英国诗坛的代表,对"英雄偶句体"的运用达到英国诗史的最高成就,而且他以病弱之身,靠写作为生,"成为英国文学史上第一个职业作家"。

介绍给我国读者的外国诗歌中,英国传统诗也许是翻译得最多和最有系统的。然而,尽管蒲柏是最早受到欧洲大陆欣赏的英国诗人,但他的作品在我国译介得并不多,作品的完整译文更是少见,所以,相对来说,我们对他还相当陌生。这本《秀发遭劫记》[①]是蒲柏的杰作,是他读者最多的作品,也是英国最出色的"戏仿史诗"。下面我们就对他和他的这篇作品做一介绍。

一、蒲柏的生平

1688 年 5 月 21 日,亚历山大·蒲柏生于伦敦一殷实布商家庭,父母是罗马天主教徒,他本人也终生信奉天主教。但在他出生之年,英王詹姆斯二世失去王位,此后英国出台很多对天主教徒不利的规定,而且这种规定越来越严厉,所以,他一直处于不利的环境中,随时受到罚款的威胁。但他在信仰上非常坚定,拒绝了一些好心朋友劝他改变信仰的建议——表面理由是他怕母亲伤心等。

---

① 这部作品早在1728年就译成了法文散文,1739年有了意大利文的诗体译文,1744年则有了插图的德文诗体译本。

更加不幸的是,他13岁左右患重病(可能是脊椎结核),结果成了驼背,身材矮小又体弱多病,甚至面部也呈现病态。由于这样的外形和宗教信仰,他经常受到歧视和嘲笑,也始终没有结婚。所有这些促使他努力学习并钻研诗艺,但刻苦的学习也进一步损害了健康。

宗教迫害和病弱畸形的身躯,对他的心理造成了伤害,对他的性格产生了影响,使他抱有某种愤世嫉俗的态度,对别人的态度和批评极其敏感,反应也十分强烈。虽说在交游方面比较活跃,但结果似乎仍是敌人多于朋友,连一些朋友后来也成了仇人,同他的文敌一样成为他猛烈攻击的对象,而他的讽刺挖苦也是相当尖刻的。

蒲柏聪颖过人,父亲也重视他的教育,在激发他学习热情的同时不忘为他创造条件,因此,他很小就学过一些基础的拉丁文和希腊文,后来则学过法语和意大利语。但因为是天主教徒,进不了牛津大学或剑桥大学,也不能担任公职,后来甚至不能居住在离伦敦十英里以内的地区。

他12岁时,举家搬到温莎森林的宾菲尔德村。他喜欢这个地方,在这里结识了几位对他来说很重要的朋友,包括后来促成本诗写作的约翰·卡里勒。他是自学成才的典型,当时写作上的很多条条框框,他不仅完全掌握,而且运用得比同时代的人熟练。

蒲柏很早开始写诗,写过各种诗歌,其中,我国读者比较熟悉的也许是短诗《隐居颂》(又名《平静的生活》),据他自己说是12岁时写的。他尝试过抒情诗和戏剧,但不很成功。为发表一些早期诗作,他1705年起常去伦敦,在时尚起来的咖啡屋这种聚会场所,认识了一些著名文人,包括他的终生朋友斯威夫特(1667—1745)和盖依(1685—1732)。1709年,他初次发表诗作,其中有他翻译的《伊利亚特》片段——本诗中有对此片段的一些"戏仿"。

1711年,他发表了700多行的长诗《批评论》,从此登上文坛,第二年发表的《秀发遭劫记》更使他一举成名。如果说,这是他早期重要作品,那么,他翻译的《伊利亚特》和《奥德赛》可算他中期主要成果。他的译文虽说在风格上与质朴的原作不同,但按当时标准,翻译可以不必准确,所以这译本为文学界所认可。

身残志坚的蒲柏富于独立精神,但这需要经济基础。《批评论》和《秀发遭劫记》给他带来了声誉,但声誉同收入不成比例。大概也就在这时,他父亲遭受了巨大的经济损失。蒲柏决定利用自己的诗名摆脱贫困,他聪明又勇敢地把目标确定在翻译荷马史诗上,1713年提出了计划,然后以极大毅力从事这项艰苦的工作,终于在1720年出齐了六卷《伊利亚特》。接着,他在1722年开始翻译《奥德赛》,并于1726年推出——在这两部史诗之间,他编辑了《莎士比亚全集》,于1725年出版。

通过斯威夫特等朋友的操办,蒲柏这两部译作收获巨大。例如,《秀发遭劫记》是畅销书,但稿酬仅15英镑;而这两部译作当初虽有出版风险,可他的收益却在5000英镑左右(一说约9000英镑,这在当时是一宗巨额财富)。这在英国文学史上是破天荒的。此后,他经济上彻底独立,完全可按自己意愿写作,不需要寻找赞助人,也不必理会出版商的需要。

《批评论》和《秀发遭劫记》出版后,他在伦敦有较多活动。1717年,他父亲去世,他在离伦敦不远不近的特威克纳姆住下,同母亲过着半隐居的简朴生活,种种花草写写诗。经济来源起先是父亲的产业和稿酬,有了译作的巨额收入后,他颇为富裕,有能力造屋建园并接待名流了。

他的后期作品主要有二,即《群愚史诗》和《人伦》。前者有四种版本,最后完成于1743年,其中攻击的主要对象前后有所变更;后者的形式同前面几种一样,仍旧是英雄偶句体,主要内容则是当时流行的对宗教、社会和人的论述,但内容上后来也有扩充。

从上面简单介绍可看出,蒲柏的创作有个特点,就是经常修改。他自己也说,"对于我来说,修改同写作一样愉快"。他确实是精雕细琢的诗人,在对待作品的认真程度上,至少在英国无人可及。

二、本诗的缘起

《秀发遭劫记》写的是真人真事,是两个大户之间的小风波,其中一家姓彼得,一家姓弗莫尔,都拥有大片土地和信奉天主教。风波起因是,年轻冒失的彼得爵爷出于爱慕,在一次聚会中擅自剪下弗莫尔家小姐的一绺头发。这本来是小事一桩,而且剪头发之举可能是求爱或表示爱慕,但这"秀发遭劫"事件,却使相处一直不错的两家人反目。弗莫尔小姐芳名阿拉贝拉(Arabella),昵称或简称为贝尔(Belle),意为"美女""佳人"或"绝色",也确实是社交界美人,几位诗人曾写诗赞美她。另一方面,彼得爵爷这时已继承家产，约翰·卡里勒先生既是他监护人，也认识弗莫尔家，很想做个和事佬，抱着大事化小、小事化了的态度，向也是天主教徒的好友蒲柏建议，请他以此为题材写一首打趣的诗，以求彼此一笑泯恩怨。

两位当事人同蒲柏不熟。蒲柏未见过彼得爵爷，对弗莫尔小姐最多也只是见过而已。但两位主角都二十出头，他与他们年龄相仿，那点事看来只是有浪漫色彩的小小越轨——但如果是彼得爵爷的求爱方式，结果却大为不妙：本诗还未出版，他已结了婚，而阿拉贝拉几年后也嫁给了一位绅士。

据蒲柏说，他两星期不到就写成初稿，经有关方私下传阅，1712年出版（见后）。他的名作家朋友艾迪生（1672—1719）认为，该诗已相当完美，不必改动，蒲柏也知道这部作品完全站得住，但还是做了很大扩充，因为他不单要讽刺上流社会的生活空虚和浅薄无聊，还要取笑史诗中包括超自然因素在内的传统手法。

他1714年推出的增订版中，原先的两"歌"扩充成五歌，加进了很多让人感到好笑的"戏仿史诗"情节。例如，向神灵祈祷（圣坛是大本的"罗曼司"和吊袜带等以前恋爱中的"战利品"，圣火则是点着了的情书），精灵的活动，女主人公的梳妆台，牌局和去地下世界……这样一来，传统史诗中的很多要件都有了具体而微的体现。

1717年，蒲柏为自己编作品集时，又在上一版的第五歌中加进了一段卡丽莎讲的话，这也就是《秀发遭劫记》的第三种版本。1736年蒲柏编自己的作品集时，又做了些小改动，而这最后版本（794行）便是本书正文的依据。

三、本诗的特点

1712年初版时，蒲柏称这部作品为"英雄滑稽诗"，这是他对"戏仿史诗"或"戏仿英雄体"的另一种说法。这类作品的特点是，故意模仿英雄史诗的宏伟庄重笔法，郑重其事地写些鸡毛蒜皮小事，把鸡毛捧上天，就把崇高伟大降到卑微可笑。这写法显然能造成某种诙谐、滑稽、荒谬或讽刺的效果——我们"拿着鸡毛当令箭"的说法，同"戏仿"不也是异曲同工吗？

客观地看来，彼得和弗莫尔两家之间的争端不免小题大做。因为事情起因毕竟很小，只是青年男女之间男的剪了女的一绺头发，毫不涉及双方的重大利益，何况彼此同是受压的天主教徒。所以，蒲柏用"戏仿史诗"的形式来写可说恰到好处，因为"戏仿史诗"的特点就是小题大做——他把鸡毛蒜皮写成天大的事，可点明事情本质，让人在莞尔一笑中消消火气。

史诗一向被认为是最庄重的文学形式，但庄重过头就显得浮夸，就有被"戏仿"的条件。所以，西欧文学很早就有"戏仿英雄体"作品，如希腊古典文学中便有按荷马风格写成的典型"戏仿史诗"——《蛙鼠之战》。此后，16、17世纪的意大利和法国作家都有类似作品，还为之定下一些要求，如"戏仿英雄诗"要具备尽可能多的史诗特点，要包含道德说教和天神之类的超自然因素等。

蒲柏之前不久，英吉利海峡两岸都有"戏仿史诗"创作，给了他不少启发。法国的布瓦洛（1636—1711）写有古典主义文学理论经典《诗艺》（1674），他的"戏仿史诗"《读经台》令人注目，是现代文学中首先拿古典史诗取笑的诗作。蒲柏的医生朋友加思（1661—1719）写有《诊疗所》（1699），这几经修改的诗篇也以"戏仿"取得讽刺滑稽的效果。

布瓦洛没有取笑史诗中必然有的道德教训，相反，他的《读经台》中道德教训的作用甚至比古典史诗更强。同样，蒲柏在1717年版的《秀发遭劫记》中加了卡丽莎一段讲话，可算是道德教训（见第五歌9—34行）。他借鉴布瓦洛的地方还有不少，如"戏仿史诗"的语言、精灵在梦中的出现、幽默地提及时尚人士阅读的丑闻大全、对战斗场面的"戏仿"描写和结束"战斗"的意外方式等。

另一方面，加思的《诊疗所》虽然并不成功，但蒲柏还是从中汲取了有用的东西。首先是将严肃和滑稽的效果融合进一个段落，甚至一行诗中。例如，第三歌7—8行：*统治着三片国土的伟大安娜！你有时在这里听政，有时喝茶*。再看加思，他喜欢不失时机地讽刺所谓的时髦社会，而同样蒲柏一开始描写贝琳达的豪华闺房时，就透露其荒谬成分，体现了"戏仿史诗"的最大特点：或把琐碎小事提升到非人间的高度，或有超自然因素的介入，或将美女神化。

写"戏仿史诗"需要史诗作戏仿对象，而蒲柏之前已有好几部知识界熟知的英雄史诗：希腊史诗是西方史诗的源头，早在1616年就有了查普曼（1559—1634）的译本，蒲柏本人当时已翻译过一些；罗马诗人维吉尔（前70—前19）的《埃涅伊特》是拉丁史诗典范，当时能读拉丁文原作的人较多，但1697年还是有了德莱顿（1631—1700）的著名译本；弥尔顿（1608—1674）则于1667年出版了《失乐园》。当时的文人熟悉这些作品，能在阅读"戏仿史诗"时充分领略其中"戏仿"的意趣。

这几部作品的题材非常重大。希腊史诗讲长期的特洛伊战争和战后英雄返回故土的长途历险，罗马史诗讲英雄历险和创建罗马，《失乐园》讲人的堕落。《秀发遭劫记》的题目极小，小到什么地步呢？看它与经典史诗所占时空的"比例"吧：特洛伊战争历时十年，《秀发遭劫记》的故事发生在半天时间里；奥德赛的回家是远距离航海，《秀发遭劫记》中则是泰晤士河上的短短一程。

至于史诗中常有的要件与情节，如法力无边的天神、天神间的斗争、战前的准备、酷烈的战斗、盛大的宴会、去地府之旅等，《秀发遭劫记》中都有"具体而微"的表现：以缥缈的小精灵代天神，视花花公子和社交界美女为史诗英雄，将梳妆台前的化妆当战前准备，把客厅中的男女胡打乱闹当战争，以桌面牌局输赢当平野厮杀的胜负，把午后排场十足的喝咖啡当大吃大喝的宴会……

总之，对于熟悉经典史诗的读者来说，《秀发遭劫记》中某些情节和语句，会让他们自然联想到有关的史诗情节和语句，发出会心的微笑。再说，正像蒲柏宣称的那样，《秀发遭劫记》中的人物个个都实有其人，有的还颇有名，尽管《秀发遭劫记》中未用真名，但他们自己和当时的读者完全能"对号入座"。这自然会增加时人的阅读兴趣——但对后世读者或外国读者来说，他们的真姓实名、家庭背景和他们之间的关系，就是知道了也未必有多大意义了。

说到"对号入座"，本诗有两个人物可一提。一是当时在位的英国女王安妮，蒲柏想必知道她一向讨厌天主教，很可能因此在第三歌第7—8行几乎直指其名地调侃了她，虽说这无伤大雅，但毕竟在三百多年前，正值我国清康熙晚期，蒲柏若是其臣民，那么办他个"大不敬"的罪，恐怕不算冤枉他。另一个人物是普隆爵士，即乔治·布朗爵士。对于自己在诗中的窝囊形象，他自然恼火，据说，扬言要对蒲柏动武。但蒲柏矮小瘦弱，对他动武不算"费厄泼赖"，而且此举可能招来报复，因为蒲柏可以在作品中将他写成真正让人耻笑的对象。也许这位爵士对文字的力量还有所敬畏，终于不了了之。

四、关于本诗的格律

《秀发遭劫记》是一部"英雄偶句体"（或称"英雄双韵体"）作品，这种诗体的特点用《批评论》中的四行名句就能说明：

True ease in writing comes from art, not chance,
As those move easier who have learned to dance.
'Tis not enough no harshness gives offence,
The sound must seem an echo to the sense.

这些诗行都含十音节五音步，每个音步多含先轻后重的两个音节，第3行中的省字号表明省了一个音节，以合诗律要求。这样的诗行称英雄诗行，因为英语的史诗和英雄剧多用它写成。两个这样的诗行构成"对句"，押一个韵。"对句"可独立成诗或叠合成较长的诗，只消每两行换个韵。

这种诗体在英诗中有最长的历史。英诗之父乔叟（1340—1400）首先用它，对之相当喜爱。此后，斯宾塞（1552—1599）、马洛（1564—1593）等大诗人都用过，17世纪中叶开始流行，成为诗剧的主要形式，也为斯威夫特、艾迪生、约翰逊（1709—1784）等大作家所常用。它在剧作家兼评论家德莱顿手里大放异彩，在蒲柏的笔下则更是登峰造极。下面请看一些短小的"对句"：

1. 英国诗人 Hilaire Belloc（1870—1953）的 *Fatigue*,

I'm tired of love: I'm still more tired of Rhyme.
But money gives me pleasure all the time.

如果诗行不是五音步或不押韵，那么虽然仍是"对句"或"偶句体"，但显然不能称为"英雄偶句体"或"英雄双韵体"了。请看：

2. 美国诗人 Howard Nemerov（1920—1991）六音步无韵的 *Power to the People*,

Why are the stamps adorned with kings and presidents?
That we may lick their hinder parts and thump their heads.

3. William Blake（1757—1827）四音步的 *An Answer to the Parson*,

"Why of the sheep do you not learn peace？"

"Because I don't want you to shear my fleece."

4. 美国诗人 Ogden Nash（1907—1971）四音步的 *The Fly*，

The Lord in his wisdom made the fly

And then forgot to tell us why.

5. 英国诗人 W.H.Auden（1903—1973）四音步的 *Doggerel by a Senior Citizen*，

I cannot settle which is worse,

The Anti-Novel or Free Verse.

6. 英国诗人 John Ciardi（1916—1986）四音步的 *On Evolution*，

Pithecanthropus erectus,

Could he see us, would reject us.

7. 美国开国元勋 Benjamin Franklin（1706—1790）两音步的 *An Epitaph*，

Here Skugg lies snug

As a bug in a rug.

8. 再看一首佚名作者的两音步小诗，

A promise made

Is a debt unpaid.

可以看出，多数"对句"的特点是风趣幽默。下面看三首蒲柏的：

9. 在送给太子一条狗的颈圈上，他题有这样的四音步"对句"：

I am his Highness' dog at Kew；

Pray tell me, sir, whose dog are you？

另两首为"英雄对句"，一是为牛顿拟的墓志铭，一是 *An Empty House*。

10. Nature, and Nature's laws lay hid in night.

God said, *Let Newton be!* And all was light.

11. You beat your pate, and fancy wit will come:

Knock as you please, there's nobody at home.

这些例子中，蒲柏的两首是"戏仿"的：一是让"贵"狗仿贵人说话；一是仿《圣经·创世记》开头部分的上帝说话。说来奇怪，多年来我译了二十来首对句[1]，只看它们是否有趣，是否能被我们的读者欣赏，并不考虑其他，现在一"盘点"，才发现只有蒲柏这两首是"戏仿"的。看来，蒲柏确实是天生的幽默讽刺诗人，具有"戏仿"的直觉，在人们不经意处信手拈来，涉"仿"成趣。

五、诗歌翻译的基础

"英雄偶句体"流行于18世纪的英国并不偶然。新古典主义写作强调清晰机智，而这种诗体整齐优美，适宜于结构匀称、对仗工整的诗句和隽永的警句。《秀发遭劫记》通篇匀称精致，内容与形式结合完美，时代特征鲜明，反映了当时诗艺的最高成就，体现了蒲柏的创作思想。这样的诗篇自然应当连形式一起译出，这首先就得把"对句"译好，否则无从谈起。请先看上列"对句"的译文：

1. 我厌倦了爱：对诗则更加厌倦。
   总是能给我快乐的，倒是金钱。
2. 为什么装点邮票的常是帝王、总统？
   让我们能够舔他们后背，摁他们头。
3. "为什么你不学绵羊的安详？"
   "我不愿你们把我的毛剪光。"
4. 上帝很英明，创造了苍蝇；
   却忘了给我们讲个原因。
5. 我无法确指哪一种更次：
   是反小说呢还是自由诗。
6. 本诗原作较特殊的地方，是音步都由先重后轻的两音节构成：
   旧称爪哇人的直立猿人
   若看到我们，准拒绝我们。
7. 斯卡基躺这里很惬意，
   像蚂蚁钻在了地毯里。

---

[1] 其他对句见拙文《追求内容与形式的逼真——从看不懂的译诗谈起》，载《中国翻译》2002年第5期，第77—79页。

8. 许下的诺言
    是欠债待还。

9. 本狗乃基尤的殿下所有；
    请问先生是哪一家的狗？

10. 自然和自然法则，在黑夜中隐藏。
    上帝说要有牛顿！就全都有了光。

11. 你拍着脑袋，以为能拍出智慧：
    尽管去叩吧，根本没人在屋内。

可以看出，若原作诗行的音步数较多，译文诗行的顿数与之相等的可能就较大，且字数可与原作的音节数维持较稳定的比例关系：原作四音步八音节诗行，译文字数多为10（音节数与字数之比为1∶1.25），例3的译文是11字，因为原作诗行音节较多；原作五音步十音节的诗行，译文多为12字，但例10译文为13字（音节数与译文字数的比例为1∶1.2—1∶1.3）；而原作音步数少的对句，译文诗行的顿数与字数就容易"出格"，例7和例8虽然原作诗行都为两音步（尽管音步中的音节数也有出入），但前者译文的顿数与字数就大为"超支"。

六、有关本诗的翻译

我很早就对《秀发遭劫记》有兴趣，读了 Monarch Notes 丛书中的有关导读后，又看到牛津大学1990年出版的导读本，不禁想译出来。我想若能按我的"兼顾诗行顿数与字数"要求，把这内容有趣、形式独特、格律严谨的诗篇译出，不仅填补了显眼的空白，对这种译诗要求的合理可行也是很好的证明。

不知是不顺手呢还是确实碰到难处，翻译很快就搁浅了。本想退休后定定心再干，不料后来忙于别的事情，一搁就是多年。后来听一位诗歌爱好者说起《批评论》，我终于决定从头开始。

这次我还没联系出版社就先译了起来，以便进退自由：译成了，可以去找有抱负的出版社；译不成也就算了，免得定好了选题又撤销，出尔反尔。做这种"两手准备"无非是因为没把握，生怕又会在哪里搁浅。

我们知道蒲柏讲究诗艺、追求格律的完美，追求内容与形式的完美结合，他通过磨炼，让这种诗体保持了整齐优美的总体面貌，又善于变换诗行中的停顿位置，避免诗句呆板、机械，在运用上炉火纯青。从本文第四节开头的例子就可发现，他甚至在变换停顿位置时也考虑规则。这样的安排正像他诗中所说，是靠练就的本事。

关于他追求格律的完美，还可举两个例子。《秀发遭劫记》初版中，第二歌第61—63行和176—178行都是三行一韵，这本可通融，却还是被他改掉。另一个例子是，该诗第四版近800行，不但格律一致，而且几乎全用上面对句中那样的阳韵，用阴韵的只有四行，即第三歌的153—154行和第四歌的127—128行——这两处的内容，一是刚刚剪下头发的当口，一是普隆爵士不伦不类的回答。

要译蒲柏的作品，显然应当把格律反映出来，这是他那时代和他本人的特色，也是他特别用心的地方。他诗行中音步数乃至音节数的一致，虽说只是形式问题，却是最显著的特征，有着诗歌特有的格律美，倘若连这也不能反映，那么要反映远为复杂微妙的内容还可能吗？

上节中的"对句"翻译，可说基本解决了"英雄体"翻译的格律问题。当然，"对句"的情况毕竟简单，例如，《拟牛顿墓志铭》每行虽为五顿十三字，不同于一般的"英雄对句"译文，却可彼此"互不干扰"，各自独立。反之，要长诗通篇做到五顿十二字，自然会增加难度。不过真要解决的话，汉译中不大可能没有办法。例如，根据新版《圣经》中对 God 的译法，这"对句"可译为：

  自然、自然法则在黑夜中隐藏。

  神说要有牛顿！就全都有了光。

也许两次尝试之间隔了十多年，在这期间有了很多实践，译了不少"英雄诗行"和一些蒲柏短诗，所以，第二次尝试虽说进行得很慢，总的来说还算顺利。正好另有拙译将在湖北教育出版社出版插图本，我想到《秀发遭劫记》的插图既很丰富也很著名，若本书做成插图本同它们放在一起，"阵容"可以壮观些。承该社和唐瑾女士信任，没看样稿便决定接受，并建议出英汉对照本。

我欢迎这个建议，因为译诗容易失真，而形式上失真的译诗实在太多了。所以，尽管拙译要求在内容与形式上经得起同原作对照，但读者若看惯了不考虑格律的译诗，听惯了放弃形式为的是更好传达内容等说法，那么，如果未看上面四行原作就读下面这样格律严整的拙译，或许会怀疑下面这样的翻译是否忠实：

笔下的流利凭技艺不凭灵机，
就像学过舞蹈的舞姿才飘逸。
没有令人反感的粗厉还不成，
要让音韵听来像意义的回声。

当然，译诗中处处有出错的可能，也肯定有无穷的改进空间，很难做到"一步到位"。而以我汉语和外语的程度来翻译如此精美的长篇名诗，不足之处势必不少。我衷心希望能听到各方面的意见，也但愿这本拙译今后有进一步提高的机会。因为我相信蒲柏的观点适用于译诗，相信译诗有可能在内容与形式上越来越逼真地反映原作。

最后我要感谢女儿为我做校订。她虽然不愿走外国文学这条路，对我的翻译却一直多方支持，直到这次花了大量时间把拙稿从头到尾仔细地校了一遍，提出了很多参考意见，甚至还帮我发现牛津版原作中的误印——第二歌 90 行中的"divine"印成了"dicide"。

黄杲炘
2004年10月
2016年2月略有修改

致贝琳达:谈《秀发遭劫记》①

贝琳达,欣赏本诗时你会看到,
凡属于你的东西被视为珍宝。
如果那秀发长在普通人头上,
谁还会知道有女士头发遭抢!
但事情既然涉及英雄和美人,
缪斯就认为这事该特别操心。
于是海伦被拐和她丈夫受气,
就成了荷马伟大史诗的主题;
而消失在遥远古代的金羊毛②
就受到希腊所有智者的称道。　　10

命运女神若因你祈祷发慈悲,
给你所有的头发最长的年岁,
你那绺秀发肯定也已经衰老,
已经像无人注意的果实落掉。

男性具有的装备对你们不利,
大自然赋予他们体力和心计;
但给了孱弱胆小的女性什么?
没防卫和补救,只给眼泪、妇德。
习俗难得会与你们站在一边,

---

　　① 蒲柏1714年发表本诗经过充实的第二个文本前,曾将两篇有关小序交给阿拉贝拉·弗莫尔,由她任选其一。结果她选择了散文献词,由此以后,传统上这献词就总是伴随本诗出现。本篇小诗1717年发表在蒲柏编的诗文集中,没有署名,但后来蒲柏作品的编者们确信,这就是《秀发遭劫记》未被采用的那首序诗。
　　② 金羊毛是希腊神话中一些英雄历尽艰险而觅得的宝物。

但遭强暴的贞女受习俗赦免：   20
于是**鲁克丽丝**的名声未遭污——
她的光辉反衬出**塔昆**的耻辱。①
你同样应当受到这样的赞扬，
你损失虽较小，美德却也一样。
所以但愿**贝琳达**能笑对指责，
能永远激励我们的心和诗歌。
但若要你的美貌后世能欣赏，
就请**杰瓦斯**画像，让**蒲柏**赞扬。②
谁最会指责，好头发掉得越多，
让他的缪斯记下那样的**劫夺**。   30

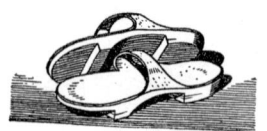

---

① 据传说，塔昆是古罗马末代暴君，他儿子见一罗马将领的妻子鲁克丽丝美貌，便强暴了她，她悲愤地把情况告诉丈夫后自戕。这一事件引起人们公愤，大家起来推翻了暴君的统治。

② 杰瓦斯（约1675—1739）是爱尔兰出身的肖像画家，翻译过《堂·吉诃德》，曾任宫廷画师。

1712年初版《秀发遭劫记》

英雄滑稽诗

贝琳达,我没想冒犯你的秀发,
却乐于以此来对你称颂,膜拜。
　　马提雅尔,12 卷,警句诗 86

第一歌

严重的冒犯源自爱慕的心思，
剧烈的争吵起于细小的琐事——
我这诗就为缪斯卡×勒而吟，
甚至贝琳达也可能屈尊承认：
这题目虽小，只要她给我灵感，
卡×勒满意，这诗将大受称赞。

女神哪你说，是什么奇怪动机
使谦谦公子对贤淑佳人无礼？
是什么未经探究的古怪理由
叫贤淑佳人拒绝公子的请求？　　　　　　　　10
柔肠慈心里怎容纳如此激愤？
小小男子怎有恁大胆的灵魂？

太阳的光线射透了白色床幔，
开启了更比阳光明亮的双眼；
修克醒了，站起来浑身抖了抖；
是美人准备喝巧克力的时候：
拿精美拖鞋三次朝地上敲敲，
打簧表一响，就把十点钟报告。

起了床，她有女士们伴随簇拥，
下到闪闪泰晤士河上的船中；　　　　　　　　20
一大群衣冠楚楚的耀眼公子
围着她，每只眼睛只把她注视——
白净的胸前，挂着锃亮十字架，
犹太人、异教徒会吻它崇拜它。

她活泼的外貌显示心灵轻盈，
轻盈得像她永不专注的眼睛；
她毫不偏心，总朝每个人微笑；
她时常拒绝，却从不让人懊恼。
她眼睛像太阳，亮得叫人眼花，
也正像太阳，同样地照着大家。　　　　30
她优雅从容温柔，没丝毫骄傲——
美女有缺点，靠这就能遮盖掉；
如果女性的通病她难以规避，
那么看看她的脸，你就会忘记。

这仙子，简直要我们男人性命：
她蓄着秀发，分两路披在后颈，
全都一圈一圈的，对称又漂亮，
同象牙般光洁皮肤相得益彰；
爱神以此类迷宫困住其奴隶，
伟大的心灵缠在这种细丝里。　　　　40
毛发的罗网能够把鸟雀捉住，
细毛钓丝能逮住有鳍的猎物；
皇亲国戚也难逃秀发的陷阱，
美色凭**发丝**就能把我们牵引。

爱冒险的**男爵**赞赏这种秀发，
见到后思来想去只求得到它。
既下定决心，他便动起了脑筋——
反正硬抢也可以，软骗同样行；
因为相思者只要能达到目的，
很少计较用武力或者用诡计。　　　　50

为此，日出前他向慈悲的苍昊，
向他所崇拜的一切神灵哀告；

还特地建起了祭坛献给爱神,
那是**法国**烫金罗曼司十二本。
坛上是**茵薇**亲手做成的剑穗、
时常蹭着他的**弗拉**的硬胸衣、
一只手套、一把扇子和吊袜带——
同其他恋爱战利品堆在一块。
然后用**情书**引火,把它们点着——
三次多情叹息吹得火熊熊烧。 60
他匍匐在地,目光热切地祈求:
愿早日得手,随后保有到永久。
神灵们听他祷告,答应了一半,
另一半却在空气中被风吹散。

那常年鲜花点缀的草地近旁,
泰晤士河自豪地把琼楼打量;
那里耸立着一座雄伟的王宫,
宫名**汉普顿**来自邻近的地名。
国外暴君和国内美人的倒台,
常由这里的政治家事先安排。 70
统治着三片国土的伟大**安娜**!
你有时在这里听政,有时喝**茶**。

美女们英雄们来到这处地方,
把宫廷里那些乐趣短暂品尝;
时光消磨在美滋滋的谈话里:
谁最近打牌**大赢**,谁却**中了计**;
一位大谈**不列颠女王**的英名,
另一位描述迷人的**印度屏风**;
再一位解释动作、眼色的含义——
每个词都使某个人名誉扫地。 80
谈话的间歇由扇子、鼻烟填充——

还有歌声、笑声和做媚眼等等。

现在早过了中午，太阳已偏西，
火热的光线斜斜地射向大地；
饿了的法官立刻要签署宣判——
吊死倒霉鬼，陪审团才好开饭；
商人从交易所安然回到家中，
长时间的辛勤梳妆也可告终。
桌上已摆好一副副银杯银匙，
咖啡豆咯咯响，研磨已经开始；　　　　90
锃亮的日本圣坛上，他们放好
银灯一盏，这灯中酒精正燃烧：
感恩的琼浆从银壶嘴里淌出——
热腾腾洪流由中国陶器接住。
气味和口味，立刻便发挥影响，
杯盏频繁，进美味的时间延长。
咖啡（这东西使政客变得聪明，
半闭着眼睛就看清一切事情），
凭蒸汽向**男爵**脑中传送计策，
要把那光亮的秀美头发获得。　　　　100
鲁莽的青年，趁早死了这条心！
要敬畏天神，想想希拉的命运！
她，就为了侵害尼苏斯的头发，
付出被罚作飞鸟的沉重代价！

当人们横下心来，要想恶作剧，
很快就找到合适的作恶工具！
当时卡丽莎带着诱人的魅力，
从漆盒里取出一件双刃武器——
罗曼司中的贵妇也总是这样，
战斗前用矛把她的骑士武装。　　　　110

男爵恭恭敬敬地接过这礼物，
指尖捏住这小凶器，把手伸出，
正好抄到贝琳达粉颈的后方，
而她正低头欣赏咖啡的喷香。
公子先张开雪亮的拉丁剪刀，
夹住那秀发，然后就剪下一绺；
这一剪生死攸关，那圣洁秀发
就此从头上永远永远被剪下！
活生生的火在她的眼中闪现，
惊恐的尖叫撕破了战栗的天。　　　　　120
哪怕丈夫或叭儿狗马上断气，
或上等中国瓷器从高处落地
摔成闪亮的彩釉垃圾一大摊，
也没更响的嗓音向老天呼喊！

男爵喊："胜利的桂冠给我戴上，
这件光辉宝贝已落进我手掌！
只要水中鱼、空中鸟感到快乐，
或不列颠美女爱坐六驾马车；
只要亚塔兰蒂斯还有人要看，
或有小枕头把淑女的床打扮；　　　　　130
只要在重大日子有社交拜访——
让无数整齐的火炬照得通亮，
只要美女还约人幽会或赴宴，
我的成就和姓名便享誉人间！"

时光让留存的，却被钢铁结束！
纪念碑和人一样，向命运屈服！
钢铁能够把天神的活计毁掉，
能夷平特洛伊城的巍峨城堡；
钢铁能铲除纪念凯旋的拱门，

能毁灭世人引以为荣的工程。
美人哪,无往不胜的钢铁暴力,
你头发感受一下有什么稀奇?

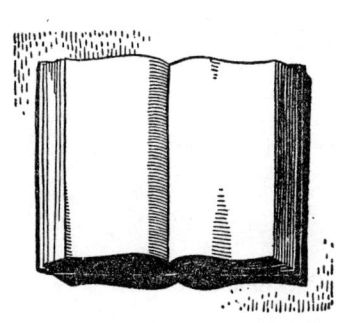

第二歌

但贝琳达又气又急,忧心忡忡,
在她的胸中,怒火在暗暗涌动。
战斗中被人活捉的年轻君主,
姿色已衰仍瞧不起人的处女,
被永远夺走幸福的热情恋人,
年老的贵妇被人家拒绝接吻,
到死也不知悔改的凶残暴君,
月亮女神般佳丽却穿歪衣裙,
都不会像你这样愤恨又绝望,
为秀发遭劫伤心的未婚姑娘! 10

静静休息,她受苦的灵魂需要;
但泰利斯璩把火苗扇得更高。
"不幸的姑娘!"她摊开双手嚷嚷,
(汉普顿发出回响"不幸的姑娘!")
"难道为这个,你总是仔细备好
梳子、发夹、润发脂还有**小铅条**?
为这个,你头发夹进纸头监狱,
被酷刑的铁器弄得盘绕卷曲?
这个小伙子若只想劫夺毛发,
其他不是明处的,不也可以吗?" 20
天哪!难道让强徒展示这秀发,
让花花公子羡慕,让女士惊讶!
这有碍**名节**!为这无上的**名节**,
我们女性舍弃了宝贵的一切。
我想我已看清你含泪的眼睛,
已听到他们在讲可怕的事情,

已明白备受敬慕的淑女受辱，
你名声在窃窃私议中被玷污！
我将如何捍卫你无助的声誉？
否则，做你的亲友也令人疑惧！　　　　　30
难道能让你秀发，这无价宝物，
透过了水晶暴露于睽睽众目，
让它映衬着四周钻石的光芒，
永远炫耀在那劫掠者的手上？
不，除非环行道上长出青草来，
或智者把家安在博教堂一带；
除非让天地和海洋混沌激荡，
男人、猴子、叭儿狗、鹦鹉全死光！"

怒冲冲说完，她转向普隆爵士，
要她这时髦男人把宝发索取：　　　　　　40
（爵士为他的琥珀鼻烟盒得意，
花手杖挥动得体也是拿手戏）
他眼色严肃，圆脸上神情呆滞，
先开鼻烟盒，然后开始谈正事——
冲口道："我说爵爷，算哪档事情！
该死的头发，天哪，你得讲文明！
遭瘟去罢，玩笑开过头，天杀的！
把头发还她。"说罢，啪地关烟盒。

那年轻贵族回答道："我很难过，
这样好的一番话，竟然是白说。　　　　　50
凭这头发我起誓，这神圣头发
（它刚才从那可爱的头上剪下，
不能融进它辞别的头发里去，
再不能恢复它的令名和声誉）
将永远戴在我赢得它的手上，

321

只要是空气还在吸进我鼻腔——"
说着，摊出那久经争夺的珍奇，
得自她头上的秀发，扬扬得意。

看吧，美女显现出华贵的愁容，　　　　　　60
失神的眼睛一半淹在泪水中；
绯红的脸颊忽而变得死灰样，
头颅低低垂在鼓起的胸脯上，
接着叹口气，抬起头来这样讲：

"愿这可恶的日子永远受诅咒，
它把我最喜爱的好鬈发抢走！
要是不参加这汉普顿宫聚会，
该有多好，那我的运气好十倍！
但我不是第一个失算的女子——
爱宫廷生活就招致众多祸事。
我呀，要是能待在某个孤岛上　　　　　　70
或遥远的北方，没人把我欣赏；
在那里，没有来往的镀金马车，
没人尝过武夷茶，学过奥伯尔！
在那里，没人会看到我的娇媚——
像是沙漠里开放、凋谢的玫瑰。
为什么我想交游年轻贵公子？
待在家里做祈祷岂不更合适！
其实上午已经有这样的预兆：
手一抖，饰颜片盒子三次落掉；
没有风，放不平的瓷器却颤抖；　　　　　80
修克无礼，连鹦哥也没有开口！
瞧这遭冒犯头发的可怜残余！
没被你偷的，我真想亲手拔去！
本来这里梳理成两个黑发鬈，

让雪白的颈项增添新的美观；
现在只剩下这一绺孤苦伶仃，
伙伴的遭遇昭示了它的命运；
它直直耷拉着，仿佛邀请利剪，
并招引你的手再来无法无天。"

她说完，流泪的听众满怀同情，　　　　　　90
但有关神明让男爵闭目塞听。
泰利斯璩的责备也不起作用——
贝琳达无法说动，谁还能成功？
面对狄多的狂怒，安娜的求情，
当初那特洛伊人哪有他坚定！
大胆的泰利斯璩大声喊："开战！"
就投入战斗，动作迅猛如闪电。
大家便分出阵营，开始了攻击：
鲸鱼骨迸断，绸衣窸窣扇子劈；
男女英雄们的呐喊乱成一片，　　　　　　100
男低音、女高音全都直刺云天。
他们掌握的并不是寻常武装，
他们像天神打仗，不怕致命伤。

鲁莽的荷马让天神同样厮拼，
让他们心中汹涌着人的激情；
让各路天神武装起来相对抗；
让奥林波斯山上警号声响亮：
宙斯的惊雷使整个天空颤抖，
海神的风暴叫蓝色大洋怒吼，
崩塌的大地把城堡震得摇晃，　　　　　　110
天光一闪，叫惨白的精魂恐慌！

狂怒的泰利斯璩冲进了乱军，

她目光朝四周扫射，致人死命，
花公子、机灵鬼相继乱中败亡，
他们俩分别死于隐喻和歌唱。
"狠心的美人，我是虽生犹死啊！"
荡不回叫毕，在他椅子边瘫下。
福不灵悲悲切切地仰面看一眼，
"那目光颇具杀伤力"是其遗言。
同样，在宛延河的繁花河岸上， 120
临终的天鹅在死前哀哀歌唱。

大胆的普隆爵士拽倒卡丽莎，
克洛伊杀来，眉头一皱宰了他；
她含着微笑看这被杀的雄才——
这微笑却使花花公子活过来。

现在宙斯在天庭挂好金天平，
把那些郎才同那绺女发过秤；
秤杆翘来翘去翘很久，颇犹豫，
最后郎才翘起来，女发沉下去。
只见勇猛的贝琳达冲向男爵， 130
眼中闪烁着非同寻常的列缺：
对方并不怕力量悬殊的交手，
这莽爵爷只想死在对方上头。
尽管他是男子汉，有力气厮打，
贝琳达却用两个指头打败他：
这狡黠的处女捏起一撮鼻烟，
射向那吸进生命气息的鼻眼；
突然间，泪水迸出男爵的眼眶，
他的喷嚏声在整个大厅回响。

母大虫怒叫："现在你就受死吧！" 140

便从头上拔下致命的**大发夹**。
"出口伤人!别为我失败而夸耀!"
男爵叫道,"你也会被别人放倒。
你别以为,我高贵的心会泄气;
我并不怕死,怕的只是撇下你!
但愿哪,我能挺过去,不单如此,
要在*爱神*的火中烧,活活烧死。"

"把头发还来!"贝琳达高声嚷嚷,
"把头发还来!"穹顶下回声轰响。
猛将奥赛罗虽然为手帕苦恼, 150
也没以这种咆哮把手帕索要。
瞧,让勃勃雄心遭挫折多容易,
头领们争闹,争的东西却失去!
那秀发来路不正,藏得格外好;
大家到处找,找来找去找不到:
凡人,不该享有这天赐好东西——
上天这旨意,谁能够提出质疑?

有人认为,它升入了月亮之疆,
因为人间丢失的,在那里收藏。
那里,英雄的才智收藏进大壶, 160
阔少的,装进鼻烟盒或者小匣。
那里,有背信弃义和临死献金,
有凭缎带系在一起的恋人心;
有求婚者的诺言和病家祈祷,
有继承人的眼泪和娼妓微笑;
有捉蚊子、跳蚤的笼子和锁链,
有风干蝴蝶和长篇空论万卷。

要信赖缪斯,她看见秀发飞升——

看见这点的，只有眼尖的诗神
（罗马的伟大创建者升天之时　　　　　170
也同样只向普罗库鲁斯显示）；
它射过清澈天空，像流星一颗，
后面有灿烂的一绺秀发拖着——
贝后的美发升天也没这么亮。
现在天空中装点着吹乱的光，
时髦男女夜间游荡在髦尔道，
会趁着云朵遮月时仰面闲眺，
以音乐欢庆这样的吉光高照。
帕特里奇会通过伽利略之眼
在无云夜空里把它细细观看；　　　　　180
这荒唐的术士由此准可判定：
罗马的陷落或者路易的命运。

好美人，别为遭抢的秀发悲伤！
它给明亮的天空增添新光芒！
美好的头发即使能让人自负，
不全像你遭劫的秀发受羡慕。
因为就算你眼光能大量杀伤，
你在千万人被杀后也得死亡：
待那双明丽的太阳终于沉落，
待那些发丝终于被泥土盖没，　　　　　190
你这绺秀发，缪斯准赋予不朽，
铭着贝琳达之名在星际遨游。

终

《末代行吟人之歌》译者前言

作为历史小说的首创者,沃尔特·司各特在英国文学史上占有重要地位,并为我国读者所熟悉。他是多产作家,长篇历史小说有 27 部,其中《艾凡赫》《红酋罗伯》《皇家猎宫》《古董家》等,都已有中译本。

司各特虽以小说闻名,其文学生涯却从诗歌开始,且诗作丰富,长篇叙事诗就有 9 部。早期他译德国"狂飙突进"①时期诗作,并在称为"边区"的苏格兰与英格兰接壤地带搜集歌谣和民间传说。1805 年,写出第一部叙事诗《末代行吟人之歌》。

这部作品的成功,激发了司各特的创作热情。此后他出版了《玛密恩》(1808)、《湖上美人》(1810)等,1813 年出版第五部长诗《罗克比》。尽管此诗当时仍受欢迎,司各特却自感诗才衰退,再加经济等原因,开始转向小说创作。1817 年,他出版最后一部长诗《无畏的哈罗德》,从此放弃诗歌创作,开始全力写小说。

一

司各特 1771 年生于爱丁堡律师之家。祖先中不乏勇武不羁人物,年代久远的如"哈登的沃特"(《末代行吟人之歌》第二歌 393 行),稍近的如他的曾祖——这位"大胡子"出现在《玛密恩》第六歌中,他拥护 1688 年被迫退位的英王詹姆斯二世(苏格兰血统),因斯图亚特王室被排斥在王位之外而誓不剃须,并为政治活动丧失家产,致使家道中落。

司各特幼年在祖父农庄里生活,那里近苏格兰东南边界,风光绝佳,

---

① 指 18 世纪 70 年代在德国兴起的文学运动,现被认为是启蒙运动的继续与发展。在文学史上,被称为"天才时期"或"天才时代"。

多名胜古迹。《末代行吟人之歌》中经常出现的特威德河、梅罗斯、契维山、杰德堡、塞尔扣克、提维河、亚罗河等都在附近,城堡、边境堡塔、修道院到处可见,且从前战火连绵,多废墟遗址和民间谣曲传说。他耳濡目染,印象深刻,养成了对历史和民间诗歌的兴趣,而非凡的记忆力使他对押韵的故事性材料特别敏感,据记载,他三岁便可咏唱民谣。

他最初学法律,十五岁进父亲的事务所见习,但兴趣不大。后来,他进爱丁堡大学预科,除了拉丁文,其他科目成绩平平。他一岁半时患小儿麻痹症,终生有点跛足,但精力充沛、活跃好动,是兴趣广泛的学生。假日常去他依恋的边区,跋涉于山水之间,寻访古堡名寺,听人讲述民间传说和吟哦歌谣,十多岁时已搜集到厚厚几本——父亲曾责备他,说他不是当律师的料,可去做翻山越岭、走乡串户的货郎。他读了大量"闲书",尤其是珀西主教(1729—1811)编的第一本英国民谣集《英诗辑古》。他也如饥似渴地阅读莎士比亚、斯宾塞(约 1552 — 1599)的作品,后来又读意大利、西班牙、法、德和拉丁诗歌,积累了丰富的文学、法律和教会史等方面的知识,而特别使他醉心的是德国"狂飙突进"时期的文学。

1789 年,司各特进爱丁堡大学学习法律,1792 年毕业,取得律师资格。次年,英法宣战。1797 年,他志愿参加爱丁堡骑兵队,准备与法兰西共和国作战——这也许是因爱慕法国保王党流亡者之女而做出的姿态,因为不久与这位玛丽·卡邦特小姐结婚后,似已打消从军念头。此后他生活顺当:1799 年任塞尔扣克郡副郡长,1806 年任爱丁堡高等民事法庭庭长。

司各特很早就开始文学活动。1796 年,他匿名出版所翻译的德国诗人皮葛(1747—1794)的名篇《莱诺尔》和歌谣《凶恶的猎人》,1799 年出版他译的歌德谣曲《林中魔王》和历史诗剧《铁手骑士哥兹》(这对其后来的创作有重要意义)。1802—1803 年,他编写的三卷本民谣和民间传说《苏格兰边区歌谣集》出版。

上述译作和编著都很成功,司各特由此迈上创作之路。1805 年,他发表第一部长篇叙事诗《末代行吟人之歌》,获得极大声誉。此后他不仅为有名的《爱丁堡评论》撰稿,还接连出版 8 部长诗。

这些诗作拥有广大读者。可以说,在 19 世纪头十年里,他的诗最为人了解,因此也最让读者感兴趣。他对此也很清楚,并在日记中写道:"我知道,如果说我的诗和散文真有什么优点,那就是文字中有急匆匆的率直态度,而这是士兵、海员,以及生性大胆而活跃的年轻人所喜欢的。"

司各特在诗坛上的成功给他带来巨大荣誉。1813年,英国当政者决定封他为桂冠诗人,但他拒绝接受,成为继托马斯·格雷(1716—1771)之后第二位不接受这封号的诗人。但1820年仍被封为从男爵。

创作的成功为他带来可观收益。1811年起,他花费76 000英镑购置特威德河边阿伯茨福德(意为"修道院长的津渡")的大片土地,建起哥特式府第并在这里生活、写作,收集了丰富的图书、兵器及各种古物。

1813年,他出版了第六部长诗《特莱厄蒙的婚礼》。次年,他隐名发表第一部历史小说《威弗利》,获得意外成功,于是投向历史小说的创作。之后在不到二十年的时间里,写出《艾凡赫》(1819)、《祖父的故事》(四集,1828—1830)等约40部作品,包括他编的十八卷《德莱顿全集》,写的四卷《小说家列传》,以及《拿破仑传》《苏格兰史》和剧本等。

但在取得令人眼花缭乱的成绩的同时,也开始孕育着其日后的不幸。与司各特合股的出版家是白仑泰恩兄弟,他们承印、发行司各特著作,也常接受他提议,为其友人出版没有销量的书籍。由于经营不善,这家白仑泰恩出版公司在1813—1814年已岌岌可危,只是《威弗利》的成功,才使这家公司直到1825年才宣告破产。司各特原可按有关法律拒绝对该公司的巨额债务负责,但他毅然宣布由其清偿全部债务130 000英镑,并谢绝王家银行代表团建议的援助和匿名者大笔赠款。为此,他加紧写小说,而过度工作损害了健康,也使他后期作品显得比较粗糙。

1826年,他妻子去世,随后女儿疾病缠身,外孙又夭折。这使他心情沉重忧郁,又受风湿病折磨,1830年不幸中风,但康复后仍不懈写作,逐步偿还债务(到去世时还剩54 000英镑,正好由其人寿保险金及版权定金抵销)。

后来,他健康状况越来越差,政府决定让他去气候较好的地中海地区休养,1831年派快速炮舰载他去马耳他、那不勒斯、罗马等地。但司各特已无法复原,在再度中风后折回,身体比出国前更弱。他从伦敦坐汽船北上,再换乘马车,风尘仆仆回到他朝思暮想的阿伯茨福德。没过多久,这位名重一时的作家在那里与世长辞。

二

《末代行吟人之歌》是司各特首部长诗，基本情节如下：

布岚森城堡位于苏格兰边区，其领主在爱丁堡被仇家杀害后，遗下会巫术的能干妻子和一子一女。儿子年幼，城堡内外事务概由寡母执掌。一次，孩子在林中迷路，落入英格兰人之手。女儿玛格丽则已成年，正与仇家有关系的青年武士克然松的亨利热恋。这对情人在一次相会时，克然松被布岚森堡勇士德洛兰撞见，仓促应战中不意重创对方，结怨更深。

英格兰贵族捉到布岚森堡继承人，便率兵前来，要女堡主交出与英格兰人有隙的德洛兰，还要求在堡中驻军，否则将立即攻打并送布岚森堡幼主去伦敦做人质。遭女堡主拒绝后，英格兰人刚要进攻，突然获悉苏格兰大批援军赶来布岚森堡，遂与对方议定，由德洛兰同与他有仇的英格兰武士一对一决斗，以他们的生死相拼代替两支队伍的厮杀。

这场决斗以苏格兰方获胜而告终，于是，布岚森堡避免了战祸又赢回城堡幼主。但事后发现，上场决斗的不是德洛兰本人，而是趁他熟睡穿上其全副铠甲的克然松。布岚森女堡主终于捐弃前嫌，让女儿与他喜结良缘。

三

上述故事在诗中的表达并不显著，看来司各特只是以此为基本线索，织进他感兴趣的边区传说和掌故、骑士时代的风尚习俗和典章制度。作者在去世前两年写道："年轻貌美的道尔凯斯女伯爵哈丽特（即后来的勃克留公爵夫人）来到丈夫领地，想了解这一带的历史、民间传说和风俗习惯。当然人人都怀着自豪而高兴的心情满足她愿望。于是她听到不少边区口头传说，包括一位老绅士讲的吉尔宾·好纳的故事。老先生对此传说内容深信不疑，讲得一本正经。年轻女伯爵听了大为高兴，嘱我务必把这题材写进歌谣。恭敬不如从命，于是这小妖精的故事成了写作契机。但一些评论家对诗中小妖精部分持反对意见，认为这是累赘。"

事实上，司各特这样写的根本原因，在于对边区的历史和风尚深感兴趣，偏爱这些故事的传奇色彩和浪漫情调。他认为，这种带田园风味又好勇斗狠的国家和既爱打家劫舍又颇有骑士之风的边民值得入诗。

说来也巧，一个偶然机会使司各特大受启发，得以用新手法处理这题材。他有位友人是湖畔派诗人的朋友，能大段背诵他们的作品，包括柯尔律治的哥特式谣曲《克丽斯特蓓儿》片段，而为了使诗行韵律与诗中意义相配，柯尔律治做了值得注意的尝试，即让诗节或诗行长短以及诗行的节奏和韵式根据内容的需要而变化。

司各特发现，严肃的诗歌创作中也可用这手法。在他看来，这正符合需要，因为只有带传奇色彩的诗歌，才能够以并不幼稚荒唐的方式容纳民间传说中的超自然现象，而且这手法还便于让作品有较大的长度。

他把写好的几节诗给两位密友阅读，没听到他们有什么评价，以为写作失败就把诗稿烧了。过了一阵，其中一位突然颇感兴趣地问起此诗进展。经过讨论，司各特终于燃起写下去的热望。朋友还建议：诗前要添加开场白之类的文字，以便听者或读者理解和欣赏。于是，司各特在诗中安排年迈的行吟人，借他的嘴说唱本诗，使之充当"发言人"角色，也凭他在各歌（章）之间做些穿插，交代说唱的地点和时间等，于是本诗定名为《末代行吟人之歌》。

从老诗人说唱中的人物看，故事的时代背景是16世纪中叶，而司各特让末代行吟人来说唱并非偶然。因为既要本诗带古谣及传奇诗色彩，就只能让它出自古代行吟人之口，而只有年迈者，才可能经历17世纪40年代英国资产阶级革命这一社会大变革，这样，他的歌才可带有后来诗歌的精美雅致，又不失谣曲应有的淳厚简朴。

司各特原想把本诗放进《苏格兰边区谣曲集》第三卷《今人拟古之作》，但考虑到写作重点是风光景色和风尚习惯，又采用古代写英雄传奇的手法，诗风比较自由，加之长度难于被该集容纳（正文3000多行，还有大量注释，有的直接引自古籍），遂单独出版，成为其第一部诗作。

四

斯宾塞之后的很长时间，叙事诗在英国诗坛上几乎被忽视。伊丽莎白时代作家笔下流畅自然而形象鲜明的风格早已让位，长期占据诗坛显眼位置的是以蒲柏为代表的古典主义，要求诗歌写得严谨、典雅、简洁，因而雕琢痕迹往往也很明显。在这背景下，本诗问世之初，便以浪漫情调、较宽松格律、返回自然的内容和民间诗歌特色而大受欢迎,在很短时间内就发行30 000册,让作者迅速登上文坛。

司各特勇敢谦逊,富于幽默感,有自知之明。他自感写诗不如后来的知己华兹华斯、拜伦①等,没有他们的深刻思想、细腻感情和艺术上的谐和美。但尽管他诗中沉思意味较淡,哲理声音不多,但描绘历史事件和自然风光仍有一流水平,是真正的歌手。他的诗轻松、自然、流畅、热情,像他为人的诚挚坦率,也像他热爱的苏格兰景色,轮廓鲜明,粗犷有力,有股纯净而强烈的感情急流贯穿其间。他善于生动地重现历史细节,描绘有地方色彩的画面,让各色人物跃然纸上并准确传达他们的感情。他的诗表现得最充分和出色时,往往不是抒发个人情怀,而是把自己设想为唱谣曲或圣歌的古诗人。

就本诗而言,明显特点是感情饱满,生气勃勃,故事情节跌宕起伏,使读者不能不为诗中人物的命运操心;而这些人物性格具有鲜明的时代特征,既有助于重现当时社会风貌,也使本诗自始至终带有古色古香气氛,让读者有身临其境之感。

本诗另一特点是音乐性较强。这要归功于格律:诗节长短虽不固定,但诗行多为抑扬格四音步,较少三音步或五音步诗行(音步数相同的诗行,音节数大致相同,偶有出入);诗行大多有尾韵,但不一定行行有韵,而除了第六歌中的谣曲和斯宾塞诗节等,没有固定韵式,用韵灵活多变,不拘一格,也有就便押韵倾向,而且为醒目美观,互押尾韵诗行的起首字位置相同(有时还反映较短诗行的音步数相同)。总之,这是一部格律诗,但格律并不严格。

格律是诗歌的文体特征,是其音乐性的重要标志,译诗有必要反映。因此,本书中各诗节行数与原作一致,原作的四音步诗行大多译成十字四顿行,而原作中非四音步行的译文则在顿数上做相应增减。译诗基本上也要求行行有韵,但没有固定韵式,也不强求与原作韵式一致,同韵的相关诗行的起首字也排在同样位置上,在视觉上加强这种相关诗行间的联系。当然,对斯宾塞诗节之类有固定韵式而格律很严的原文,译文要求有同样

---

① 1812年,拜伦在《恰尔德·哈洛尔德游记》第一、二章问世后,曾写信给司各特,为自己曾在《英格兰诗人与苏格兰评论家》一诗中嘲笑和责备司各特致歉。

严格的格律。

当然，本诗也存在明显不足。作为世界观和生活经历充满矛盾的作家，司各特作品中有这方面特点不足为怪。他是知识渊博、头脑冷静的理性主义者，却偏爱所谓超自然的东西，被一些迷信事物弄得神魂颠倒。本诗中，他让小妖怪、精灵、巫师、魔法书、预言等占据近三分之一篇幅，让这些非关键内容分散了读者注意，又使本诗带上民间文学的荒诞成分和哥特式作品的恐怖色彩（但这似乎是英国文学的一种传统，贯穿于《哈利·波特》《指环王》等现代作品）。另一方面，他对于已往时代的眷恋，使他在忠实写出领主打家劫舍的同时，也往往给过时的骑士精神添上理想色彩，美化了古老宗法制度。而他善良仁慈的天性使他未能摆脱传奇文学俗套，诗中男女主人公也就未能跳出有情人终成眷属的大团圆格局，幸而爱情线索在诗中淡而又淡，才使此种情况不太引人注目。

总之，司各特从写诗转而写小说，他写小说不仅常带诗人眼光，也常使用写诗方法（因此，他当初隐名发表《威弗利》等小说时，人们就判定作者是他），故而他小说与诗中的特点有相通之处。这些，熟悉司各特历史小说的读者当不难发现。

黄杲炘
1986年3月21日——司各特逝世154周年
2014年9月略做修改